LE ROI ALPHA

RENEE ROSE

Traduction par
ROSE VERMAUX
Traduction par
VALENTIN TRANSLATION

TABLE DES MATIÈRES

https://BookHip.com/QQAPBW

CHAPITRE UN

Lauren

Je me réveille trempée de sueur. C'est l'un des nombreux inconvénients de la vie en Arizona.

Même aujourd'hui, à la mi-septembre, les températures quotidiennes dépassent les trente-huit degrés. Je n'arrive. Pas. À dormir.

J'essaie de retirer les couvertures de mon corps, mais elles s'emmêlent autour de mes jambes, me faisant tressauter et donner des coups de pied comme une sirène prise dans un filet. Mon T-shirt me colle à la peau.

Je ne suis pas la seule dans cette maison à être encore éveillée. Dans la chambre voisine, mon jumeau Lincoln joue de la guitare électrique, sans amplification. Je l'entends improviser, essayant encore de maîtriser la chanson *Layla* d'Eric Clapton.

J'entends le bruit de glaçons tombant dans un verre dans la cuisine. Notre père est debout, lui aussi. Nous sommes une famille d'insomniaques.

Je doute pouvoir blâmer la chaleur. C'est une semaine difficile pour nous tous.

Les anniversaires, ça craint.

Pourtant, des températures plus fraîches sont censées permettre un meilleur sommeil, alors je passe mes jambes sur le côté du lit pour me lever. Le thermostat situé juste devant la porte de ma chambre indique vingt-deux degrés, ce qui devrait être suffisant, mais je le baisse de quelques crans supplémentaires.

De retour dans ma chambre, j'enlève mon T-shirt humide et le jette par terre. Peut-être arriverai-je à dormir si je ne porte que ma culotte.

Je me dirige vers les fenêtres qui offrent une vue sur les contreforts. La pleine lune éclaire à contre-jour les cactus saguaro, qui se dressent comme des sentinelles sur le flanc escarpé de la colline.

Je saisis les rideaux pour les fermer, puis m'immobilise.

Mon souffle reste bloqué dans ma gorge.

Le plus grand loup que j'aie jamais vu se trouve devant ma fenêtre, à à peine six mètres de moi.

Argenté avec des marques blanches, il brille à la lumière de la pleine lune. La bête est tellement éclairée que je peux voir la couleur de ses yeux : bleu glacier.

J'expire péniblement l'air de mes poumons.

Maintenant, je sais que je ne suis pas folle. Ça fait quelques semaines que je surprends des mouvements dans les broussailles lorsque je regarde par la fenêtre. De brefs éclats argentés ou le battement d'une queue.

Je suppose que je devrais être impressionnée. Mère Nature a conduit un animal en voie de disparition juste devant la fenêtre de ma chambre. Mais pour une raison ou une autre, ça ne fait que m'énerver. Tout comme la chaleur et les culs-terreux de mon lycée qui n'arrêtent pas de me brutaliser, le fait que des animaux sauvages puissent regarder par ma fenêtre m'apparaît comme une intrusion. Un autre signe que nous n'avons pas notre place ici.

Nous devrions quitter Wolf Ridge et revenir à Manhattan.

Le loup me fixe du regard. Il y a comme une lueur de défi dans ses yeux. Comme s'il était l'alpha, et que j'étais une jeune arriviste qu'il voulait remettre à sa place.

Ma mère aurait tellement aimé voir ça. Elle vouait un véritable amour pour l'Arizona. Elle adorait être entourée par la nature. Mais elle n'est plus là, ce qui veut dire que cette apparition de loup ne sert à rien.

Je déverrouille la fenêtre et l'ouvre.

— Qu'est-ce que tu regardes ? crié-je au loup.

Sa lèvre supérieure se retrousse dans un grognement.

Je devrais avoir peur. Je devrais ressentir quelque chose, n'importe quoi.

Mais ce n'est pas le cas.

Ces jours-ci, je ne ressens jamais rien.

— *Zou,* lui dis-je avec un geste dédaigneux de la main. Allez. Va-t'en.

Il m'offre un aperçu de ses dents blanches étincelantes.

J'entends un grognement féroce puis le claquement de mâchoires puissantes.

Je jure que j'ai à peine le temps de cligner des yeux avant que ma fenêtre ne soit oblitérée par une fourrure argentée. La moustiquaire s'incline vers l'intérieur et se déchire au milieu tandis que le grand corps du loup s'écrase contre le cadre.

Je hurle, figée sur place. Je suis incapable de bouger ou de regarder ailleurs.

Je ressens enfin quelque chose au-delà de l'indifférence. Mon corps reconnaît un vrai danger. *Et j'adore ça.*

Après m'être sentie morte pendant si longtemps, je

savoure la terreur. La sensation de vivre. Le retour des émotions, même si elles sont primitives.

Je croise le regard du loup hargneux, le défiant presque de traverser la moustiquaire et de me dévorer toute crue.

Cependant, aussi rapidement qu'il est arrivé, le loup fait demi-tour et s'enfonce dans les bois, disparaissant de mon champ de vision.

* * *

ABE

AUCUNE HUMAINE ne devrait avoir des seins aussi dingues.

Même maintenant, avec une botte appuyée sur ma gorge, je repense à l'apparence de Lauren Sterling avec la lumière pâle de la lune illuminant sa poitrine nue.

Je me souviens de l'inclinaison impudente de ses tétons vers le haut. Sa douce rondeur. Je m'imagine ce que ce serait d'en remplir mes mains en même temps que je respire son parfum de pomme d'amour.

— Tu veux bien m'expliquer pourquoi je viens de recevoir un appel des Sterling pour m'informer qu'un loup enragé a essayé *d'attaquer leur fille* ? grogne le shérif.

Je suis à plat dos, montrant mon ventre à l'alpha Green et au shérif Gleason.

Putain.

Je suis vraiment dans la merde.

Je reprends ma forme humaine pour parler, ce qui ne fait qu'aggraver ma position ignominieuse. Maintenant, j'ai mon sexe à l'air alors que je suis sous la botte de l'alpha.

— Je suis désolé, Alpha.

— *Désolé* n'est pas suffisant, fiston. Tu as enfreint le code.

Mon père apparaît à côté des deux autres hommes, et une

sensation familière de nausée me prend l'estomac. Il va paniquer s'il pense que j'ai un coup de cœur pour une humaine.

Ce n'est pas le cas. Carrément pas.

Mon cerveau tourbillonne tandis que j'essaie de trouver un stratagème pour me sortir de cette situation. La vérité, c'est que je ne sais pas ce qui s'est passé. Je ne sais pas ce qui continue à m'attirer vers le manoir des Sterling, l'opulente monstruosité de la colline Moongaze qui jouxte les terres de la meute et offre une vue sur notre terrain d'errance. La demeure où Lauren et son jumeau ont emménagé pour leur dernière année.

Ce n'est pas logique que mon loup soit fasciné par une humaine.

Tout ce que je sais, c'est que j'ai vu la princesse de glace de Manhattan, ma partenaire de laboratoire coincée en chimie, seins nus à sa fenêtre.

Oui, *seins nus*.

J'ai vu sa poitrine magnifique, et j'étais incapable de bouger ou de détourner le regard.

Puis j'ai réalisé que c'était ça, la réponse. La vérité pure et simple, sans la partie où j'ai perdu le contrôle et où mon loup s'est jeté sur elle.

— Je suis désolé, monsieur, je ne sais pas ce qui s'est passé. Je suppose que c'était les hormones. Je l'ai vue nue à la fenêtre...

— *Nue* ? m'interrompt mon père, incrédule.

— Oui, monsieur. Elle s'est avancée à la fenêtre, nue, et je ne sais pas ce qui s'est passé. La pleine lune a dû déclencher mon agressivité alpha. L'instant d'après, je me jetais sur la fenêtre. Mais je ne l'attaquais pas. Enfin, je n'en ai jamais eu l'intention. Je ne ferais jamais de mal à une humaine.

Il se peut que j'aie envie de l'attacher et de lui faire des trucs salaces, mais je ne compte pas le dire à mon père et aux anciens de la meute.

— Je vois.

La botte passe de ma gorge à mon torse, et je prends une grande inspiration. Une partie de la tension et de l'explosion de jugement quitte l'alpha Green.

— Les hormones peuvent faire cet effet à un alpha.

Il y a une note de fierté dans son ton. Comme si nous discutions d'un alpha à un autre.

Soudain, il est mon mentor au lieu d'être un punisseur.

— Fiston, tu dois travailler ton agressivité hormonale sur le terrain de football. Ou si tu as besoin de sortir avec quelques filles humaines, pas quand la lune est pleine, bien sûr, juste pour relâcher un peu de ta frustration refoulée, alors fais-le. En te protégeant, bien sûr. L'entraîneur Jamison ne vous parle-t-il pas de ce genre de choses ?

— Si, monsieur. Bien sûr. Mais je n'ai pas besoin de bais… *d'être* avec une humaine. J'ai les choses en main.

Mon père ne me pardonnerait jamais de coucher avec une humaine. Toute ma vie, il nous a répété, à mon frère Austin et à moi, que nous devions assurer et maintenir la position d'alpha de nos classes respectives, afin de pouvoir nous accoupler avec la femelle alpha. Afin de s'assurer que le défaut familial ne soit jamais transmis.

— C'est vrai, fiston ? Je n'en ai pas l'impression, de mon point de vue.

— Oui, monsieur. Je ne sais pas ce qui s'est passé ce soir, mais je jure que ça ne se reproduira plus.

— Tu as intérêt, m'ordonne l'alpha Green.

La botte relâche un peu de sa pression.

— Promis, monsieur.

L'alpha Green retire sa botte de mon torse.

— Maintenant lève-toi et habille-toi. Je vais régler ton problème avec le shérif Gleason.

— Merci, monsieur. Je suis désolé pour les ennuis que je vous ai causés, à vous et à la meute.

Je me lève et me secoue comme un chien avant de tourner les talons et de sortir du bureau de la meute.

Mes amis, Asher, J.J., Markley et Seb m'attendent dans les vestiaires. Ils sont déjà habillés et s'amusent à jouer au jeu qui consiste à lancer un ballon de football aussi fort que possible sur le visage de l'autre.

Ils me regardent tous les quatre avec impatience, mais je secoue la tête. Il est hors de question que je dise quoi que ce soit alors que je suis encore sur la propriété de la meute. Tous les métamorphes ici ont une ouïe surhumaine, et aucune conversation ne peut passer inaperçue.

Bien évidemment, ils veulent tous savoir ce qui s'est passé. J'ai disparu pendant la course de la meute, et quand ils sont revenus, j'étais dans le bureau de l'alpha.

J'enfile un short et un T-shirt, enfouis mes pieds dans une paire de tongs et me dirige vers le parking en terre battue où est garée ma Range Rover. Nous nous entassons tous les cinq et je démarre le véhicule. Une fois la dernière portière refermée, ils parlent tous en même temps.

— Quoi de neuf, Abe ? chantonne Markley depuis le siège passager avant.

— Nous avons appris que tu étais allé au manoir des Sterling, et que tu avais apparemment attaqué la princesse de glace. Qu'est-ce que tu lui as fait ? demande J.J.

C'est le mec gentil de notre bande au lycée. Délégué de la classe de terminale. Monsieur Social. Le gars que j'aimerais être. Celui que je serais si je n'avais pas à maintenir ma position d'alpha, une exigence fixée par mon père, pas par moi.

— Dis-moi qu'elle criait parce que tu as enfin choppé cette garce frigide…

Mon loup grogne. Avant de pouvoir m'arrêter, je balance mon bras sur le côté pour frapper de mon poing le centre du torse de Markley pour lui avoir manqué de respect.

Merde.

Pourquoi mon loup voudrait-il protéger cette humaine ? Elle n'a jamais été rien d'autre qu'une snob à mes yeux.

Markley siffle en réaction à l'impact.

— Désolé, mec.

Dans le rétroviseur, je vois J.J. et Seb échanger un regard qui me donne envie de les égorger tous les deux. J'en ai trop montré.

Ils pensent que cette humaine représente quelque chose pour moi.

Ce n'est pas le cas. Pas du tout.

Je ne batifolerais jamais avec une humaine. Et encore moins Lauren. La princesse de glace est peut-être sexy, son parfum me fait peut-être de l'effet, mais il n'y a absolument rien sous cette apparence de fille riche et manucurée.

C'est un soir d'école et il est tard, alors je ne retourne pas à la mesa pour allumer un feu et tirer sur des trucs avec les gars. C'est la première fois que je n'ai pas envie de traîner avec mes meilleurs amis parce que je sais qu'ils vont continuer à me harceler pour savoir ce qui s'est passé ce soir et pourquoi.

Mais je dois leur raconter l'histoire maintenant parce que tous les jeunes métamorphes qui iront à l'école demain voudront savoir ce qui s'est passé, et il faut que ce soit mes amis qui répandent la nouvelle.

Il faut que ce soit une histoire qui me mette au sommet. Je suis l'alpha de l'école. Je ne peux pas me permettre de donner l'impression d'être faible. Surtout pas avec mon secret.

Je m'arrête devant la maison de Markley et coupe le moteur, puis je me retourne sur mon siège pour regarder les autres.

— Elle était nue. Debout devant la fenêtre de sa chambre.

Ça me donne la nausée de parler de Lauren de cette façon. Ce qui n'a pas de sens. On se déteste.

— Quoiiii ? Oh, waouh ! s'exclame Asher en secouant la main.

— Je sais, continué-je, comme je le fais toujours.

Je suis leur alpha, la super star agressive du lycée. Le type qui écrase tous ceux qui ne lui témoignent pas un respect total.

— Des seins parfaits, putain. Mais elle m'a vu. Et vous savez ce que la reine de glace a eu l'audace de faire ?

— Quoi ?

La lèvre supérieure d'Asher se retrousse. C'est le sauvage de la meute de notre école. Celui qui a tendance à enfreindre le code de la meute seulement pour se faire prendre par l'alpha. Tel père, tel fils, je suppose.

— Elle m'a dit *zou*.

Je ne précise pas que ses seins ont rebondi quand elle a fait le mouvement. Ni l'effet que ça m'a provoqué.

— Oh, merde, jure J.J. en grimaçant devant l'audace de l'humaine à insulter un loup alpha. Qu'est-ce que tu as fait ?

J'affiche un sourire diabolique.

— Je lui ai foutu les jetons.

Mon loup n'aime cependant pas ça. Je sens une désapprobation tourmentée se manifester sous ma peau. Mais je ne sais pas quel est son problème. Mon loup ne peut *pas* vouloir s'accoupler avec une humaine.

Et même s'il le voulait, ça n'arriverait pas. C'est tout bonnement impossible.

Dans l'état actuel des choses, il y a une chance sur deux que je transmette ma déficience à mes petits. Si je m'accouple avec une humaine, ils seront encore pires, s'ils deviennent des métamorphes. C'est pour ça que je dois m'accoupler avec une femelle alpha.

Mon père m'a inculqué ce fait depuis les premiers mois de ma transition, à la puberté, lorsque nous avons découvert le défaut familial dont je souffrais.

Il veut que je piège une femelle alpha pour qu'elle s'accouple avec moi. Je pourrais ne pas m'accoupler du tout. Et ainsi éviter de transmettre cette merde à des petits.

Je me souviens qu'il s'est assis à côté de moi sur le lit après que je me suis assoupi, la seule fois où quelqu'un dans notre famille a eu besoin de ses compétences de médecin. *C'est une anomalie génétique. L'interprétation des données oculaires par le cerveau est confuse. Pour résumer, ton cerveau essaie de voir avec tes yeux de loup pendant que tu es sous forme humaine. C'est vivable, mais tu dois le cacher. Éloigne-toi des lumières fluorescentes, qui peuvent déclencher les crises. Quand elles se produisent, cache-les. Tu dois apprendre à faire semblant. N'en parle à personne. Personne ne doit savoir que tu n'es pas parfait, Abe. Tu devras travailler pour devenir l'alpha de ta classe et maintenir ta position, afin de t'assurer la meilleure partenaire possible avant que la situation n'empire ou que quelqu'un ne l'apprenne.*

Ce qui veut dire, pour moi, qu'il n'y a aucune chance que je trouve ma partenaire idéale.

Asher grogne son approbation en entendant que j'ai fait peur à Lauren.

J.J. lève les yeux au ciel.

— Tu as de la chance que l'alpha Green ne t'ait pas déchiqueté en morceaux.

Il le dit au sens littéral. Avec ses dents. La discipline de la meute est presque toujours physique puisque nous guérissons instantanément. C'est une démonstration de domination et une demande de respect.

— Il était déjà habillé, expliqué-je.

— Tu as de la chance, putain, dit Markley. Tu n'auras pas de conséquences du tout ?

— Je lui ai dit qu'elle était nue, et il a mis ça sur le compte des hormones de l'adolescence.

— Tu es un génie, mec, dit Seb.

Il me tend ses phalanges, puis je lui fais un check.

— Attends, attends, attends. Reviens à la partie où elle est nue, dit Markley. Genre, complètement nue ? Ou nue avec sa culotte et son soutien-gorge ?

Les autres ricanent et penchent la tête vers moi, attendant chacun une réponse.

C'est drôle, mais j'aurais préféré me taire. J'ai avoué la situation à l'alpha Green pour qu'il me lâche les baskets, mais maintenant je n'aime pas que tout le monde parle de ses seins.

Lauren est peut-être une fille riche et coincée qui n'a rien à faire à Wolf Ridge, mais elle ne mérite pas qu'on lui manque de respect. Pas même pour préserver ma réputation d'alpha.

— Lâche l'affaire, Markley, grogné-je.

— Alors elle n'était pas vraiment nue ? demande-t-il.

— Qu'est-ce que tu faisais chez elle, d'ailleurs ? m'interroge Seb. Je croyais que tu draguais Casey et River.

Casey est l'alpha femelle de la classe de terminale. La femme que je *devrais* poursuivre.

Celle qui ne m'intéresse absolument pas. Un sentiment réciproque, je suppose.

— Oui, mais j'ai vu des lumières allumées au manoir des Sterling, alors je suis allé voir.

Je ne leur dis pas que je cours malgré moi jusqu'à la colline Moongaze tous les soirs. Je renifle la maison, mon loup étant inexplicablement attiré par cette demeure immense.

J.J. et Seb échangent un autre regard.

— Quoi ?

Mon agacement monte en flèche.

Seb hausse les épaules.

— Rien. Elle est canon. J'irais la voir, moi aussi.

Mon loup grogne tandis que je me retourne vers lui.

— Tu ne t'approches pas d'elle.

Il hausse les sourcils.

Markley nous interrompt.

— Je dois y aller ou ma mère va piquer une crise.

Il me fait un check et ouvre la portière pour sortir.

— À plus.

C'est un soir d'école et Seb est sans doute le seul à n'avoir ne serait-ce que regardé ses devoirs. C'est le genre de mec qui a toujours l'air d'avoir déjà tout fait avant même que j'aie ouvert un livre. Non pas qu'on ouvre encore des livres. Cette année, le lycée Wolf Ridge a enfin rattrapé son retard par rapport au vingt-et-unième siècle et nous a fourni des copies électroniques des manuels scolaires.

Ce qui ne me rend la tâche que plus difficile encore. La lumière des appareils électroniques, quels qu'ils soient, perturbe ma vision. J'apprends à lire en utilisant ma vision périphérique, mais cela me demande tellement de concentration que je ne peux pas vraiment absorber ce que je lis.

Je dépose les autres et m'engage dans mon allée. Ma nuque me démange en signe d'avertissement alors que je sors de la Land Rover.

Oui. Comme je le craignais.

Mon père m'a attendu pour me passer un savon.

Sa plus grande crainte à mon égard est que je m'accouple avec une humaine.

CHAPITRE DEUX

Lauren

Chaque fois que je mets les pieds sur le campus du lycée Wolf Ridge, je suis persuadée de me trouver sur le plateau de tournage d'un film d'apocalypse zombie.

Cependant, il s'agit peut-être d'une projection de ma part.

Cela fait maintenant cinquante-et-une semaines et demie que je fais du surplace.

Je ne me suis pas fait un seul ami depuis mon arrivée il y a un mois. Je n'ai pas essayé. À quoi bon quand il n'y a personne qui vaille la peine qu'on lui parle ?

Je déjeune avec Lincoln à la cafétéria, mais aujourd'hui il est avec Rayne, la seule fille du lycée qui soit un tant soit peu agréable. Lincoln l'aide en maths parce qu'il a presque le niveau d'un génie avec les chiffres. Il ressemble à notre père dans ce domaine.

Je les rejoins, consciente que nous attirons encore plus de regards que d'habitude. Comme si le fait que Rayne mange avec nous méritait encore plus d'observation que les jumeaux de New York. Je ne comprends vraiment pas ce lycée.

C'est vraiment bizarre.

Rayne a confirmé mes soupçons que la popularité est entièrement basée sur les capacités athlétiques, ce qui explique pourquoi Abe Oakley, mon connard de partenaire en chimie, est capable de régner sur l'école. Il n'a pas la taille fine qu'ont Lincoln et Luke à dix-huit ans, cette silhouette qui ne s'étoffera pas avant la fac.

Ses copains footballeurs et lui ont déjà la dégaine d'athlètes de la NFL. Ils sont énormes et musclés.

Même les filles sont musclées ici. Pas Rayne, mais elle n'est pas une athlète ou une pom-pom girl comme les autres. Je pense qu'elle est une marginale, comme Lincoln et moi.

D'où son physique.

Mon regard s'arrête involontairement sur Abe et ses copains à la table derrière Lincoln. Il rit et dit quelque chose à ses amis. Ses mouvements font sauter et gonfler ses biceps.

Des muscles aussi gros ne peuvent pas être naturels pour un garçon de notre âge.

Je me demande s'ils ont un problème de stéroïde ici. Certains lycées ont des trafics d'ecstasy. D'autres de cannabis. Peut-être que celui-ci subit une véritable crise de stéroïdes. Ça expliquerait le niveau d'agressivité et de méchanceté entre ces murs. Peut-être que tout le monde a la rage, à force de se shooter aux stéroïdes.

Oh, merde.

Abe lève les yeux, croisant alors mon regard. Il plisse les yeux. Son dédain à mon égard est une évidence. Je ne sais pas si c'est parce que je ne me suis pas jetée à ses pieds comme toutes les autres filles du lycée ou parce que je viens d'une famille riche, tout le reste de la ville étant de classe ouvrière.

Pour être honnête, je n'ai pas l'habitude d'être traitée comme une moins que rien, ce que me fait subir Abe, mais je m'en fiche.

Ça n'a jamais été ma priorité de me faire des amis ici.

Maintenant que nos regards se sont croisés, je refuse de détourner les yeux. Je me fiche peut-être qu'il ne m'apprécie pas, mais ça ne veut pas dire que je vais accepter toutes les horreurs qu'il me lance.

Je me pince les lèvres et regarde en arrière, comme si je venais de manger quelque chose d'acide.

Abe se lève, et c'est comme s'il était le roi sur un trône à la réponse de ses amis de se dresser instantanément à ses côtés. Il s'élance dans ma direction.

— Oh, super, marmonne Rayne.

Elle baisse la tête comme si elle s'apprêtait à recevoir une raclée.

Lincoln et moi ne sommes pas perturbés. Peut-être qu'ils nous détestent tous parce que nous pensons être meilleurs qu'eux, mais à vrai dire, nous le sommes.

Aucun de nous ne sera jamais intimidé par les brutes du lycée. Nous étions populaires à Landhower Prep. Nous n'allons pas nous mettre à genoux pour vénérer ces losers.

Abe et deux de ses amis s'assoient à notre table. Il fait semblant de s'intéresser à Rayne, mais je sais qu'il est là pour m'énerver.

— Vous avez vu ? L'avorton s'est enfin fait un autre pote.

C'est dommage qu'il soit si beau. Ça en est difficile de détourner le regard.

— Deux, le corrige son ami J.J., en alternant son regard entre Lincoln et moi. Ou est-ce que deux ratés ne font qu'un ?

Abe se glisse tout contre moi, envahissant mon espace. Je lui adresse mon meilleur regard assassin pour le faire reculer, mais il se contente de sourire. Ses dents sont blanches et parfaites, et ses lèvres bien trop sensuelles pour appartenir à un homme aussi viril.

— Je ne pensais pas que Perle s'abaisserait à se faire des amis à Wolf Ridge.

Perle. C'est comme ça qu'il m'appelle, parce que nous sommes riches. Il passe son temps à faire des remarques sur notre manoir et notre voiture.

— Je parie qu'ils viendront au bal en trio. Ce serait mignon, non ? lance l'autre garçon, Markley.

Le sourire d'Abe disparaît de son visage. En fait, il a soudain l'air carrément dangereux. Des frissons d'avertissement se dressent sur mes bras, mais je n'arrive pas à savoir de quoi je devrais avoir peur.

— Du moment qu'on est tous là pour te voir te faire couronner roi, non ? réplique Rayne.

Son sourire réapparaît.

C'est vrai. Abe sera le roi du bal. Je me demande qui sera sa reine. Je m'en fiche. Je n'ai pas l'intention d'y aller.

— Je passe, dis-je.

Passer plus de temps avec les ados de cette école ne serait qu'une corvée.

Un éclair d'irritation traverse à nouveau le visage d'Abe, mais il se ressaisit rapidement et retrouve son sourire carnassier.

— Vous savez ce qui serait drôle ?

— Quoi ? demande J.J.

— Mettre ces trois ratés sur le bulletin de vote.

— Pourquoi ? demande Markley.

Je ne comprends pas. À moins que… il veuille vraiment que je sois là pour voir son couronnement.

Peut-être que cette grosse brute s'intéresse vraiment à moi.

Ha.

C'est hilarant.

— Organisez-moi ça, dit-il comme s'il était une star de cinéma et qu'ils étaient tous ses assistants personnels.

— Tu sais ce qui serait encore plus drôle ? rétorque Rayne

avec un sourire doucereux. Te voir perdre contre un outsider.

Ce serait marrant. Mon frère a vraiment l'étoffe d'un roi du bal. Ce n'est pas un sportif, contrairement aux connards de ce lycée, mais il a son côté rocker. Il est grand, décontracté et très beau. À Landhower, les filles se pâmaient devant son sourire.

— Dans tes rêves, demi-portion.

L'arrogance d'Abe est intacte. Il se lève et s'en va, son escorte lui emboîtant le pas.

— C'était littéralement l'interaction la plus ridicule à laquelle j'ai eu le malheur d'assister. Comment ces idiots peuvent-ils être populaires ? demandé-je, tout en essayant de ne pas fixer du regard les épaules musclées d'Abe pendant qu'il s'éloigne.

— Je n'en sais rien, marmonne Rayne.

* * *

ABE

JE DÉTESTE LA CHIMIE.

Les lumières fluorescentes du laboratoire déclenchent ma déficience, si bien que je ne peux jamais lire ce qu'elle écrit au tableau.

Et le pire ?

La reine de glace est ma partenaire de laboratoire, et elle me distrait en permanence avec son parfum de pomme d'amour.

J'ose un regard dans sa direction. Rien chez elle ne semble indiquer que l'intermède de la nuit dernière l'a affectée. Elle a l'air bien reposée. Terriblement sexy. Pleine d'assurance.

Mon idée de la mettre sur le bulletin de vote pour le bal

de fin d'année n'était pas top. Ai-je vraiment envie qu'elle soit ma reine ? C'est ridicule.

Je sais que je devrais arrêter de m'en prendre à Rayne l'avorton, une autre louve défectueuse. La métamorphe qui ne peut pas se transformer. Si quelqu'un devait comprendre que les déficiences ne sont pas un choix, ce serait bien moi. On pourrait croire que j'ai grandi et cessé de me comporter comme une petite brute, mais chaque fois que je la vois, c'est comme si je n'arrivais pas à me contrôler. Elle représente tout ce que je déteste chez moi. La petite pique de culpabilité que j'ai toujours ressentie en martyrisant Rayne se transforme en raz-de-marée quand je vois le dégoût sur le visage de Lauren. Je la repousse.

Je refuse de laisser cette faible humaine snob me faire sentir coupable. C'est moi l'alpha ici. Elle ne comprend peut-être pas ce que ça signifie, mais elle le fera. Même si je dois la remettre à sa place moi-même.

Elle ne sera pas élue reine. Casey Muchmore gagnera le titre de reine. C'est la femelle alpha du lycée. Mon père m'a déjà demandé quatre fois si je l'avais invitée au bal.

Bien évidemment, je devrais le faire.

Est-ce bizarre qu'elle ne m'ait jamais intéressé ?

Lorsque j'ai effectué ma première transition et découvert que j'avais un défaut, mon père a commencé à insister pour que je m'accouple avec une femelle alpha. Je suis donc sortie avec des pom-pom girls et des stars du volley-ball. J'ai batifolé avec les louves les plus audacieuses lors des courses à la pleine lune. Puis Lauren Sterling est arrivée, et mon stupide loup a commencé à bander pour elle.

Une belle humaine snob.

Elle jette ses longues mèches auburn par-dessus son épaule et me jette un regard froid et désabusé devant notre paillasse.

N'importe qui d'autre, n'importe quel ado métamorphe

de cette classe, aurait fait le travail à ma place. Ils auraient rampé et minaudé et m'auraient donné toutes les informations dont j'avais besoin pour obtenir un C dans cette classe, afin que je puisse rester sur le terrain de football.

Je suis l'alpha au lycée Wolf Ridge, après tout.

Je peux tous les manipuler d'un seul regard. D'un haussement de sourcil. D'un geste de ma main.

Personne n'aurait l'idée de se demander pourquoi j'ai besoin d'aide. Ils supposeraient que j'exige simplement leur loyauté et leur service.

Mais pas Lauren.

Et cette princesse pourrie gâtée n'est absolument pas affectée par mon pouvoir et mon statut dans ce bahut.

Madame Miller distribue les instructions d'utilisation du laboratoire. Lauren m'ignore et enfile sur sa tête une paire de lunettes qui agrandissent ses yeux bleu sarcelle. Normalement, de grands yeux donnent à une femme un air innocent. Fragile. Doux.

Pas cette princesse.

L'arrogance qu'elle dégage annule tout ce qui pourrait y avoir de mignon dans son apparence. Pourtant, elle réussit à être aussi belle qu'un mannequin de défilé de mode avec des lunettes en plastique.

Je mets mes lunettes sur le dessus de la tête, comme si j'étais trop cool pour les porter. Ce qui est vrai.

Miller ne me le reprochera pas non plus. Ça ne sert à rien que je les porte. Les métamorphes ne peuvent pas être blessés par des brûlures chimiques. Enfin, temporairement, si. Mais rien qui ne puisse guérir du jour au lendemain.

J'appuie une hanche contre la paillasse et croise les bras sur mon torse pour regarder Lauren travailler.

Elle me fusille du regard.

— Tu ne vas même pas faire semblant d'aider ?

Mon loup est satisfait qu'elle m'adresse enfin la parole. Qu'elle me regarde enfin.

— Non.

Les étudiants de l'autre côté de notre paillasse, tous deux métamorphes, m'adressent un petit rire de rigueur.

Je suis leur roi, je les amuse.

Lauren les ignore.

— Tu ne penses pas que madame Miller va s'en apercevoir ? demande-t-elle froidement.

Elle est toujours indifférente à mes tentatives d'engagement. Ça rend mon loup complètement fou.

Ou peut-être est-ce mon ego.

— Miller ne va rien faire, affirmé-je avec une confiance totale.

Je n'en suis pas aussi certain que j'en ai l'air, mais mon père est un membre royal de la meute, et Miller n'est rien de plus qu'une enseignante. Personne de spécial. Elle devrait savoir que si j'échouais à cet exercice, ma moyenne passerait au-dessous de C, et je ne serais pas capable de jouer ce week-end. Cela lui imposerait une tonne de pression de la part de presque tous les habitants de la ville, de l'entraîneur Jamison et du principal à tous les citoyens ordinaires qui dépendent du lycée Wolf Ridge pour leur divertissement hebdomadaire.

Les narines de Lauren se dilatent et ses lèvres se pincent dans une expression de dégoût alors qu'elle se déplace avec assurance, mesurant des pois secs et du sable dans deux éprouvettes distinctes. Je connais bien ce regard particulier, c'est le seul qu'elle accepte de m'accorder.

Elle secoue la tête en travaillant.

— J'ai entendu dire que tu avais la possibilité d'obtenir une bourse de football. Comment ça va se passer à la fac lorsque tu ne sauras pas suivre un cours sans intimider quelqu'un d'autre pour faire ton travail à ta place ?

Je suis satisfait qu'elle en sache autant sur moi, puisqu'elle a tendance à faire semblant que je n'existe pas, mais la mention de la fac me retourne l'estomac. Surtout parce que ses paroles sont bien trop proches de la vérité. Il n'y a aucune chance que je survive aux études supérieures sans payer ou menacer quelqu'un de travailler à ma place.

Je lui adresse mon meilleur sourire narquois.

— Qu'est-ce qui te fait croire que je ne pourrai pas intimider quelqu'un à la fac ?

Elle lève les yeux au ciel.

— Un de ces jours, quelqu'un va te mettre une raclée, Oakley. Et je vais me tordre de rire.

Putain, j'adore entendre le son de mon nom sur ses lèvres. Même si ce n'est que mon nom de famille.

— Tu devrais peut-être essayer.

J'ignore ce qui me prend de lui dire ça. Peut-être que je souhaite désespérément une autre réaction de sa part. Plus que les mouvements indifférents de cette crinière épaisse et brillante. Celui que je veux utiliser pour lui tirer la tête en arrière. Pour qu'elle me découvre sa gorge, même si elle ignore ce que signifie la soumission.

Je veux que ses mains soient sur moi, qu'elles me repoussent. Qu'elle me le donne comme j'ai envie de le lui donner.

Elle me lance un regard en coin.

— Peut-être que je le ferais.

Je doute qu'elle soit en train de flirter. Considérant son mépris total à mon égard, ce serait une hypothèse stupide.

Mais mon entrejambe considère qu'elle le fait. Il grandit contre ma fermeture éclair et soudain, je meurs d'envie de savoir ce que ça ferait d'avoir ces lèvres boudeuses enroulées autour de sa circonférence.

Je m'approche, me pressant contre elle.

— Ah ouais ?

Ma voix n'est pas menaçante. C'est un grondement

profond et suggestif. Presque un ronronnement. Je la baisse encore plus.

— Qu'est-ce que tu ferais ?

Les ados en face de notre paillasse ont la tête baissée. Ce sont des métamorphes, ce qui signifie qu'ils peuvent entendre chaque mot, mais ils nous accordent un peu d'intimité. Ils laissent Lauren croire qu'ils n'entendent pas mes murmures.

Maintenant que je suis près d'elle, son parfum de pomme remonte dans mes narines, ne me faisant bander que davantage. J'ai envie de mordiller ce cou et de découvrir quel goût elle a.

Non, je veux la soulever, la poser sur la table de laboratoire, écarter ses genoux et la goûter là où ça compte le plus.

Elle incline son visage vers le haut et ne fait qu'un léger sursaut en me voyant si près. Ses pupilles se dilatent, le tout premier signe que je vois chez elle qu'elle est attirée par moi. Qu'elle ressent une émotion quelconque. Mon loup grogne presque de victoire.

Si elle avait peur en cet instant, ses pupilles se plisseraient et je sentirais sa crainte sur elle. Nos visages sont à quelques centimètres l'un de l'autre, mais elle ne recule pas. Je détecte de la cannelle dans son haleine, provenant du chewing-gum qu'elle a jeté quand elle est entrée dans la pièce.

À ma grande joie, elle relève le menton et se penche encore plus près, presque comme si elle allait m'embrasser. Ou plus probablement, me mordre. Elle en a sûrement envie, compte tenu que je me suis comporté comme un vrai connard.

— Si je te le disais, murmure-t-elle avec le même ton suggestif, tu serais prêt.

Elle s'éloigne suffisamment pour voir tout mon visage.

— Et je veux que ça fasse mal, ajoute-t-elle.

Ses yeux brillent comme si l'idée de me faire souffrir l'excitait.

Avant de pouvoir réfléchir, je passe un bras autour de son dos et plaque son corps délicat contre le mien.

Dès que mon cerveau se remet en marche, je m'attends à ce qu'elle se débatte comme un chat sauvage. Elle ne le fait pas. Elle se raidit, mais reste immobile, cachant aussitôt l'expression de surprise sur son visage trop parfait. Je jure sentir l'odeur de l'excitation féminine.

Mon loup rugit sous ma peau. Soudain, l'envie de me transformer est irrésistible, presque comme à l'apogée de la puberté, quand je ne pouvais pas la contrôler.

— Lâche-moi, connard, chuchote-t-elle.

Mais sa voix ne correspond pas à ses mots. Elle est essoufflée, et il n'y a aucune colère derrière les syllabes murmurées.

Madame Miller, remarquant notre interaction, se dirige à grands pas vers notre paillasse, et je relâche à contrecœur mon emprise sur la délicieuse humaine.

— Y a-t-il un problème ?

Je perçois l'avertissement dans le regard de ma professeure : ne déconne pas avec les humains.

Mais c'est Lauren qui répond.

— Non, gazouille-t-elle, apparemment remise de notre intermède. Abe m'apporte simplement un soutien moral pendant que je fais l'exercice.

C'est un défi évident pour madame Miller, qui ne peut pas ne pas répondre.

— Abe, vous aiderez votre partenaire en partageant le travail.

La voix de notre enseignante ressemble plus à une supplication qu'à un avertissement.

J'acquiesce et mets mes lunettes de chimie sur mes yeux.

— Bien sûr, madame Miller. Je suis ici pour apprendre.

Elle et moi savons que ce n'est pas vrai, mais elle l'accepte.

— Bien.

Elle s'éloigne, et les élèves de l'autre côté de la paillasse ricanent doucement.

Je les ignore, toujours excité par cette petite humaine hautaine qui pense pouvoir me faire tomber. Je laisse ma main glisser légèrement sur le haut de son dos.

— Que puis-je faire pour t'aider, princesse ?

* * *

LAUREN

MON CŒUR tambourine contre ma poitrine.

Ça fait une éternité que je n'ai pas ressenti une quelconque émotion.

Cette émotion, c'est la haine.

Je hais Abe Oakley.

Enfin, je hais ce lycée tout entier, mais Abe Oakley incarne tout ce qui est rétrograde et tordu chez lui.

Je devrais retourner à Manhattan avec les autres Six Bronzées, mes amies du lycée Landhower Prep. Celles avec qui je vais à Saint Bart tous les ans. Celles qui m'ont complètement oubliée depuis que j'ai déménagé.

Au lieu de cela, je me noie dans ce drôle de bocal à poissons qu'est cette ville. J'ai sincèrement l'impression d'être sous l'eau.

Mais je crois que j'avais déjà cette sensation avant notre arrivée. Je l'ai ressentie dès qu'on a diagnostiqué un cancer du sein à ma mère.

Je suis devenue… *indifférente.*

Je n'ai même pas pleuré à l'enterrement. Je n'ai pas pleuré une seule fois.

C'est tordu et atroce.

Il y a vraiment quelque chose qui ne va pas chez moi.

En fait, le fait qu'Abe m'inspire le *moindre* sentiment est un soulagement bienvenu. L'effet qu'il a sur mon corps est inexplicable. J'ai chaud partout, avec un pouls lent battant entre mes jambes.

J'ai un petit ami à New York. Un copain avec lequel je dois rompre parce que je ne ressens absolument rien pour lui. Même avant la situation avec ma mère, avant que je ne perde ma capacité à ressentir, Luke ne m'a jamais inspiré de tels sentiments.

— Allume le brûleur et fais chauffer la solution, ordonné-je.

À ma grande surprise, le sportif obéit, mais avec son sourire arrogant toujours bien en place. Comme si la seule raison pour laquelle il m'aidait était d'obtenir un peu plus d'attention de ma part.

Son arrogance pompeuse parvient à percer la bulle de plasma qui entoure mon corps et à susciter une réaction. De l'agacement, la plupart du temps.

Mais aujourd'hui, un peu plus.

Je tiens cependant sincèrement à mon père. Nous sommes là pour lui, Lincoln et moi.

Après avoir failli le perdre lui aussi, nous n'avons pas protesté lorsqu'il a décidé brusquement que nous devrions tous aller vivre dans la maison de vacances qu'il a construite pour ma mère en Arizona.

Nous n'avons pas choisi d'aller à Cave Hills, une école bien meilleure mais plus éloignée, parce que nous voulions rester à ses côtés pour surveiller sa santé mentale.

— Et maintenant, partenaire ?

Abe est beaucoup trop près. J'aimerais qu'il ne soit pas un si parfait spécimen de virilité. Non pas que je sois branchée par les sportifs populaires. Loin de là.

Mais il est difficile d'ignorer la virilité d'Abe quand il est juste à côté de moi. Il mesure une tête de plus que moi et pèse sans doute deux fois plus, car son corps est entièrement composé de muscles solides.

Muscles.

Solides.

Je le sais parce que je viens de sentir le relief de son torse, aussi dur que du roc, lorsque mes mains se sont posées contre lui pour le repousser. Il se peut que j'aie mémorisé les crêtes de ses abdominaux.

J'aimerais dire que je n'ai jamais eu envie de tracer les lignes exquises de ses bras. Que je ne me suis jamais demandé s'il avait un six ou un eight pack. Ce n'est pas une question d'entraînement, c'est génétique, je l'ai appris l'année dernière en cours de biologie avancée.

C'est la seule raison pour laquelle je lui retourne la faveur de lui toucher le dos. Je le tapote comme un enfant.

— Bon travail, Abe, lui lancé-je du ton le plus condescendant possible lorsqu'il porte la solution à ébullition.

Je m'attends à un autre sourire arrogant, mais sa lèvre supérieure se retrousse en un grognement qui me fait retirer ma main. C'était une réaction instinctive. Je n'ai pas peur de lui, mais ce regard m'a fait sursauter.

Comme la plupart des brutes, il joue l'offensive. C'est lui qui s'en prend aux autres.

Je cligne des yeux et il n'y a plus rien. Le sourire n'est pas revenu, mais le visage d'Abe est étrangement neutre.

Je ne sais pas comment interpréter cette réaction. Abe doute peut-être de son intelligence ?

Je décide de l'ignorer à nouveau et de faire l'exercice toute seule.

— Tu es douée, me dit-il après que je suis la première à avoir terminé et que madame Miller est venue nous féliciter.

Ce n'est pas difficile. Ce n'est même pas un cours avancé, il n'y en a pas ici. Alors je hausse les épaules.

— Je suppose.

— Tu vas m'aider à étudier pour l'examen, déclare-t-il.

Je secoue la tête.

— Dans tes rêves, chaud lapin. J'ai autre chose à faire que de t'enseigner la chimie.

Son sourire de pirate apparaît sur son visage. Heureusement que j'y suis immunisée.

Heureusement que j'ai un petit ami.

Celui avec lequel je vais rompre.

— Tu vas le faire. Je dois juste trouver ton moyen de pression. Tout le monde en a un. Donc, quel est le tien ?

Cependant, je n'en ai justement pas. Je suis une adolescente qui vient de perdre sa mère. Rien ne pourrait me faire du mal à ce stade. Rien ne peut même me toucher. Tout ce qui m'importe, c'est de garder notre père en vie.

Abe me regarde longuement.

— Le plaisir ?

Ses yeux gris me regardent de haut en bas avec... est-ce de l'appréciation ? De la chaleur ? C'est la première fois que je vois autre chose que de l'arrogance ou du mépris sur son beau visage.

— Ou la douleur ?

Je ne sais pas pourquoi ses mots me touchent physiquement. Et quand je dis physiquement, je veux dire *sexuellement*. Mon cœur se serre et mes tétons durcissent. Des parties de mon corps dont je ne soupçonnais même pas l'existence reviennent à la vie.

Les narines d'Abe se dilatent et il s'approche un peu plus.

— Hmm ? Lequel des deux ?

Sa voix est un grondement sourd. Comme du miel sur du marc de café.

— Ou est-ce les deux en même temps ?

Il y a un sous-entendu dans son ton. Une lueur lubrique dans son expression.

Oh, non. Cela n'aide en rien à calmer le brasier entre mes jambes.

Il ne m'attire pas. Abe est aussi éloigné de mon type qu'un homme peut l'être. Mais pour une raison ou une autre, mon corps est en flammes. Mon ventre se noue. Une sensation de chaleur irradie ma peau.

Je n'ai jamais ressenti ça pour Luke, même avant de devenir indifférente.

C'est peut-être parce que je n'ai rien ressenti pendant si longtemps que le fait de ressentir la *moindre* émotion me choque, mais je dois faire un pas en arrière.

Même si c'est agréable de savoir que je ne suis pas vraiment morte, les sensations sont trop envahissantes.

Abe ne me laisse pas d'espace. Il s'avance à nouveau, réduisant l'écart entre nous.

— Essayons les deux.

Il balaie une mèche de cheveux de mes lunettes. Je repousse sa main et il sourit.

Je lui souris en retour. Un sourire doucereux dans lequel j'essaie de retranscrire toute la haine que j'ai pour le lycée, cette ville et Abe.

— Touche-moi encore une fois, et je te mettrai une raclée, Abe Oakley, dis-je d'un ton doux et lourd de sous-entendus.

Pendant un instant, je jurerais que ses yeux gris prennent une lueur étrange. Ils deviennent plus clairs, presque bleu glacier.

Je n'ai pas peur de lui, mais ça me fait frissonner.

Afin de ne pas me trahir, je m'éloigne de la paillasse, prends le papier de permission de sortir à côté de la porte et sors de la salle en trombe.

Je sens son regard braqué sur mon dos du début jusqu'à la fin, même après que j'ai disparu de son champ de vision. Une fois que je peux à nouveau respirer librement, je me demande pourquoi je ne dis pas à Abe que j'ai un petit ami. S'il s'agit là de sa pathétique tentative de flirt, cette information devrait le faire renoncer.

Je ne maintiens pas d'options ouvertes quant à ma rupture avec Luke, une tâche que je repousse depuis des semaines.

Ce n'est pas à cause de ces abdominaux ou de ces larges épaules. Ou de ce sourire de pirate.

Ce n'est en aucun cas parce que j'aime son attention.

C'est sûrement parce qu'il ne mérite pas d'en savoir autant sur moi.

Ouais, on va dire ça.

CHAPITRE TROIS

Abe

L'odeur de l'excitation de l'humaine me rend fébrile.

La princesse de glace n'est pas frigide.

J'ai senti son excitation en classe aujourd'hui quand j'ai suggéré de lui donner du plaisir. Ou était-ce la promesse de douleur ?

Difficile de dire ce qui a provoqué sa réaction, tout ce que je sais c'est qu'elle a à la fois satisfait mon loup et augmenté mon besoin de la dominer.

C'est pour cette raison que j'ai du mal à contenir mon loup pendant l'entraînement de football. J'ai besoin de me transformer et d'évacuer cette énergie folle.

— Oakley ! hurle l'entraîneur Jamison quand j'attrape le ballon et dévale le terrain en poussant mes coéquipiers.

Quand j'arrive dans la zone d'en-but, je saute de trois mètres pour écraser le ballon au sol.

— Du calme, Abe, grogne le coach Jamison.

Nous ne sommes pas censés montrer notre force surhumaine au lycée ou lors des matchs. Mais je ne me contrôle pas. Je n'arrête pas de penser à la princesse de glace.

Et j'ai donc terriblement besoin d'en savoir plus sur elle. Je meurs d'envie de savoir où sont ses points de douleur. Ce qui fait s'effondrer sa façade hautaine.

J'ai envie de lui faire mal. Voir son corps réagir lorsque j'ai mentionné la combinaison du plaisir et de la douleur m'a mis sur la voie de la perversité.

Mes coéquipiers, saisissant mon niveau d'énergie et répondant à leur alpha, se précipitent dans ma direction pour tenter de se jeter sur moi.

Les corps volent dans les airs et me percutent. Je les frappe et les repousse, mais toute l'équipe travaille ensemble, et je me retrouve très vite sur le dos, plaqué au sol par une douzaine de compagnons de meute hilares.

Les garçons seront toujours des garçons, comme dit le dicton. L'agressivité des loups mâles doit s'exprimer d'une manière ou d'une autre. En particulier au lycée, quand les hormones et les femmes nous rendent dingues.

— *Oakley.*

C'est Wilde, le meilleur ami de mon frère aîné et notre nouvel entraîneur adjoint. Il a deux ans de plus que moi. Je réponds à son autorité plus qu'à celle de l'entraîneur, pour une raison que j'ignore. Peut-être parce que mon frère est comme un dieu dans notre foyer et que Wilde, par association, représente ce à quoi je suis censé aspirer.

Je ne serai jamais à la hauteur d'Austin, avec ses notes parfaites et sa bourse d'études à la fac d'Arizona, mais Wilde est encore plus grand. Il a obtenu une bourse de football à Duke, mais il est rentré dans sa terre natale parce qu'il a merdé, et c'est pour ça qu'il est ici pour aider l'équipe en ce moment.

Le coach Jamison et l'alpha Green pensent tous que je

pourrais faire encore mieux que Wilde. Bien sûr, mon père veut que je joue au sein de l'État, pour qu'il puisse surveiller ma santé au cas où elle s'aggraverait. Je serai de nouveau dans l'ombre d'Austin, le petit frère avec une déficience qu'il doit cacher à la meute.

Mais peut-être que la princesse de glace avait raison, je ne serais pas capable de faire semblant à la fac sans les membres de la meute autour de moi pour les manipuler. Mon défaut provoquerait ma chute, surtout si je pars dans une académie stricte.

Wilde me redresse et me montre les crocs.

— Arrête de faire le con, Oakley. Tu es plus intelligent que ça.

Je lui offre un sourire insolent, mais il ne regarde pas. Il tourne la tête, et même avec ma déficience, je peux voir ce qu'il regarde.

Rayne l'avorton, la nouvelle demi-sœur de Wilde, marche le long de la clôture avec la princesse de glace et son jumeau.

Mon entrecuisse tressaille à la vue des jambes galbées de Lauren. Toute cette peau dorée dénudée. Elle porte une courte jupe rose et un haut qui soutient ses seins en croix, dévoilant la peau sur les côtés de sa taille. Même si je ne peux pas voir distinctement d'ici, je me souviens dans le moindre putain de détail comme elle était sexy dans cette tenue durant le cours de chimie d'aujourd'hui.

Un grognement sourd retentit de la gorge de Wilde et ses narines se dilatent.

Je détache péniblement mon regard de la princesse de glace. Je ne peux laisser personne penser que je suis attiré par une humaine. Je dois protéger ma position d'alpha de ma classe.

— La demi-portion a un faible pour les humains, pas vrai ? me moqué-je pour les détourner de la véritable source de mon attention.

Wilde se fige, son regard toujours rivé sur le trio.

— Ta gueule, Oakley, grogne-t-il.

Ouais, je ne sais pas pourquoi j'ai cru qu'on s'entendrait bien. Bien sûr qu'il ne va pas me confier ce qu'il ressent à l'idée que l'avorton de la meute devienne soudain un membre de sa famille, sans parler de sa suspension actuelle de l'équipe de football de Duke pendant qu'il fait l'objet d'une enquête pour trafic de stupéfiants.

Il a beau être le meilleur ami d'Austin, et j'ai beau avoir grandi avec lui pendant qu'il vivait pratiquement chez moi, ça ne veut pas dire que nous partageons un lien.

Les trois se dirigent vers la Tesla S des jumeaux et montent à bord.

— Ils n'ont rien à faire ici, fais-je remarquer, comme si c'était ce qui me dérangeait.

C'est un mouvement de foule que je peux mener, marginaliser les deux gosses de riches qui pensent être au centre du monde en débarquant dans notre bahut sans rien savoir de l'ordre social. Ils se croient spéciaux parce qu'ils jouent de la musique, vivent dans le manoir sur la colline et conduisent une voiture électrique, alors qu'en réalité, ils sont au plus bas de l'échelle de cette ville.

Les humains.

Basiques. Fragiles. Insignifiants.

Je devrais être sur les talons de Casey Muchmore, la louve alpha de la classe de terminale. Mon loup devrait avoir envie de s'accoupler avec elle pour préserver les meilleurs gènes. Au lieu de ça, il veut une fille que je ne peux pas avoir.

Et avec ma déficience, j'ai besoin de la femelle la plus optimale de la meute comme partenaire.

Alors que la voiture s'éloigne, Perle baisse la vitre et sa sombre chevelure auburn est soufflée en arrière par le vent. Je ne vois pas son visage, mais je jurerais qu'elle regarde dans ma direction.

Elle réfléchit peut-être à ma menace.

Sans doute se demande-t-elle comment je compte lui infliger la douleur. Et le plaisir.

Je sais exactement comment je la veux, à genoux. Le visage tourné vers le haut, sa bouche ouverte pour accueillir mon sexe.

Je veux qu'elle regrette d'être venue ici.

Qu'elle regrette de ne pas s'être agenouillée plus tôt devant moi.

Je veux qu'elle… putain, ouais. Je la veux sur le dos, les cuisses écartées, la tête en arrière, criant mon nom. Je veux qu'elle soit accablée de désir, mouillée et qu'elle remue sous moi en me suppliant de lui en donner plus. Je veux être l'homme, le seul homme, à lui procurer du plaisir. Je veux faire en sorte qu'elle sache qui gouverne son corps et à qui elle doit faire de la lèche si elle en veut plus.

Wilde se retourne enfin et me bouscule.

— Bouge-toi, Oakley.

Je secoue la tête pour chasser les images de Lauren qui envahissent mon esprit. Qu'est-ce qui me prend ?

C'est une humaine, et je suis l'alpha de ce lycée. Je ne devrais même pas jeter plus d'un regard à la princesse de glace.

Même pas à prouver que je suis son roi.

* * *

LAUREN

— SALUT, papa.

Lorsque nous rentrons des cours, je trouve mon père, comme toujours, dans son bureau, à regarder dans le vide par la fenêtre.

J'entre et l'embrasse sur la joue.

— Comment s'est passée ta journée ?

Quand il se retourne, il y a tant de tristesse dans son visage que si je n'étais pas aussi indifférente, je serais abattue. Mon père a vieilli de vingt ans depuis que ma mère a commencé sa chimiothérapie il y a deux ans.

Il respire le chagrin et la dépression.

Il fonctionne à peine. Il pleure pour un rien.

— Tu as mangé le repas que je t'ai laissé ?

— Oui. Merci, ma puce.

Je vois bien qu'il ment. En général, il mange deux bouchées et jette le reste. Nous peinons à lui faire comprendre les choses essentielles de la vie, manger, se doucher, travailler.

Nous avons de la chance qu'il ait été fortuné avant la maladie de notre mère, sinon nous serions dans la merde maintenant. Je doute qu'il fasse quoi que ce soit de la journée.

Vendredi, c'est l'anniversaire de la mort de ma mère. J'ai du mal à me dire que ça fait un an qu'elle a rendu son dernier souffle.

J'ai du mal à prendre conscience de toute la douleur qui imprègne encore notre famille. Déménager en Arizona pour se rapprocher d'elle n'a rien arrangé du tout. Tout ce que cela a fait, c'est nous isoler de nos amis. Nous plonger plus profondément encore dans la solitude.

Mais je comprends que mon père ait besoin de changement. Il croit qu'il retrouvera l'énergie de ma mère ici. C'est elle qui aimait Wolf Ridge. Elle a toujours été attirée par les grands espaces de l'Arizona pour une raison totalement insondable pour le reste de la famille.

— J'ai acheté une arme.

Mon cœur s'arrête.

— *Quoi ?*

Nous soupçonnons mon père d'avoir tenté de se suicider

après la mort de notre mère. Il a eu un *accident* avec des somnifères et du scotch qui lui a valu un lavage d'estomac. Lorsqu'il est sorti de l'hôpital, nous avons décidé de déménager ici.

Mon père fait un signe de la main en direction du coin où j'aperçois un fusil de chasse posé sur sa pointe.

— Pour le loup enragé qui a essayé de t'attaquer. Le département de chasse et pêche ne l'a pas encore abattu. Je vais le tuer moi-même.

— Papa, les spécialistes peuvent s'en occuper.

Je n'aime pas l'idée que mon père ait une arme.

Du tout.

Mon téléphone sonne.

— Décroche, dit mon père. Ça doit être Luke.

Luke.

Le petit ami avec qui je dois rompre. Aujourd'hui. C'est le grand jour.

Ça n'a rien à voir avec ce qu'Abe m'a fait ressentir en cours de chimie. J'aurais dû le faire avant même d'emménager ici.

Il appelle tous les jours à la même heure. Je ne sais même pas pourquoi. Ce n'est pas comme si je lui mentais. À en juger par son compte Instagram et nos conversations à sens unique, il a une vie sociale remplie et épanouie. Je crois qu'il ne reste avec moi que pour sa propre réputation. J'étais la reine à Landhower. Peut-être pense-t-il que je vais revenir. Je ne sais pas.

Même si nous parlons très régulièrement, je ne me souviens pas s'il a déjà un jour compté pour moi. C'est presque comme si nous nous étions mis ensemble uniquement parce que nous étions censés le faire. Parce que j'étais populaire, et lui aussi. Nous sommes tous les deux plutôt beaux. Nous étions des mêmes milieux. C'était suffisant, non ?

Quand ma mère est tombée malade, j'ai perdu mon intérêt dans tout ce qui m'entourait, lui y compris, mais il n'a pas eu l'air de s'en soucier.

Je fais défiler l'écran avec mon pouce pour décrocher au même moment où je me tourne pour sortir du bureau de mon père.

— Salut, Luke.

J'entre dans ma chambre et m'effondre sur mon lit.

Nos conversations sont devenues de plus en plus brèves. Je n'ai vraiment rien à dire à ce garçon. Je ne me souviens même plus de son visage.

— Quoi de neuf ? demande-t-il.

— Un autre jour dans le désert.

Ma voix est aussi sèche que la poussière à l'extérieur.

— Ah ouais ? répond-il comme si j'avais dit quelque chose d'intéressant. On a séché les cours aujourd'hui. Tout le monde s'est barré au déjeuner et est parti en ville pour aller voir la nouvelle exposition du musée d'art moderne.

Je sais de source sûre qu'il n'y a personne à Landhower qui s'intéresse sincèrement à l'exposition d'art moderne. Ils ne font que suivre la dernière mode qui coûte cher.

— Sur quoi portait-elle ?

— Comment ça ?

Luke me donne raison.

— L'exposition, sur quoi portait-elle ?

— Oh, je ne sais pas, j'ai traîné au café avec Breon et Dahlia. Tu as demandé à Lincoln si tu pouvais revenir pour le bal ?

Merde. Encore cette même rengaine.

— Luke, je t'ai déjà dit que je ne peux pas venir. Mon père ne va toujours pas bien.

— Il y aura Lincoln pour prendre soin de lui. Il faut que tu viennes, j'ai un nouveau costume Armani, et il va être mortel avec toi à mon bras.

L'insistance de Luke ne parvient pas à percer la couche épaisse de mon indifférence.

Je soupçonne qu'il s'agit de la raison précise pour laquelle il s'intéresse à moi. Comme si le fait que je ne me soucie pas de lui ou de nous le poussait à croire que je suis encore plus spéciale. Encore plus digne d'être gardée.

Alors qu'en réalité, c'est tout le contraire.

Je ne ressens absolument rien pour ce garçon. Je suis une coquille vide.

— Écoute, je ne vais pas venir. Je pense qu'on devrait rompre.

— Quoi ? Pourquoi ? Je croyais que tu avais dit qu'il n'y avait personne qui en valait la peine à Scottsdale.

— Wolf Ridge.

Il ne se souvient même pas de la ville où je réside.

— Il n'y a personne, en effet. Mais ça ne servirait à rien que nous restions ensemble. Tu devrais demander à une autre fille de t'accompagner au bal.

— Bon, je vais faire ça. Mais on ne devrait pas rompre. Je viendrai pour ton bal, et on pourra en parler.

Je repense à Abe et à son insistance à l'idée de m'inscrire sur le bulletin de vote du bal. Je ne comprends pas pourquoi tout le monde fait une fixette sur cette soirée à la con.

— Je ne vais pas aller à mon bal.

— J'ai déjà dit à tout le monde qu'on y allait ensemble. Et j'ai acheté le costume.

Bordel. Il refuse de m'écouter.

— On ne va pas y aller. Je n'en ai pas envie.

— Lauren, ça fait dix-huit mois qu'on est ensemble. Le moins que tu puisses faire, c'est avoir la décence de me larguer en personne.

Argh. Il marque un point. Je sais que je suis devenue un zombie avec tous mes proches. C'est vrai que je dois à Luke plus que ce que je lui ai donné. C'est ce qu'il a insisté quand nous avons commencé à faire l'amour.

Ma mère était en pleine chimiothérapie, et mon père était à fleur de peau. Luke a dit que j'étais déconnectée. Il a affirmé qu'une vraie connexion humaine, à travers le sexe, arrangerait les choses.

J'ai présumé que j'allais bien finir par perdre ma virginité tôt ou tard. Je me suis dit qu'il avait peut-être raison. Je me suis ouverte à lui, mais ça ne signifiait rien pour moi. Je vois maintenant que j'étais déjà en train de perdre ma capacité à ressentir à ce moment-là.

C'est pourquoi l'effet qu'a eu Abe sur moi aujourd'hui est d'autant plus inhabituel.

Je pousse un gros soupir.

— D'accord. C'est dans une semaine à partir de samedi. Tu me diras quand tu comptes venir, et je viendrai te chercher à l'aéroport.

— Cool.

— Bon, il faut que j'aille étudier à la bibliothèque. Je te parlerai plus tard.

— D'accord. Passe le bonjour à Lincoln et à ton père.

Il le dit chaque fois. Je ne m'embête jamais à faire passer le message.

— Oui. Au revoir, Luke.

— Au revoir, mon amour.

Je raccroche et fronce le nez. Je déteste ce plan. Mais ce n'est pas comme si j'étais obligée de faire l'amour avec Luke quand il viendra. Ou que j'avais envie d'aller au bal avec quelqu'un d'autre.

Il va venir, pour que je puisse rompre avec lui en personne. Je vais pouvoir apprendre à tourner la page, quelque chose que je n'arrive pas à faire avec ma mère.

Je pars regarder par la fenêtre. Le soleil est en train de se coucher, teintant de rose le flanc rocheux de la montagne. J'appuie mon front sur la vitre. Un oiseau sursaute dans l'un des arbres et je me retourne.

Le loup argenté est là, assis sur ses pattes à la limite de notre propriété. Le même loup qui a failli m'arracher la gorge la nuit dernière.

CHAPITRE QUATRE

Abe

Lauren est absente vendredi, ce qui m'énerve au plus haut point.

Est-elle malade ? Les humains sont si fragiles. Son jumeau aussi est absent. Peut-être sont-ils tous les deux malades. Ou alors ils sont partis en randonnée. Quelle que soit la raison, ça me donne envie de détruire le labo de chimie.

J'aimerais dire que c'est seulement parce que j'ai besoin d'elle pour réussir cette fichue expérience. Si je n'ai pas la moyenne cette semaine, je ne pourrai pas jouer au football pour le match de demain, et l'entraîneur Jamison et mon père me tueront.

Mais la vérité, c'est que je me fiche de cette expérience. Mon loup a terriblement envie de la voir. J'ai besoin de remplir mes narines de son odeur de pomme d'amour et de cannelle. Il hurle à l'idée qu'elle puisse être malade.

Comme s'il allait courir au manoir des Sterling pour la sauver d'une quelconque manière.

Le scintillement des lumières fluorescentes dans le laboratoire de chimie provoque une douleur lancinante dans mes tempes. Je scrute la feuille d'instructions que madame Miller a distribuée, tentant d'y voir plus clair. Qu'elle ait un sens. Mais mon regard ne parvient pas à suivre les mots à ma périphérie. Je vois les lettres, mais elles sont mélangées.

Putain.

Je repense à Lauren, et ma vision devient chaotique, un flou sombre s'étendant partout sauf sur les bords.

Je secoue fermement la tête.

Expérience de chimie.

Il faut que je le réussisse, sinon je ne pourrai pas participer au match de demain.

Je jette un coup d'œil aux deux élèves assis de l'autre côté de la paillasse. Ce sont des membres de la meute. Ils m'aideraient si je leur demandais.

Mais ce serait faire preuve de faiblesse. Ils se demanderaient pourquoi je ne sais pas ce qui se passe.

Nous avons décidé en quatrième que je ne laisserais jamais personne dans cette meute découvrir ma faiblesse. Mon père refuse que la moindre tache dans notre lignée familiale soit révélée.

Je me déplace donc mécaniquement, installant le matériel que les élèves de l'autre côté de la table sont en train de disposer, copiant leurs mouvements.

C'est à ce moment-là que j'obtiens ma réponse. C'est la tactique que j'utilise toujours quand je dois couvrir ma faiblesse.

La méchanceté.

— Hé, Newt, interpellé-je l'ado de l'autre côté de la paillasse avec un signe de tête. Tu es mon partenaire aujourd'hui. Viens par ici et fais le boulot.

Son cou rougit, que ce soit sous l'effet de la colère ou de l'attention de son roi alpha, je l'ignore. Dans tous les cas, il obéit et contourne la table pour prendre la relève.

Je m'appuie sur la table et sors mon téléphone, faisant semblant de scroller, même si je ne vois actuellement rien du tout.

Maudite soit Lauren Sterling.

Elle empire ma déficience. Et maintenant, je ne sais pas comment je vais survivre les heures qui me séparent de la fin de l'entraînement, quand je pourrai me transformer et la traquer à nouveau. Et ainsi découvrir ce qui ne va pas pour qu'elle rate un jour de cours et me la mette à l'envers.

* * *

LAUREN

LE PROBLÈME quand on a un jumeau, c'est qu'il se mêle constamment de vos affaires.

Surtout aujourd'hui, l'anniversaire de la mort de notre mère.

Nous avons tous l'impression d'être des fleurs fragiles dans la maison Sterling à cause de cette date. Lincoln et moi sommes restés à la maison en signe de solidarité avec notre père. Maintenant que j'ai passé toute la journée à l'intérieur à ne rien faire, je regrette ce choix.

Mais je ne veux pas annoncer que j'ai besoin d'être seule. Je me sens égoïste.

Lincoln et mon père s'inquiéteraient pour moi si je leur disais.

Donc, après le dîner, je sors par la porte de derrière sans rien dire ni à l'un ni à l'autre, en espérant que Lincoln mettra plus de dix minutes à se rendre compte de mon absence.

Notre nouvelle maison est gigantesque par rapport à celle que nous avions à New York. C'est un manoir construit sur le flanc d'une colline. Je ne me suis toujours pas habituée au terrain. Les teintes brunes. Les rochers et la poussière. La chaleur de l'Arizona, aussi étouffante que celle d'un sauna.

Nous sommes en septembre et il fait encore une chaleur accablante. Je suppose que le réchauffement climatique a frappé l'Arizona de plein fouet. C'est insoutenable. Je déboutonne ma chemise en lin à manches courtes et en noue les bords inférieurs au niveau de mon ventre.

Je marche sur le flanc de la montagne, sans suivre aucun chemin. Les yuccas me grattent les mollets. De la terre et des graviers se glissent dans mes Vans, que je porte malheureusement sans chaussettes.

Le soleil commence tout juste à se coucher, baignant le flanc de la montagne de teintes orange et jaunes. Les épines blanches des cactus prennent une couleur irisée.

Lorsque j'arrive au sommet de la colline, je regarde la maison, puis Wolf Ridge au-delà.

Drôle de ville.

Mais Wolf Ridge et ses habitants hostiles ne méritent pas que je m'attarde sur eux ce soir.

Je traverse la mesa pour continuer à grimper. Je ne suis pas une randonneuse, pas comme notre mère. Je n'ai pas l'habitude de sortir pour communier avec les saguaros au coucher du soleil.

Mais elle si. Elle adorait l'Arizona parce que sa mère l'aimait aussi. Ça a commencé suite à un voyage de formation au Grand Canyon après que ma grand-mère a été diplômée de Sarah Lawrence. Aujourd'hui, je vais donc essayer de retrouver la magie qu'elles ont toutes les deux ressentie ici.

J'ai terriblement besoin d'une connexion avec ma mère. De ressentir quelque chose. N'importe quoi. De la tristesse. Du chagrin. De la solitude. Quelque chose au-delà du vide.

J'escalade la crête. Il n'y a pas de sentier à suivre. Je devrais sans doute avoir peur de me perdre ici, mais je ne ressens rien. Je suppose que je suis d'humeur à tenter le destin.

Donnez-moi quelque chose à craindre.

Rendez-le réel.

Montrez-moi que je suis encore en vie et que je tiens à vivre.

Ce n'est pas que je sois suicidaire comme mon père.

Il faudrait pour cela que je tienne vraiment à cette vie. Ce n'est pas le cas.

Je n'arrive pas à m'intéresser à quoi que ce soit.

Après une demi-heure de marche, j'arrive à une corniche où la roche tombe sur une douzaine de mètres dans une falaise en contrebas.

Dans les arbres à ma droite, je crois percevoir un mouvement, mais quand je regarde, il n'y a rien. Je me souviens du loup qui a essayé de m'attaquer à travers ma fenêtre. Ça fait des semaines que j'ai l'impression que quelque chose rôde dans le coin. Comme si j'étais traquée.

Mon père a peur que le loup soit enragé. Il n'arrête pas d'appeler le département de chasse et pêche pour savoir s'ils l'ont déjà tué.

Je suis envahie par un horrible sentiment de culpabilité. Je n'ai pas peur d'une attaque de loup, mais s'il m'arrivait un malheur ici, le jour de l'anniversaire de la mort de maman, cela tuerait mon père et Lincoln.

Je m'assois sur le bord, les jambes croisées, et sors une lettre manuscrite de ma mère. Elle en a écrit une pour chacun de nous, pour nous aider à tenir après sa mort. Pour nous rappeler qu'elle nous aimait. Je relis ses mots.

FAITES MON DEUIL ENSEMBLE. Soutenez-vous les uns les autres. Quand vous serez prêts tous les trois, j'aimerais que vous dispersiez mes cendres dans les contreforts de notre résidence en Arizona. Faites-en un lieu spécial et sacré où vous pourrez communier avec moi. La terre et la lumière m'ont toujours semblé magiques à cet endroit. Que ce soit l'endroit où vous puissiez me trouver lorsque vous aurez besoin de vous connecter. Mais sachez que, où que vous soyez, je serai toujours avec vous. N'en doutez jamais.

J'EN DOUTE SINCÈREMENT.

Je ne sais même pas si je crois en la vie après la mort.

Et si j'y croyais, serais-je digne de la promesse de ma mère ? Une fille qui n'a même pas été capable de pleurer à son enterrement ?

Je relis sa lettre, essayant de ressentir quelque chose.

Je ferme les yeux. Quelque part, sous la surface, je perçois *quelque chose*. De l'inquiétude.

Je fronce mon visage comme si je pleurais, dans l'espoir de la faire remonter à la surface. Comme si, en faisant semblant, les larmes allaient sortir.

Rien.

Merde.

Je suis la pire fille au monde.

Ça craint de craindre, comme dirait Lincoln.

Je me lève et observe le bord de la falaise. Ça devrait me faire peur.

Je ne ressens aucune réaction biologique à la menace de la mort. Pas d'accélération de mon pouls ou de ma respiration. Pas de mains moites.

Je me penche sur le bord.

Toujours rien.

Bordel, mais qu'est-ce qui ne tourne pas rond chez moi ?

Je lève un pied du rebord et le maintiens devant moi comme si j'allais descendre d'un plongeoir.

À ma périphérie, j'aperçois un éclair argenté. Je me retourne pour découvrir un énorme loup, le loup, qui bondit dans les airs dans ma direction.

Je hurle lorsqu'il atterrit en silence sur ses pattes devant moi.

J'agite les bras, mais il est trop tard, l'équilibre de mon poids bascule du côté de la falaise. Je tombe…

Tombe…

Les puissantes mâchoires du loup claquent et attrapent le nœud de ma chemise.

Génial. Au lieu de mourir en bas, je vais être mangée par un loup.

Mais non, ma chemise se déchire.

Je me plie en deux, m'agrippant au bord de la falaise alors que mes fesses plongent en contrebas.

Apparemment, je préfère me faire dévorer par un loup plutôt que de plonger, car l'une des mains que j'agite atteint la nuque du loup, mes doigts se refermant sur de la fourrure.

Mes doigts se referment sur…

Mes pieds se balancent dans les airs, mais je ne tombe pas.

Je suis suspendue au bord de la falaise, pendue par mon bras tenu d'une poigne puissante par…

Abe Oakley.

Une minute… quoi ?

Abe Oakley *torse nu*.

D'où vient-il ? Ai-je eu une absence ? Qu'est-ce qui se passe, bordel ?

Mais tout s'éclaircit alors.

Parce qu'Abe ouvre la bouche et le bout de tissu déchiré de ma chemise s'échappe de sa bouche.

Abe Oakley est un loup.

Il me hisse sur le bord de la falaise, me tire sur lui et fait rouler nos deux corps, de sorte que je suis en dessous et lui au-dessus.

Et c'est là que je réalise…

Abe est *complètement* nu.

Enfin, je suppose que c'est logique.

Le loup n'était pas habillé. Et il était, non, il *est* assurément le loup.

Je lève les yeux vers lui.

Je n'ai pas peur, mais ce n'est pas parce que je suis encore indifférente.

Au contraire, pour la première fois depuis plus d'un an, je ressens *tout*.

Le murmure de la brise chaude sur mes joues. Les battements rapides de mon cœur contre le torse d'Abe. Un sentiment d'exaltation. De gloire, même.

Je ne suis pas morte.

J'ai eu envie de vivre. J'ai eu sincèrement peur pendant un instant, mais j'ai survécu. Et c'est *merveilleux*.

Le sentiment d'être en vie. D'avoir vécu cette expérience incroyable qui ne peut être expliquée. De…

Une minute. Peut-être suis-je morte ? Je suis morte, et je me retrouve dans une sorte de rêve après la mort où mon subconscient a produit un loup qui se transforme en Abe Oakley.

— Putain.

Les yeux d'Abe sont ronds, son regard inspectant mon visage avec une horreur naissante. Il recule.

— Putain, putain, putain.

Bon, oui. Ça me paraît réel. Abe ferait ça. Mais, contrairement à Abe, il est aussi effrayé de se retrouver nu sur moi que je l'étais d'avoir un loup qui essayait de me mordre le ventre.

Mais non, ce n'est pas ce qui s'est passé.

— Tu m'as sauvée, réalisé-je.

Il ne m'a pas mordue, il a attrapé ma chemise. Il essayait de m'empêcher de chuter.

Abe se lève d'un bond et me regarde fixement. Son corps est encore plus beau que le David de Michel-Ange, ses muscles parfaitement sculptés, son sexe particulièrement impressionnant à moitié dressé. Il déglutit.

— Oui. Je... t'ai sauvée du loup.

Je cligne des yeux. Sa voix a le timbre de quelqu'un qui essaie de faire avaler des salades. Comme s'il essayait de me faire croire qu'il n'était pas le loup. Pour aider à transformer une situation inexplicable en quelque chose qui corresponde à cette réalité.

Sauf qu'il est complètement nu. Et j'ai vu le nœud de ma chemise tomber de sa mâchoire. Donc, non, je ne le crois pas.

— Non, Abe. C'est toi le loup.

* * *

ABE

— PUTAIN.

Je m'essuie la bouche du revers de la main.

Je suis dans la merde.

Je suis *tellement* dans la merde.

Cette humaine est le fléau de mon existence.

La peur que j'ai eue pour elle, cette terreur de la voir se jeter du haut du rebord, est toujours présente dans mes veines. Le seul moyen de la sauver était de reprendre forme humaine, et maintenant elle m'a vu.

Elle connaît mon secret.

J'ai enfreint la loi de la meute.

Je lui lance un regard noir.

— Qu'est-ce que tu faisais ?

Ma voix est rauque par l'adrénaline. Mes yeux doivent changer de couleur, car ses paupières s'élargissent et sa bouche s'ouvre.

— Tu es le loup qui a essayé de m'attaquer par la fenêtre l'autre soir.

— Je ne t'attaquais pas. Je...

J'essaie de reprendre le contrôle de l'interrogatoire.

— Pourquoi allais-tu sauter ?

Je ne comprends pas pourquoi cette riche fille hautaine serait suicidaire, mais c'est ce que j'ai vu. Elle était littéralement en train de sauter de la falaise.

Il *fallait* que je fasse quelque chose.

Elle se redresse en position assise et tente de lisser les bords en lambeaux de sa chemise boutonnée de manière à cacher un soutien-gorge rose melon. Sans succès. Je l'ai déchirée presque jusqu'aux aisselles.

J'essaie de ne pas regarder la peau nue de son ventre. J'ai déjà suffisamment perdu le contrôle.

— Je n'allais pas sauter.

Je ne sens pas de mensonge, mais il y a chez elle une lourdeur que je n'avais pas remarquée auparavant. J'étais bien trop décontenancé par ma réaction à son odeur et à son corps, et trop agacé par son attitude hautaine, pour me rendre compte qu'elle pouvait être malheureuse.

Mais malheureuse au point de sauter d'une falaise ? Ou pour l'envisager ? Ça n'a aucun sens.

Je lui tends la main parce que laisser une femme assise sur son postérieur n'est pas digne d'un gentleman. Je m'attends à ce qu'elle la repousse d'une claque, mais elle pose sa paume dans la mienne.

Par habitude, je module ma force pour faire semblant de ne pas être capable de soulever son poids sans le moindre effort, avant de me souvenir qu'il est trop tard pour cela.

Il est trop tard, et je dois régler ce problème rapidement.

Je change de cap au beau milieu de mon mouvement, abaissant mon épaule pour insérer celle-ci dans le pli de sa hanche, puis je la soulève directement du sol.

— Abe ! crie-t-elle alors que son torse bascule dans mon dos. Qu'est-ce que tu fiches ?

Je doute qu'elle apprécie la vue de mon postérieur nu ou

d'être malmenée de cette façon. Je sais que c'est chiant, mais je n'ai pas le choix.

Je me mets à courir, tout en m'efforçant de garder une démarche régulière et souple afin de ne pas secouer trop brutalement ma captive la tête à l'envers.

Elle frappe mon fessier dénudé.

— Abe ! Qu'est-ce que tu fais ? Où est-ce que tu m'emmènes ?

Je ne réponds pas. Il est impossible de lui expliquer ce qui va lui arriver maintenant, et le faire ne ferait que la traumatiser davantage. La meilleure chose à faire est sans doute de me taire jusqu'à ce que j'aie résolu le problème.

Ce sur quoi je ne compte pas, et ce sur quoi je ne compte jamais, c'est que Lauren finisse par me voler ma santé mentale.

Elle me frappe de nouveau au même endroit, puis agrippe l'une de mes fesses, qu'elle serre alors fermement en enfonçant ses ongles dans ma peau. J'aurais pu supporter la torture de ses mains sur ma chair nue s'il n'y avait pas eu l'odeur de son excitation juste devant mon nez.

Avant même que je puisse réfléchir, un grognement de loup s'échappe d'entre mes lèvres, et je tourne la tête et enfonce mes dents dans sa cuisse.

Oh, merde !

Heureusement, mes canines se plantent dans le tissu de son short en jean, pas dans sa chair. Je perfore les fibres de coton, mais je m'arrête avant de percer sa peau.

Oh, destin. *C'était une morsure d'accouplement.*

Je viens d'essayer de marquer une humaine.

Une femelle que je ne connais même pas et que je n'aime pas.

Qu'est-ce qui cloche chez moi ? Mon loup est-il fou ?

— Qu'est-ce que tu fais, Abe ?

Lauren donne des coups de pied, mais l'odeur de son

excitation ne fait que s'intensifier. Cette fille va me tuer. C'est comme si elle était câblée à l'envers, et plus je la maltraite, plus elle est excitée.

Peut-être qu'elle fait partie de ces femmes qui sont excitées par la douleur ou l'humiliation. Par le BDSM, ou peu importe comment ils appellent ça.

Les humains sont de vrais pervers.

Sauf que ma tentative de réprimande dure à peine deux secondes avant que je ne sois entièrement d'accord pour lui donner tout ce qu'elle désire. Tout ce qui l'excite. Et ainsi découvrir comment la pousser à bout de toutes sortes de façons.

J'aimerais apprendre à faire hurler Lauren Sterling de plaisir. Crier de douleur. Frémir de tentation et de besoin. La torturer comme elle me torture depuis la rentrée des classes.

Bien sûr, je ne le ferai pas. Je ne prends pas les femmes sans leur consentement, même si elles sont excitées. Ce n'est pas parce que son corps veut quelque chose de moi *qu'elle* le veut.

Lauren me griffe le dos et me mord les côtes. Elle continue de me frapper les fesses.

— Lâche-moi, Abe ! Repose-moi !

Je cours à travers la mesa jusqu'au chalet de ma famille. Situé au milieu de notre terrain de chasse, c'est là où je me rendais après le dîner pour me déshabiller et me transformer. C'est aussi le repaire que mon frère et ses amis utilisaient au lycée pour amener des femmes pour…

Non, je ne peux pas penser à ça.

Ce n'est pas ce que Lauren veut.

— Abe !

Il y a une note de panique réelle dans sa voix qui dérange mon loup.

Qui le dérange suffisamment pour qu'il ait besoin de l'apaiser.

— Calme-toi, princesse.

Je la fais basculer pour la poser sur ses pieds sur le porche et attrape la clé au-dessus du cadre de la porte.

— Je ne vais pas te faire de mal.

Elle ne s'enfuit pas. Peut-être est-elle trop choquée par mon comportement. Je doute que ce soit parce qu'elle a confiance en moi ou en ce que je viens de promettre. Elle me regarde fixement pendant que j'ouvre la porte du chalet et entre pour prendre mes vêtements.

— Pourquoi m'as-tu amenée ici ?

Elle me suit jusqu'à l'embrasure de la porte, puis reste debout au milieu de celle-ci, ni à l'intérieur, ni à l'extérieur. Le rose et le violet du soleil couchant font briller le ciel derrière elle, l'éclairant à contre-jour avec l'aura d'une déesse.

Je ne réponds pas, et enfile au lieu de cela un caleçon et un short. Je remercie la lune qu'elle ne soit pas déjà partie en courant.

Ce n'est pas parce que je l'excite. Ce n'est pas possible.

Elle a sans doute besoin de réponses sur ce qui vient de se passer. Je me suis métamorphosé sous ses yeux. *Putain !*

J'y ai été obligé, ou elle se serait écrasée en bas du ravin. Cette idée me donne encore mal au ventre.

Mais maintenant, je dois faire l'impensable. Je dois lui effacer la mémoire.

J'enfile un T-shirt et fais un bref détour dans la cuisine pour prendre du ruban adhésif dans le tiroir à bricoles.

— Je suis vraiment désolé.

J'avance vers elle en étirant une longueur de ruban adhésif du rouleau.

Elle comprend vite. Elle est très intelligente, je le savais déjà après nos cours de chimie. En une seconde, elle s'élance vers la porte, mais elle n'est pas de taille face à moi.

Je la rattrape en quelques grandes enjambées et lui passe un bras autour de la taille pour la hisser sur ses pieds.

— Ne panique pas, princesse.

Il m'est difficile de décrire combien c'est satisfaisant d'avoir ma bouche appuyée contre son cou, sa douce chevelure sombre et cuivrée caressant ma mâchoire. Son parfum de pomme d'amour me fait bander.

— Je ne vais pas te faire de mal.

Elle gigote et se débat, ses ongles s'enfonçant dans mon avant-bras.

— Tu me fais *déjà* mal, ment-elle.

— Je sais que c'est faux. Si tu cessais de te débattre, je pourrais te reposer.

Elle se relâche immédiatement. À l'instant même où je pose ses pieds au sol, elle tente de s'enfuir à nouveau.

Je lui donne une claque sur les fesses.

— Je n'ai pas envie de faire ça.

Ce n'est que partiellement vrai. La satisfaction de la soulever, de la porter jusqu'au canapé et d'enjamber ses hanches pour la maintenir au sol est bien trop délicieuse pour la nier. J'attrape ses poignets et les colle l'un à l'autre pour enrouler le ruban adhésif autour d'eux.

— Qu-qu'est-ce que tu fais ?

Abe

JE SENS DÉSORMAIS une peur véritable chez Lauren, et ça me fait presque tomber sur le cul. Mon loup s'affole ; il veut que je l'apaise.

J'ai envie de lui écarter les jambes et m'occuper de ses

autres besoins. Le genre qui implique qu'elle s'étrangle sur mon nom dans un cri de plaisir.

Mais aucune de ces choses ne peut se produire maintenant.

J'enroule le ruban adhésif aussi rapidement et efficacement que possible.

— Ne panique pas, Lauren. Enfin, bien sûr que tu vas paniquer parce que je suis en train de te scotcher les poignets et les chevilles, mais je jure devant le destin que je ne vais pas te faire de mal. Tu ne te souviendras simplement pas de ce qui s'est passé ce soir.

Ce qui est apparemment la pire chose que je pouvais dire.

Lauren explose et me donne un coup de tête. Ça ne fait pas mal, mais elle a les larmes aux yeux, ce qui accable mon loup. Je la redresse et m'accroupis à ses pieds pour attacher ses chevilles avec le ruban adhésif pendant qu'elle me frappe à la tête et aux épaules avec ses mains liées.

Je finis d'enrouler le ruban autour de ses poignets.

— Hé, dis-je doucement comme si j'essayais de calmer un cheval effrayé. Tu ne me fais pas mal. Tu es en train de te blesser toi-même.

Je plaque ses mains sur ses genoux.

— Ça va aller, Perle. Je te le promets.

Je ne sais même pas si ma promesse est sincère. Ce n'est pas comme si j'avais déjà effacé la mémoire d'un humain. Je n'ai même jamais rencontré de vampire, et encore moins engagé un pour rattraper une bêtise de mon propre chef.

Si je n'avais pas déjà merdé en refusant d'écouter quand on m'a dit de rester à l'écart de Lauren Sterling, je pourrais prendre le risque d'une punition et l'emmener à l'alpha sur le champ, histoire de lui demander de réparer mon erreur et lui donner ma confiance afin qu'il le fasse correctement.

Mais ce n'est pas possible. Je serais banni de la meute. Et pour notre espèce, un bannissement équivaut à se retrouver condamné à une vie qui ne mérite pas d'être vécue. Il n'y a qu'à poser la question à Asher, dont le père a été banni quand il avait dix ans.

J'entends un ding depuis la poche arrière du short de jean de Lauren, et je sors alors son téléphone. C'est un message de Lincoln :

Où es-tu ? Est-ce que ça va ?

Je suis submergé par une nouvelle vague d'inquiétude. Pourquoi cette question ? Est-elle déprimée ? Suicidaire ? Qu'arrive-t-il donc à cette femme énigmatique ?

Lauren me regarde, puis ses yeux s'écarquillent alors qu'elle hoquète.

— La lettre ! s'écrie-t-elle, une panique sincère dans sa voix. *Où est la lettre ?*

— Quelle lettre ?

Elle hausse la voix jusqu'à ce qu'elle devienne un cri :

— Où est la lettre de ma mère ?

J'essaie de comprendre où elle veut en venir.

— Le papier ? Le papier qui était dans ta main quand tu as tenté de sauter de la falaise ?

— Je n'ai pas *sauté* de la falaise ! Ce loup énorme a essayé de m'attaquer et je suis tombée.

Elle tente de se lever, vacille, et je la rattrape avant qu'elle ne tombe.

— J'ai besoin de cette lettre !

— Je ne t'ai pas attaquée, je cherchais à t'empêcher de sauter.

Je fouille ses poches, tout en ignorant la pulsion de désir qui m'envahit d'avoir mes mains sur ses hanches, mais il n'y a rien.

— Tu as dû la faire tomber.

— Non.

Elle secoue vigoureusement la tête. Sa voix est étranglée.

— Elle ne peut pas avoir disparu. Abe, j'ai besoin de cette lettre ! Laisse-moi partir, je dois la trouver !

Je la fixe du regard. Cette soirée ne pourrait pas être plus barrée.

Si son odeur n'était pas devenue si métallique, et si je n'entendais pas le timbre des larmes dans sa voix, je pourrais peut-être ignorer ses supplications. Mais elle est clairement désespérée.

— Que contient cette lettre, Perle ? De qui vient-elle ?

Je suis traversé par une vague de jalousie lorsque je me demande si elle provient d'un petit ami de sa ville natale.

— C'est la dernière lettre que ma mère m'a écrite avant de mourir.

Je m'immobilise.

Oh, merde. Je ne savais pas que sa mère était morte. C'est un sacré poids. J'ai été un vrai con avec cette fille, en pensant qu'elle était privilégiée alors qu'elle a subi une perte si importante. Peut-être récemment. Une perte tellement plus grande que ce que j'ai jamais connu. Une perte qu'aucun adolescent ne devrait subir.

En dépit de mon meilleur jugement, je prends ma décision.

— D'accord, je vais aller la chercher. Mais je dois m'assurer que tu ne peux pas t'enfuir.

— Qu'est-ce que tu veux dire ?

Je la soulève et la porte jusqu'à la chaise de la cuisine.

— Assieds-toi là.

— Je ne vois pas en quoi j'ai le choix, bougonne-t-elle.

Je l'attache au dossier de la chaise en enroulant plusieurs mètres de ruban adhésif autour de sa taille.

Elle lève les yeux vers moi en me dévisageant. Ils sont bleu-vert, la couleur de l'océan là où il s'écrase sur les rochers.

— Je te déteste, Abe Oakley.

— Je ne suis pas fan de toi non plus, Perle, répliqué-je. Mais ce n'est pas la question.

Je pose son téléphone près de la porte où je me déshabille à nouveau, mon loup se cabrant lorsque je sens le regard de Lauren sur mon corps. Je me retourne pour regarder pardessus mon épaule pour découvrir que son attention est rivée sur mon postérieur. Elle déglutit et je sens à nouveau l'odeur enivrante de son excitation.

Ce parfum va me tuer. Je détourne mes hanches de son champ de vision de façon qu'elle ne puisse pas voir la réaction enthousiaste de mon entrecuisse.

— Ne bouge pas, l'avertis-je, tout en sachant pertinemment qu'elle fera sûrement tout en son pouvoir pour se libérer dès que je partirai.

— Va te faire foutre.

L'alpha expérimenté qui sommeille en moi ne peut s'empêcher de la fusiller du regard.

— Tu veux que j'aille chercher la lettre, oui ou non ?

Ses joues se colorent d'une jolie teinte rougeâtre.

— Oui, bougonne-t-elle.

J'incline la tête.

— Oui, quoi ?

Ses narines se dilatent et sa mâchoire se contracte.

— Oui, *s'il te plaît*, répond-elle entre des dents serrées.

Je lui offre un petit sourire.

— C'est mieux. Maintenant sois sage, Perle, ou il y aura des conséquences.

Ce parfum féminin s'intensifie.

Elle est en train de me tuer.

Je ferme la porte derrière moi et me transforme. Je peux me déplacer plus vite sur quatre pattes, et je serais capable de sentir ce bout de papier si jamais le vent l'a emporté.

Pendant que je cours en direction de la falaise, je ne cesse de me demander ce que je devrais faire. Et comment gérer cette situation.

Il faut que j'appelle mon frère, Austin. Il doit savoir qui je devrais aller voir, le prix, et comment ça marche. D'après ce que j'ai entendu, plus vite on intervient et efface la mémoire du concerné, moins ce dernier subit de dégâts. Je dois uniquement effacer quelques heures de l'esprit de Lauren. Ça ne devrait pas affecter son cerveau intelligent.

Une fois arrivé à la falaise, j'abaisse mon museau vers la terre et renifle. L'odeur de Lauren est omniprésente, mais je ne sens pas de papier. Je jette un coup d'œil par-dessus le bord et scrute le terrain. J'aperçois quelque chose de blanc en contrebas. C'est peut-être un rocher de couleur claire, mais c'est peut-être la lettre.

Comme il n'y a personne autour de moi et que je suis pressé, je saute simplement du rebord, en me repliant pour rouler à l'atterrissage. Cela me coupe légèrement le souffle, mais je me relève et me secoue. Je trottine vers ce que j'espère être la lettre.

Ce n'est pas du papier. C'est le morceau de tissu de la chemise de Lauren. Je le prends dans ma bouche, non pas parce qu'elle en aura besoin, mais parce que mon loup a envie de sentir son essence dans ma bouche.

Je scrute à nouveau le terrain, mais mes yeux ne coopèrent pas. Je les cligne alors que ma vision se brouille, et une vive douleur me traverse les tempes et paralyse mon cou à la base de mon crâne. Je m'immobilise pour ne pas m'effondrer, et respire profondément.

Mon loup gémit sous l'effet de la douleur.

Merde.

Ce n'est pas le moment de faire une crise.

Ma vue devient complètement noire.

J'attends en prenant de grandes inspirations pour calmer mon système nerveux.

Éclaircis-toi, éclaircis-toi, éclaircis-toi.

Ma vue va s'éclaircir.

Mon père dit que quand ça arrive, ce ne sont pas mes yeux qui sont en cause, mais l'interprétation de mon cerveau des signaux qu'ils lui envoient. Il essaie de voir en tant qu'humain pendant que je suis sous ma forme de loup et vice-versa. L'odeur de Lauren en est-elle la cause ? Je relâche le tissu serré dans ma gueule et me laisse tomber sur le ventre, me donnant alors des coups de pattes dans le visage pour essayer de me frotter les tempes et priant le destin pour que cette merde se dissipe rapidement.

Soudain, le vent change de direction. Une odeur inattendue me chatouille les narines et je me remets aussitôt à quatre pattes.

Où est-il, bordel ?

Je balance la tête d'un côté à l'autre, tentant désespérément de voir, de corriger le signal cérébral qui bloque ma vision.

Un geste violent de ma tête, ou peut-être l'énorme dose d'adrénaline en moi, me rend la vue, et je vois ce que mon nez a déjà identifié.

Là, à une dizaine de mètres devant moi, se dresse un gigantesque grizzly.

Pas un ours ordinaire, un métamorphe. Un ours clairement hors de son territoire, non pas que je puisse défendre le nôtre sans ma meute.

Comme si cela ne suffisait pas, il lève son museau vers le ciel et pousse un rugissement strident. Un avertissement à mon égard.

Et c'est à ce moment-là que je la vois, serrée dans la patte en mouvement immense de la bête...

La lettre de Lauren.

CHAPITRE CINQ

Abe

Je n'ai aucune chance contre un ours. Peu importe que je sois de taille imposante. Peu importe que je sois l'alpha du lycée, un loup solitaire ne fait pas le poids face à un grizzly.

Merde.

Qui est-il, et que fait-il sur les terres de notre meute ?

Est-il devenu sauvage ? Je remarque le blanc autour de son museau. C'est un vieil ours. Peut-être les ours métamorphes deviennent-ils séniles ?

Ses griffes fendent l'air en guise d'avertissement, mais je ne peux pas reculer.

Pas quand il tient la lettre de Lauren.

Il n'y a qu'une chose à faire : essayer de pousser ce type à prendre sa forme humaine. Je me transforme et me lève, mes paumes tournées vers l'extérieur.

— Waouh. Du calme. Tu es sur le territoire de ma meute, pas l'inverse. Tu es perdu ?

L'ours ne se métamorphose pas, et il n'aime pas la question. Il pousse un rugissement sauvage. Le genre qui m'encouragerait presque à reprendre ma forme de loup pour me défendre. Je résiste à l'envie.

— D'accord, peu importe. Je m'en fiche. Le truc, c'est que tu tiens la lettre de ma copine.

Je ne sais pas trop ce qui me pousse à appeler Lauren *ma copine*. Je me dis que c'est par souci de simplicité, mais mon loup adore ça.

— Elle vient de sa mère, qui est morte. Elle y tient beaucoup. Elle m'a envoyé la récupérer.

L'ours a l'air de m'écouter. Je ne pense pas qu'il soit sauvage, mais il ne se transforme pas en humain non plus. Sa lèvre supérieure est toujours retroussée et me montre ses dents. Il tourne la tête comme s'il cherchait Lauren.

— Elle est dans le chalet. J'ai promis d'aller chercher la lettre. Puis-je l'avoir ? S'il te plaît ?

Je ne m'attends pas à ce qu'il obtempère. L'ours ne montre aucune amabilité et semble totalement indifférent au fait qu'il a pénétré sans autorisation sur le territoire des loups. Il balance son énorme patte en arc de cercle. Je pense qu'il s'agit d'une autre menace jusqu'à ce que je me rende compte qu'il a lâché la lettre comme s'il me lançait une balle de baseball.

Je me transforme et cours la rattraper, oubliant toute prudence que je devrais avoir devant lui, mais il ne charge pas. Il se dresse sur ses pattes arrière et me regarde jusqu'à ce que j'ai attrapé le bout de papier en chute libre. Je le saisis prudemment entre mes lèvres, pas mes dents, de façon à ne pas l'abîmer.

L'ours fait demi-tour et s'élance à une vitesse étonnante pour un animal aussi gros et maladroit, du moins en apparence.

Je baisse la tête et cours en direction du chalet.

J'ai déjà perdu trop de temps. Je dois emmener Lauren chez un vampire et effacer ses souvenirs avant que ce trou dans son cerveau ne devienne trop long à expliquer ou trop épais en connexions neuronales pour ne pas causer de dommages permanents.

* * *

LAUREN

LA PORTE du chalet s'ouvre brusquement et Abe la franchit comme un boulet de canon.

Je suis allongée sur le côté, toujours attachée à la chaise, qui est également sur le côté. Je l'ai fait basculer pour essayer d'atteindre mon téléphone.

Inutile de préciser que je n'ai pas fait plus de quelques dizaines de centimètres. Ce n'était pas facile, comme je me traînais sur le sol. Je n'ai fait qu'un petit mètre pendant son absence.

Mais, euh, *waouh*. Le voilà. Une fois de plus, je suis choquée par sa nudité. Je suis encore plus choquée par ma réaction.

Parce que je ne sais soudain plus comment j'ai pu trouver Luke attirant.

Il ressemble à un petit garçon comparé à Abe.

Qu'est-ce que ça ferait d'être sous tous ces muscles durs ? Ou d'être au-dessus ? Mon pouls commence à adopter un rythme régulier entre mes jambes.

Mais j'aperçois ce qu'il tient dans sa main et oublie les pensées lascives qui se bousculent dans ma tête.

— Tu l'as trouvée.

Il traverse le chalet à grands pas et dépose la lettre sur une table d'appoint. Sa bouche est sérieuse et ses épaules imposantes tendues.

— Je l'ai trouvée.

Il se retourne et observe ma détresse. J'essaie de ne pas regarder sous sa taille, mais c'est mission impossible. Et il est... *OK*... waouh. Dur et prêt. Je me mords la lèvre inférieure.

— Je constate que tu as désobéi à mes ordres.

J'avais oublié de quoi je dois avoir l'air dans cette position ridicule. L'intégralité de mon poids est concentrée sur l'une de mes épaules, maintenant engourdie.

— *Désobéi*, craché-je. Tu te crois où, dans l'armée ?

Je suis incapable de le regarder dans les yeux. Mon regard parcourt l'intégralité de son corps parfait, traçant les contours sculptés de chacun de ses muscles magnifiques. Je reviens toujours à ce muscle *en particulier* qui semble, euh, *heureux* de me voir.

Abe enfile son caleçon et un jean délavé cette fois-ci et s'approche de moi à grands pas.

— Tu sembles oublier qui a ton destin entre ses mains en ce moment.

Il saisit la chaise, avec moi dessus, et la redresse comme si elle pesait deux petits kilos, et non pas plus de cinquante-cinq. J'ai vu que ses muscles ne se sont même pas tendus quand il l'a relevée.

Ce type est un mutant. Il est toujours torse nu, ce qui signifie que je vois chaque ondulation de ses énormes muscles quand il bouge. Il est magnifique. Mais un vrai connard.

— Oui, on peut y revenir ? répliqué-je en lui lançant un regard noir. Tu peux m'expliquer ce que je fais ici ?

— Tu as vu quelque chose que tu n'aurais pas dû voir. Et c'est un problème pour ma meute.

— Ta *meute*...

Je devais être en état de choc tout à l'heure, ou bien le caractère surréaliste de la soirée m'a empêchée de former toute pensée rationnelle. Mais soudain, je comprends.

Pourquoi la petite ville de Wolf Ridge est si bizarre.

Ce sont tous des loups-garous.

Je suis bouche bée.

Abe grimace.

— Putain !

Il s'éloigne de moi, sort un téléphone de sa poche et compose un numéro.

J'entends une voix masculine répondre bruyamment, comme s'il parlait par-dessus une réunion ou une fête.

— Hé, frérot ! Qu'est-ce qui se passe ?

— J'ai un problème. Un gros problème. J'ai besoin d'aide.

Je n'entends pas la réponse, mais le bruit se calme, comme si l'homme à l'autre bout du fil, dont j'ignore si c'est vraiment son frère ou juste un ami qui l'appelle *frérot*, s'était isolé dans un coin privé.

— Une fille du lycée m'a vu me transformer. Une humaine.

Je ne parviens pas à entendre les réponses de l'autre personne, d'autant plus qu'Abe tourne le dos et s'éloigne vers ce qui doit être une chambre à coucher.

— Je sais, mais je ne peux pas… l'alpha Green m'a déjà dit de ne pas m'approcher d'elle. Elle m'a aussi vu lors de la dernière course à la pleine lune… Ouais, j'ai merdé… *Non !* Elle n'est rien pour moi.

Il jette un regard noir par-dessus son épaule.

Ses mots ne devraient pas me déranger. Bien sûr que je ne suis rien pour lui. Il n'est rien pour moi non plus. Mais quelque chose me reste en travers de la gorge. Un sentiment d'abandon qui s'ouvre toujours comme une crevasse de la taille du Grand Canyon chaque fois que je pense à ma mère.

C'est peut-être pour cela que je n'arrive pas à la pleurer. Je suis trop occupée à me sentir blessée qu'elle m'ait quittée. Elle était censée me voir grandir. Me voir obtenir mon diplôme. Être présente à mon mariage. Explorer elle-même ce flanc de montagne au coucher du soleil.

Les larmes qui m'ont échappé remontent dans ma gorge, m'étouffent, me suffoquent. La pression dans ma poitrine est si forte que je jure qu'elle va éclater. Ma lèvre inférieure tremble.

Puis… rien.

Je les ravale.

Si près.

Mais c'est pathétique que cet élan d'émotion ait été dû à de l'autoapitoiement et non quelque chose de plus altruiste.

Je suis nulle.

Je reporte mon attention sur Abe, qui fait des *Mm-hmm* et d'autres bruits affirmatifs.

— Tu es sérieux ? demande-t-il. Tu connais la combinaison ?

Il revient dans le salon et pousse le canapé comme s'il ne mesurait et ne pesait rien. Il retourne le tapis.

— Oui, je la vois.

Je me penche pour voir ce qu'il regarde. Il soulève une trappe et y tend la main en faisant tourner son poignet. Le léger ronronnement d'un cadran parvient à mes oreilles.

Ce doit être un coffre-fort. J'entends un cliquetis avant qu'il n'ouvre une lourde porte métallique.

— Je l'ai.

Abe sort une pile de billets de vingt dollars soigneusement emballée, qu'il parcourt.

— Tiens-moi au courant. Merci. Ne dis rien à papa, d'accord ?

C'est donc son vrai frère.

— Promis ? Merci.

Abe raccroche et sort un pistolet du coffre. Il a l'air ancien, comme ceux qu'on voit dans les westerns. Un six-coups, je crois.

L'alarme se déclenche dans ma tête. Va-t-il me tuer et enterrer mon corps ?

— Qu'est-ce que tu vas faire avec ?

Abe ouvre la chambre et regarde à l'intérieur, puis tend la main pour prendre six balles. Lorsqu'il lève la tête, ses yeux ont l'air de briller.

CHAPITRE SIX

Lauren

Je présume immédiatement qu'Abe Oakley va me tuer.

Mon corps répond par une nouvelle dose massive d'adrénaline, mon cœur bat la chamade et mes jambes se contractent contre le ruban adhésif autour de mes chevilles.

Abe provoque continuellement de véritables sensations dans mon corps.

Je perçois une trace d'amusement sur son visage arrogant.

— Détends-toi, Perle. Ce n'est pas pour toi.

— Alors pour qui ? demandé-je en haussant la voix. C'est quoi ton plan, Abe ?

Il recharge l'arme et la range dans la ceinture arrière de son jean. Il se lève et enfile un T-shirt, puis compte les billets.

Son téléphone sonne. Il décroche. Ce doit être son frère qui rappelle. Après quelques brefs *OK* et *Ça marche,* Abe remercie son interlocuteur et raccroche.

Mon iPhone émet un bip, signe que j'ai reçu un message. Nous regardons tous les deux la coque à paillettes turquoise posée sur la table d'appoint.

— Ça doit être Lincoln, m'empressé-je d'expliquer. Il va paniquer si je ne rentre pas bientôt. Il doit sans doute être déjà en train de paniquer comme je n'ai pas répondu à son dernier message.

Abe range les balles dans sa poche et se passe une main dans les cheveux. Il a l'air différent qu'au lycée. Moins sûr de lui. Toujours aussi méchant, mais sans le côté moqueur. Il a perdu de son arrogance.

— Ouais, c'est justement le problème.

Il me regarde. Ses yeux sont gris-bleu, plus foncés que ceux de son loup.

— Ça va prendre quelques heures, peut-être trois. Alors qu'est-ce que tu peux lui dire qu'il croira ?

Je fixe Abe du regard. Pense-t-il vraiment que je vais l'aider à s'en sortir ? Pourquoi le ferais-je ? Je suis littéralement la captive.

Il semble lire mes pensées parce qu'il ramasse la lettre de ma mère et se dirige vers moi.

— Tu veux que je te la rende ? demande-t-il en haussant les sourcils.

— Donne-la-moi, m'emporté-je brusquement en faisant basculer la chaise vers l'avant, comme si je m'élançais vers lui.

— Trouve une excuse. Une bonne excuse.

Mon esprit s'emballe. Les jumeaux ont l'art de lire l'un en l'autre sans avoir à dire le moindre mot.

— Laisse-moi lui parler.

Abe se dirige vers la cuisinière. Il allume l'un des brûleurs à gaz, qui émet quelques clics avant de s'allumer.

Je me demande encore comment faire passer un message à Lincoln, mais toutes mes pensées s'arrêtent lorsqu'il tend la lettre de ma mère au-dessus du feu.

— Tu réfléchis, Lauren ?

Je bondis contre le ruban adhésif alors qu'une vive panique m'envahit les veines.

— Non !

— Réfléchis vite, Lauren. Trouves-en une bonne. Ou la lettre partira en fumée.

— Dis-lui que je suis à la bibliothèque ! hurlé-je.

Les larmes me piquent les yeux.

— Je t'en prie. Ne la brûle pas.

Il ne retire pas la feuille du danger.

— Il va y croire ?

— Oui ! J'adore aller à la bibliothèque. C'est mon endroit préféré.

Abe ne bouge toujours pas. Il me regarde longuement, les yeux plissés.

— Je t'aiderai. Je ne tenterai rien. Je te le promets !

Je débite, mue par mon besoin irrépressible qu'il éloigne le papier de la flamme.

Il le fait.

Il éteint le brûleur et prend le téléphone. Il le tourne vers moi pour que je le déverrouille, puis regarde l'écran en plissant les paupières.

— Tu as un problème aux yeux ?

Je remarque un tic agacé lui crisper la bouche avant que sa lèvre supérieure ne se relève dans une moue dédaigneuse.

— Je suis un loup alpha. Nous avons une vue parfaite.

— *Loup alpha.*

Je répète ces mots dans ma tête, d'autres pièces du puzzle s'assemblant. L'adoration que lui vouent les ados du lycée. Ses manières dominantes et agressives. Si différentes de l'homme que j'ai actuellement en face de moi.

C'est un truc de statut d'alpha. Une façade.

Un truc de loup.

Abe pousse un soupir frustré de dégoût envers lui-même,

comme s'il était en colère d'en avoir une fois de plus involontairement trop dit sur lui-même.

En fait, plus j'en sais sur lui, plus je comprends cette ville bizarre et détraquée, et moins je le déteste.

Il est comme tous les élèves de Landhower Prep ; il s'efforce de rester digne devant les autres élèves tout en cherchant à éviter les ennuis avec ses parents et les autres adultes.

Mais je sais que j'ai raison à propos de sa vue parce que sa mâchoire se contracte et qu'il cligne plusieurs fois des yeux devant l'écran avant même d'être capable de voir ce qu'il regarde. Il finit par ouvrir la messagerie et répond à Lincoln.

— Pourquoi est-il si inquiet pour toi ?

Je lance un regard noir à Abe.

— Ça ne te regarde pas.

— Pourquoi n'es-tu pas venue en cours aujourd'hui ?

Il ouvre la lettre et lit la date.

— Juin de l'année dernière. Quand est-elle décédée ?

Un raz-de-marée de chagrin se lève dans ma poitrine, à tel point que j'ai l'impression que ma tête va exploser.

— C'était aujourd'hui ? demande Abe.

Pour une raison qui m'échappe, il a l'air énervé, mais je n'arrive pas à comprendre ce qui lui prend.

Je rejette ma tête en arrière et fixe du regard le plafond sans rien voir.

Maman... j'ai besoin de toi.

Ma vision se brouille. Des larmes coulent au coin de mes yeux.

Enfin, ça commence. Je me retiens de dire ou de faire quoi que ce soit de peur qu'elles s'éteignent à nouveau comme elles le font toujours.

Un sanglot s'échappe de ma gorge.

Je ferme les yeux, m'appuyant sur le sentiment de libération, de soulagement, qui vient en les laissant sortir.

Pitié, ne vous arrêtez pas. Continuez à couler.

Je le remarque à peine arracher brutalement le ruban adhésif sur mon torse.

Je pleure. Un autre sanglot remplit ma mâchoire inférieure.

Abe me soulève de la chaise et me presse contre son corps. Mon visage est plaqué contre son T-shirt en coton. Mes mains liées sont coincées entre nos deux corps.

Je suis terrifiée à l'idée que cette proximité, cette interaction, puisse éteindre mes larmes.

Abe Oakley est la dernière personne avec laquelle je me sentirais en sécurité pour exprimer mes émotions. Cependant, la vérité se révèle tout autre, car, alors que mon visage est enfoui dans son T-shirt, je n'ai aucun mal à me laisser aller. Mon dos ne tarde pas à être secoué de sanglots et je baigne le devant de son haut de mes larmes.

Abe ne dit pas un mot. Il ne me tapote pas le dos et ne m'offre aucun murmure apaisant, mais il me serre contre lui, et la qualité de son étreinte est d'une férocité égale à l'intensité de l'émotion emprisonnée à l'intérieur de mon corps. D'une certaine manière, il me donne la permission de tout laisser sortir.

Je ne sais pas combien de temps je reste là à pleurer. Une éternité et moins d'une seconde à la fois. Tout ce que je sais, c'est que lorsque j'ai fini, lorsque les sanglots ont cessé et que les larmes ont séché, le vide a un goût de paix.

— Je n'ai pas pleuré.

Je lève mon visage du T-shirt maculé de mascara d'Abe et le regarde en clignant les yeux.

Il utilise ses pouces pour nettoyer les taches sous mes yeux et les essuie sur le bord de son T-shirt.

— Je n'ai pas pleuré depuis qu'elle est morte. Pas une seule fois. Je n'arrivais pas à faire sortir les larmes. Je n'ai rien ressenti. C'est pour ça que je me suis penché au bord de la falaise. Pas parce que je voulais mourir, mais parce que je me demandais si j'étais capable de ressentir de la peur.

— L'as-tu été ?

Je secoue la tête.

— Non, mais ce loup a foncé sur moi et… je ne sais pas, j'ai ressenti un petit quelque chose.

Abe me lance un regard indéchiffrable.

— Je suis désolé, Lauren. Ta journée pourrie ne va qu'empirer. Mais je jure sur le destin que quand tu te réveilleras demain, tu n'auras plus aucun souvenir. Et je m'assurerai, *vraiment*, putain, que tu te sentes bien.

J'essaie de décoder ce qu'il raconte, mon front se plissant alors.

— Comment ?

Abe ne répond pas, et une partie de ma tranquillité s'évanouit, remplacée par un sentiment d'effroi. Il y a quelque chose qui cloche. Je n'ai pas peur d'Abe, même s'il m'a attachée à une chaise et qu'il me retient prisonnière. Mais son plan, quel qu'il soit, ne sent pas bon. Pas bon du tout.

— Avec de la drogue ? demandé-je. Est-ce que tu vas me droguer ?

Ses lèvres se ferment, formant une ligne serrée. Au lieu de répondre, il glisse une main sous mes genoux et me soulève pour me porter comme une mariée. Il dépose mon téléphone sur mon ventre, suivi de la pile de billets.

— Pas de souci, je te les garde, plaisanté-je sèchement.

Les commissures des lèvres d'Abe se retroussent brièvement tandis qu'il sort du chalet à grandes enjambées. Ses prouesses physiques sont vraiment époustouflantes. Il doit être trois fois plus fort qu'un humain ordinaire. J'ai l'air aussi légère qu'une plume dans ses bras.

Et aussi fou que cela puisse être, je suis reconnaissante pour cette distraction. Le fait qu'Abe soit un loup et qu'il me kidnappe est une interruption puissante de l'indifférence que je ressentais jusque-là. C'est nettement préférable au vide qui m'avait engloutie ces derniers temps.

Il me porte jusqu'à son véhicule et parvient à me faire tenir en équilibre avec un bras pendant qu'il ouvre la portière côté passager. Il m'installe prudemment sur le siège avant et attache ma ceinture de sécurité.

— Je t'ai déjà vu, réalisé-je.

Même avant la nuit de pleine lune où il était devant ma fenêtre, j'apercevais régulièrement de brefs mouvements dans les bois, comme aujourd'hui avant qu'il ne me charge.

Abe ferme ma portière sans répondre, mais je sais que j'ai raison.

Nous descendons la colline en direction de Scottsdale en silence pendant vingt minutes, puis j'éclate de rire comme une hystérique.

— Quoi ? demande-t-il.

Je suis incapable de m'arrêter de rire. Je suis dans ce drôle d'état vertigineux, incontrôlable, insouciant. Ce n'est pas drôle, mais c'est quand même hilarant. D'abord les larmes, puis les rires. Abe semble capable d'enflammer toutes mes émotions perdues.

— Qu'est-ce qui est si drôle ?

— Je viens tout juste d'en prendre conscience, expliqué-je, toujours hilare. Mon *partenaire de chimie* est un loup-garou.

— Un métamorphe, pas un loup-garou.

J'essuie mes larmes de rire avec mon épaule.

— C'est quoi la différence ?

— Les loups-garous n'existent pas. Ils ne vivent que dans les films. Mais je ne comprends pas. Qu'est-ce qui te fait rire ?

— C'est comme dans *Twilight*.

Abe me lance un regard inexpressif.

— Le roman ? Le film ? Tu sais, le partenaire de chimie de

la nouvelle se révèle être un vampire qui est attiré par elle. Mon partenaire de chimie se révèle être un loup.

Je le regarde en clignant les yeux tandis qu'une nouvelle pensée me vient.

— Es-tu attiré par moi ? C'est pour ça que tu rôdes autour de ma maison ?

— Je ne suis pas *attiré* par les humaines, bougonne-t-il.

D'après la note défensive dans sa voix, je suis sûre et certaine que j'ai raison.

Abe se gare devant un immense manoir avec un portail en fer. Il baisse sa vitre pour s'adresser à la caméra, mais les grilles s'ouvrent avant qu'il n'ait à prononcer le moindre mot.

Mon stress s'amplifie au centuple.

— Où sommes-nous ? C'est le trafiquant de drogue ? Abe, que se passe-t-il ?

Il fait nuit noire dehors quand Abe s'arrête dans l'allée circulaire et gare la voiture. Son expression est sombre et ses épaules sont tendues, comme s'il se préparait à quelque chose. Lui aussi est inquiet. Ou bien il n'aime pas ce qu'il s'apprête à faire.

Je panique.

— Abe, ne fais pas ça. Je ne répéterai pas ton secret, je te le jure. Ramène-moi à la maison. Ce n'est pas bien.

Abe attrape une paire de lunettes de soleil à miroir sur la console centrale et, bien qu'il fasse nuit, les met.

— Je ne trouve pas ça bien non plus, pour être honnête. Et oui, j'imagine que je peux te le dire maintenant puisque tu ne t'en souviendras pas, tu m'attires beaucoup.

Il ouvre sa portière et sort.

L'étincelle de triomphe que suscite l'aveu de son attirance s'éteint immédiatement lorsque j'enregistre l'autre partie. Je ne m'en souviendrai pas ? Je ne me souviendrai pas avoir découvert ce qui se cachait sous la perfidie de la brute de l'école ?

Qu'il soit parti chercher la lettre de ma mère. Ou qu'il m'a prise dans ses bras quand je pleurais. Je ne me souviendrai pas qu'Abe n'est pas aussi méchant qu'il le prétend.

Ou que ce qu'on dit sur les garçons qui embêtent les filles est vrai : je lui plais.

Il ouvre ma portière.

— Je n'aime pas ça, dis-je, la gorge nouée. Qu'est-ce qui se passe ?

Il arrache le ruban adhésif de mes chevilles et me saisit par la taille pour me sortir du SUV et me poser sur mes pieds.

— Les prochains événements vont beaucoup plus ressembler à *Twilight*.

— Qu'est-ce que tu veux dire ?

— Les loups-garous n'existent peut-être pas, mais les vampires, oui.

CHAPITRE SEPT

Abe

J'ai mal au ventre lorsque je saisis le coude de Lauren.

Elle me résiste, se dégageant de mon emprise.

— Non. Tu ne m'emmèneras pas là-bas. C'est hors de question.

Je dois accorder à la princesse de glace qu'elle a un bon instinct. Elle a raison de se méfier. Je suis anéanti.

— Je suis désolé, Perle.

Je la soulève dans mes bras. Elle donne des coups de pied et me frappe avec ses mains liées, mais elle n'est pas de taille contre moi.

— Abe, non ! Pose-moi ! Ramène-moi à la maison !

Elle tente de tourner son corps et de se dégager de mes bras. L'odeur de sa peur fait grogner mon loup, prêt à la défendre.

— Tu n'es pas…

Ses mots s'éteignent lorsque la porte s'ouvre pour laisser sortir un jeune homme mince portant une veste de smoking en velours bleu des années 1920.

Il n'a pas l'air beaucoup plus âgé que Lauren et moi, mais je ne suis pas dupe. D'après ses choix de mode, il doit avoir plus de cent ans.

— Thomas ? demandé-je.

L'odeur des morts-vivants me donne la chair de poule. Je n'avais encore jamais vu de sangsue en personne.

C'est terrifiant.

Le vampire m'accorde à peine un regard, mais il parcourt lentement le corps de Lauren, s'attardant sur la chair douce et exposée sous ses seins. Je n'arrive pas à croire que je ne lui ai pas donné un autre T-shirt. Qu'est-ce qui cloche chez moi ?

Je pose ses pieds au sol, enlève mon haut et le lui passe par-dessus la tête et les épaules. Ses poignets étant liés devant elle, les manches pendent comme si elle était un mannequin sans bras. Je garde mon corps incliné de façon que la sangsue ne puisse pas voir le pistolet dans la ceinture de mon jean. Les balles sont en argent.

— Un jeune loup et une adolescente mortelle sur le pas de ma porte. Comme c'est inintéressant.

Son regard se pose sur moi comme une arme. Bien sûr, *c'est* une arme.

— Enlève tes lunettes de soleil, enfant-loup.

— Non.

Ma réponse est ferme. Je porte des lunettes de soleil à effet miroir. Il ne devrait pas pouvoir capter mon regard à travers elles et m'inciter à faire ce qu'il veut.

Je ne dis pas *non, monsieur,* comme je le ferais s'il était un ancien loup. Je suis uniquement là pour une transaction. Je ne peux pas faire confiance à cette sangsue. Mais je ne veux pas le contrarier. Il est dangereux et ne pense qu'à lui et à ses semblables. Plus vite j'aurai terminé mon affaire et partirai d'ici, mieux ce sera.

Je réprime l'envie de saisir mon arme. Je dois rester calme.

Le vampire m'adresse un sourire glacial.

— Où est l'argent ?

Je lui donne les deux mille dollars que j'ai pris dans le coffre de mon père, comme me l'a indiqué le contact d'Austin. Je vais devoir trouver un moyen de le rembourser avant que mon père ne le découvre.

Lauren doit se souvenir qu'elle essayait de s'échapper, car elle se retourne pour courir. Je l'attrape par la taille et la fais tourner pour la placer face à Thomas.

À l'instant même où elle attire son attention, elle se détend dans mes bras. Je ne la lâche pas. Mon cœur tambourine contre son dos.

Thomas lui saisit le menton, qu'il soulève.

— As-tu vu un métamorphe, très chère ?

Lauren halète, ses côtes s'élargissant contre ma poitrine à chaque inspiration. Son corps semble figé, comme si elle essayait de jouer à la statue.

J'essaie de l'apaiser en dessinant de lents cercles sur la peau nue de sa taille. Avant de venir, j'avais envisagé de demander au vampire d'implanter des pensées heureuses en elle, pour l'aider à se sentir mieux à propos de sa mère, mais maintenant je prends conscience que c'était idiot. Je ne fais pas confiance à ce type pour accomplir quoi que ce soit de plus. Nous partirons la seconde où il aura effacé ses souvenirs concernant mon loup.

— Je vois… tu étais sur une falaise. Le jeune loup t'a sauvée.

De la chair de poule me parcourt les bras en l'écoutant fouiller dans son esprit. C'est vraiment n'importe quoi. Je me racle la gorge.

— Oui. Dites-lui que c'est moi, l'humain, qui l'a sauvée, et qu'ensuite nous sommes allés étudier à la bibliothèque. Puis nous avons fait un tour en voiture.

La sangsue m'ignore.

— Joli cœur t'observait. C'est compréhensible.

Il se penche pour lui renifler le cou. Je halète désormais moi aussi d'adrénaline. Ce type me *fout les jetons*.

— Tu as une odeur unique pour une humaine. Tu as quelque chose de… différent.

J'aperçois le reflet de ses crocs allongés et la tire aussitôt en arrière, hors de sa portée.

Putain ! Allait-il la mordre ? Il faut que je me tire d'ici dès que j'aurai réglé ce problème.

— Donne-la-moi, s'emporte-t-il, comme s'il était furieux que je vienne de lui prendre son dîner.

Je retrousse ma lèvre supérieure en grognant. *Mes canines s'allongent aussi, connard.*

— *Non.*

J'articule la syllabe avec autant de force et de refus que j'en suis capable, en y injectant toute l'énergie de l'autorité alpha que je peux rassembler en moi.

Une fois de plus, mon défi l'amuse. Comme si j'étais un enfant terrible qui venait d'apprendre à dire non.

Avant que je ne comprenne ce qui se passe, il m'arrache mes lunettes de soleil à la vitesse de l'éclair et les jette dans le buisson de sauge du Texas qui borde la porte.

Je lâche Lauren par inadvertance pour me défendre, puis ils sont tous les deux partis, disparus à l'intérieur de sa maison avec la porte claquée à mon visage.

Un véritable râle animal jaillit de ma gorge. La seule chose qui m'empêche de me transformer spontanément en loup est le rappel que j'ai des balles en argent.

Je dégaine mon arme en même temps que je défonce la porte d'un puissant coup de pied.

Ils ne sont nulle part. Bordel, cet enfoiré bouge vite.

J'entends un gémissement dans le couloir, je m'y engouffre et défonce une autre porte.

Je trouve Lauren penchée en arrière dans les bras de Thomas, cette putain de sangsue se nourrissant de sa gorge.

Je m'approche, pour ne pas rater et risquer de toucher Lauren, puis vise et appuie sur la gâchette. La balle se loge dans son épaule. Thomas hurle et s'effondre sur le sol en s'agrippant à la plaie exsangue.

Une balle en argent ne tuera pas un vampire, mais elle sapera son pouvoir et fera très mal. J'ai visé l'os dans le but que la balle y reste logée assez longtemps pour que nous ayons le temps de nous enfuir.

Lauren est déjà en train de courir vers la porte. J'ai entendu dire que la salive d'un vampire droguait sa victime, mais elle semble plus que capable de prendre ses jambes à son cou.

Je n'attends pas de voir si Thomas va se remettre et me retourne pour la suivre dans le couloir et sortir par la porte d'entrée. Mon corps semble se réjouir à la seconde où je franchis le seuil du vampire pour entrer dans l'air frais. Lauren est déjà sur le siège passager, claquant la portière.

— Tu sais ce qui arrive quand on croise un loup et un ours ?

La voix de Thomas me fait froid dans le dos.

Je tourne sur moi-même pour pointer de nouveau mon arme sur lui, tout en marchant rapidement à reculons jusqu'au siège du conducteur. Il est affalé sur le côté, appuyé contre le cadre de la portière, comme s'il ne pouvait pas se tenir debout.

— Ils disent que ça peut tuer la mère, et c'est vrai. Mais ce n'est pas pour ça que c'est interdit.

Je n'ai aucune idée de la raison pour laquelle ce connard parle d'ours en ce moment. Il doit être fou. J'ai entendu dire que ça pouvait arriver à des vampires très âgés. Ce type n'avait pas l'air si vieux que ça, mais qu'est-ce que j'en sais ?

Je grimpe sur le siège et fouille dans ma poche pour trouver les clés.

— Tu veux savoir la vraie raison ? demande-t-il alors que j'attrape la poignée de la portière.

Je la referme violemment, mais grâce à mon ouïe de métamorphe, j'entends encore les paroles du vampire.

— C'est interdit parce que l'animal qui en résulte est trop puissant.

J'appuie sur l'accélérateur et m'engage dans l'allée en briques, défonçant le portail même s'il s'écartait lentement.

Il traîne à côté de la voiture pendant quelques mètres avant de se détacher et de dégringoler dans la rue.

Je pense que nous sommes en sécurité jusqu'à ce que je sente le bout froid du pistolet sur mes côtes.

— C'est bon, Abe. J'en ai assez.

Lauren a réussi à prendre le revolver dans ma poche avec ses mains liées.

— Arrête-toi, ou je te jure que je vais tirer.

CHAPITRE HUIT

Lauren

Lors de ma première année à Landhower, Luke a donné de l'ecstasy à tous les membres des Six Bronzés pour une fête. Ce que je ressens maintenant est assez similaire. Malgré ma conscience de ce qui vient de se passer, je suis béate, légèrement excitée par Abe, et j'ai la nausée. C'est pourquoi je fais tout mon possible pour me mettre en colère.

Abe a failli me faire tuer ! Ou violer. Ou séquestrer à jamais comme esclave de sang. Je ne sais pas ce que ce vampire avait prévu pour moi, mais je doute qu'ils aient été très positifs.

Mais il a dû faire un truc qui fait que rien ne me dérange vraiment. Je n'ai ressenti aucun traumatisme ni aucune peur lorsqu'il m'a mordue. Seulement une agréable dissociation de tout ce qui m'entoure.

Super. Comme si j'avais besoin de me sentir encore plus indifférente face à ma soi-disant vie.

Mais le plus important, c'est que je me souviens de tout.

Le souvenir d'Abe passant du statut de loup à celui d'humain est revenu au moment où il a enfoncé la porte de la chambre. Tout comme ma capacité de me déplacer.

Pour une raison quelconque, Abe semble être le remède à tous mes maux. Peut-être est-ce l'effet excitant de son sauvetage dramatique. Ou simplement le fait qu'il m'énerve continuellement. Je m'appuie sur cette colère justifiée en ce moment même, alors que je pointe son pistolet sur lui.

Ma prise de pouvoir dure environ deux virgule cinq secondes.

Abe n'a apparemment pas peur que je lui tire dessus parce qu'il m'arrache l'arme des mains et vide la chambre à balles sur ses genoux pendant qu'il conduit.

— Ne pointe pas ce truc sur moi. Si le coup part, je pourrais mourir.

— Oui, c'était un peu le but.

Il partage son regard entre moi et la route.

— Je suis désolé, Lauren. Je suis vraiment désolé. Ce n'était pas censé arriver.

Je le frappe du mieux que je peux avec l'usage limité de mes mains.

— Sans déconner. Je n'ai pas consenti à ce qui *devait* arriver, alors je suppose que me faire vider les veines par un vampire était la fin parfaite d'une journée de merde.

Abe pose les yeux sur les marques de blessure sur mon cou, et il se déporte brusquement sur le côté de la route.

À ma grande surprise, il me saisit par la nuque et me tire vers sa bouche.

— Qu'est-ce que tu fais ? Lâche-moi, sale pervers !

Je lui donne un coup de poing au menton alors qu'il s'approche plus près. Je sais que je n'ai pas frappé fort, mais il n'a pas l'air de l'avoir senti du tout.

Ses lèvres s'écartent et se pressent contre la peau de mon cou. Puis il passe sa langue là où le vampire m'a mordue.

Oh.

Oh, waouh. Qu'est-ce qu'il fait ?

Je suis mouillée entre mes cuisses. Même *trempée*.

J'étais déjà excitée en le voyant défoncer cette porte et tirer avec un pistolet. Ce n'est pas tous les jours qu'un lycéen se transforme soudain en héros de film d'action. Mais là, c'est du jamais vu.

Je ne me suis jamais sentie aussi à vif, aussi émoustillée de toute ma vie.

— Ne te surestime pas trop, Perle.

La voix d'Abe est un grondement profond contre ma peau.

— Si j'utilisais ma langue pour te procurer du plaisir, tu me supplierais de t'en donner plus, me murmure-t-il à l'oreille avant de faire tourner le bout de sa langue autour de chacune de mes marques de morsure.

La lente pulsation entre mes jambes se fait plus insistante.

— Qu-qu'est-ce que tu fais, alors, espèce de taré ?

Je suis trop troublée pour que mon insulte paraisse un tant soit peu authentique. De même que trop excitée par ce grand mâle viril qui me tient captive pour me lécher le cou. Je prends conscience de son autre main, qui saisit mon genou. Son pouce effleure légèrement la peau sensible de l'intérieur de ma cuisse.

— Ma salive a des propriétés antibiotiques et curatives.

Il donne un autre coup de langue.

Je n'arrête pas d'imaginer sa langue entre mes jambes. Ce que je ressentirais s'il faisait rouler lentement sa langue sur mon clitoris comme il est en train de le faire. *Tu me supplierais de t'en donner plus, Perle.*

Abe Oakley sait visiblement parfaitement ce qu'il fait.

Je n'ai été qu'avec un seul homme de toute ma vie, Luke, et je ne l'ai jamais supplié pour qu'il m'en donne plus. Hier encore, jamais je n'aurais imaginé que je puisse m'enflammer

pour Abe, mais là tout de suite, j'aimerais être déjà céliba-
taire. Afin que je puisse demander à Abe de me montrer
comment il utilise précisément sa langue pour procurer du
plaisir.

— Ma salive n'est pas aussi puissante que celle d'un
vampire, mais elle aidera à guérir tes blessures.

— O-oh.

Oups. Ça sonnait sexuel. C'était plus un gémissement
qu'une approbation. Est-ce que je viens d'onduler mes
hanches sur le siège de la voiture ?

Je ne vais pas admettre que je ne veux pas qu'il s'arrête.
Que le pouls entre mes jambes est devenu de plus en plus
fort, et que c'est maintenant tout ce que je peux faire pour ne
pas le lécher à mon tour.

— Je suppose que je t'attire aussi.

Connard arrogant.

Je le repousse.

— Lequel de nous se surestime, là ?

Abe esquisse un sourire fier, mais le frôlement de son
pouce sur ma plaie est presque tendre.

— Je connais l'odeur de ton excitation, Perle, dit-il en se
touchant le nez. J'ai un excellent odorat.

Mes joues piquent un fard. Est-ce vrai ? Eh bien, ça doit
l'être s'il l'a dit.

Sans jamais détacher son regard du mien, il arrache à
mains nues le ruban adhésif sur mes poignets, celui-là même
que j'ai vainement tordu et tiré pendant les deux dernières
heures. Il met le tout en boule et le jette sous le siège, puis
retire son haut de ma tête. Son regard se pose avec avidité
sur mon soutien-gorge et mon ventre nu.

J'essaie de ne pas être flattée, mais mon corps ne suit pas.
Mes tétons se raidissent et se dressent sous mon soutien-
gorge. Chaque partie de mon être semble *adorer* l'attention

d'Abe. Et maintenant qu'il m'a avoué son intérêt, il est beaucoup, beaucoup plus difficile de le détester.

C'est comme si nous partagions tous les deux le même secret. Enfin, c'est une évidence. Tout ce qui s'est passé ce soir est un secret partagé. Mais son aveu de son attirance envers moi équivaut à une clé dans une serrure.

L'activation d'un *nous*. Quelque chose dont nous ne pouvons pas revenir.

Sa main revient sur ma gorge et, une fois de plus, il passe légèrement son pouce sur la partie de mon cou où le vampire m'a mordue. À la seconde où cette créature m'a regardée dans les yeux, j'ai pu entendre ses ordres dans ma tête.

Ne bouge pas. Mon corps s'est aussitôt figé.

Puis, *tu n'as pas vu de loup ce soir.* J'ai essayé de penser à des loups, mais je n'arrivais même pas à en imaginer un.

Je me suis *souvenue* qu'Abe, sous sa forme humaine, m'avait attrapée en tombant de la falaise, mais rien après.

Et l'instant d'après, j'étais dans la chambre du vampire à me faire vider les veines. Mais j'étais certaine qu'Abe l'arrêterait. Je ne croyais pas une seule seconde qu'il me laisserait à la merci du suceur de sang.

Et je n'avais jamais rien vu d'aussi impressionnant que cette porte se faire défoncer de ses gonds pour être franchie par un Abe furieux. Savoir qu'il était sûrement effrayé n'a rendu la chose que plus héroïque encore. C'était carrément à se pâmer de savoir qu'il avait peur pour moi.

— Est-ce que ça fait encore mal, Lauren ?

C'est le vrai Abe, pas le connard arrogant du lycée. C'est un garçon dont je pourrais vraiment tomber amoureuse. Et c'est ce qui me fait peur.

— Bien sûr que ça fait mal, putain.

Je frissonne, me rappelant ce que j'ai ressenti lorsque j'ai été hypnotisée par le vampire.

Je mens. Ça ne fait pas mal du tout. Je suis encore en ébullition, des hormones de bien-être se répandant dans mon corps comme si je venais d'avoir un orgasme ou de faire une bonne séance d'entraînement. La lourdeur qui m'entoure, le brouillard dans lequel je vis depuis un an, semble s'être dissipé pour le moment.

Cette soirée invraisemblable m'a donc offert un cadeau.

J'ai aussi pleuré. C'est peut-être ça, le plus grand des cadeaux.

— Ramène-moi chez moi, Abe, lui dis-je.

Car ça m'en fait beaucoup trop à absorber d'un coup. Non pas qu'Abe soit un loup-garou ou que j'aie été mordue par un vampire. Non, la partie qui me bouleverse vraiment, ce sont mes sentiments pour Abe.

Il faut que je sorte de sa voiture. Que je rentre à la maison, grimpe dans mon lit et fasse disparaître cette nuit au gré de mes rêves. Peut-être que demain, les choses auront un sens.

Il met la voiture en marche. Nous ne parlons plus jusqu'à ce qu'il s'arrête devant ma maison.

J'ouvre la portière pour sortir, mais il m'attrape le poignet.

— Ne bouge pas.

J'essaie en vain de le repousser.

— Si tu dis un mot à qui que ce soit à propos de ça…

— Va te faire foutre, Abe, lui lancé-je.

— Non, Perle.

Il se retransforme en son personnage de connard arrogant sous mes yeux. Sa poitrine se gonfle. Son menton se relève d'un geste décidé. Sa bouche arbore un soupçon de moquerie.

J'ai envie de lui arracher cette expression du visage. Je me prépare à la quelconque remarque d'abruti qui va sortir de sa bouche.

— Voilà comment ça va se passer, princesse. Je vais garder la lettre de ta mère comme assurance. Si tu parles, si tu dis un mot à qui que ce soit sur ce qui s'est passé ce soir, je t'obligerai à me regarder la réduire en cendres.

89

CHAPITRE NEUF

Abe

Je me rapproche du manoir des Sterling. Il est minuit, mais je n'arrive pas à dormir. J'ai ouvert ma fenêtre et je suis sorti, restant sous forme humaine cette fois-ci pour aller traquer ma proie.

Je devrais être content de m'être débrouillé pour que Lauren Sterling me déteste à nouveau.

Elle m'a donné un coup de poing dans la mâchoire quand je l'ai menacée, ce qui ne m'a pas fait mal, mais a sûrement meurtri ses articulations.

Mais c'est ce qui devait arriver. Ressentir quoi que ce soit qui ressemble à de la proximité avec elle serait encore plus désastreux que de lui faire découvrir que je suis un métamorphe.

Ou qu'elle se fasse mordre par un vampire.

Non, je retire ce que j'ai dit, rien ne pourrait être pire que cette sangsue pose les mains sur elle. J'ai encore envie de me frapper pour l'avoir mise dans cette situation. Je regrette de l'avoir conduite à ce démon. J'ai toujours envie d'y retourner avec un pieu et de le planter directement dans son cœur mort.

Cependant, je devrais laisser les choses telles qu'elles sont avec Lauren. Elle me méprise, et j'ai un moyen de pression. Je ne devrais pas être de retour à sa fenêtre avec la lettre dans ma poche arrière.

La moustiquaire est déchirée à l'endroit où ma patte est passée lors de la dernière pleine lune. Je suis surpris que son papa riche ne l'ait pas encore réparée.

Mais c'est vrai qu'il est en deuil.

Il m'est plus difficile de mépriser ces humains fortunés maintenant que je sais qu'ils souffrent tous. Ils ne sont pas isolés parce qu'ils se pensent trop bien pour nous autres. Ils sont isolés à cause du chagrin.

Ou peut-être est-ce les deux.

C'est sûrement les deux. Elle est toujours hostile envers les autres, peu importe la façon dont on voit les choses.

Je sens son odeur non loin de la fenêtre et mon loup gémit.

Je ne sais pas trop ce que je vais faire. Laisser la lettre sur le rebord de sa fenêtre ? La glisser dans sa boîte aux lettres ? Tout ce que je sais, c'est que ma conscience refusait de s'apaiser tant que je ne lui avais pas apporté la lettre.

Je regarde la fenêtre. Mon point d'observation est différent quand je suis sous ma forme de loup. Sur deux jambes, je peux voir son lit sous la fenêtre. Son épaisse chevelure cuivrée étalée sur les oreillers.

Je détache délicatement la moustiquaire et l'appuie contre la maison. Puis j'essaie d'ouvrir la fenêtre.

Elle n'est pas verrouillée.

Les yeux de Lauren s'ouvrent brusquement quand elle m'entend. Je suis à deux doigts d'arracher la fenêtre et de me jeter à l'intérieur pour lui plaquer une main sur la bouche, mais je me rends compte qu'elle n'a pas bougé.

Elle n'a pas écarté ses lèvres pulpeuses pour crier.

Elle se contente de me regarder.

Je fais glisser la fenêtre aussi silencieusement que possible et me hisse à travers.

Lauren est magnifique, ses jambes pâles emmêlées dans les draps et la couette. Elle porte un minuscule short de pyjama et un débardeur avec les bretelles les plus fines que j'aie jamais vues. Je pourrais les trancher d'un croc, le tissu tombant alors de sa poitrine.

Mon membre devient dur comme de la pierre.

Elle n'a toujours pas bougé, même si je suis dans sa chambre, à la traquer dans son propre lit.

— Qu'est-ce que tu fais là ? chuchote-t-elle.

Elle est trop mignonne. Comme si j'avais un quelconque droit d'être ici. Comme si je n'étais pas la brute qui la harcèle depuis la rentrée des classes.

C'est seulement parce qu'elle n'a pas l'air d'avoir peur, et parce que je ne me sens pas rejeté, que je grimpe au-dessus d'elle sur le lit.

Même là, elle ne crie pas. Elle ne me frappe pas. Elle ne me repousse pas.

L'odeur de son excitation me fait presque gémir.

Ma douce, douce humaine. Je veux lécher ses fluides à la source. Séparer ses lèvres inférieures avec le bout de ma langue et prendre mon temps pour apprendre ce qu'elle aime.

Je me mets à califourchon sur ses hanches et encadre sa tête de mes poings.

— Promets-moi de ne rien dire.

Elle se met soudain en colère, comme elle l'était dans mon véhicule. C'est comme si elle était offensée par mon manque de confiance. Comme si je devais croire sur parole en sa fidélité envers moi et mon secret.

Elle lève ses hanches sous mon corps, ce qui a pour effet malheureux de frôler mon sexe déjà gonflé.

Je retiens un grognement.

Je lui saisis la gorge afin de la maintenir à terre, tout en faisant attention à ne pas serrer.

— Fais gaffe, Perle. Tu es en train de m'exciter.

Elle s'immobilise, sa poitrine se gonflant et s'abaissant successivement. Pour une fois, ma déficience joue en ma faveur, car mes yeux de loup la voient parfaitement dans l'obscurité, et même la couleur qui lui monte aux joues.

Elle reste figée pendant plusieurs respirations, comme si elle attendait de voir si j'allais faire quelque chose.

— Je te le promets, chuchote-t-elle alors.

— Même pas à Lincoln.

Je ne suis pas certain que les jumeaux soient proches, mais s'il y a bien quelqu'un à qui elle pourrait le confier, ce serait lui.

— Je ne lui dirai rien.

Je me déplace pour que ma prise sur son cou devienne une caresse, mon pouce trouvant les blessures causées par la sangsue.

Elles vont déjà mieux qu'il y a quelques heures, mais elles me donnent toujours envie de hurler et de me transformer pour aller déchiqueter ce vampire en mille morceaux.

Je baisse la tête, lentement, de façon qu'elle puisse me repousser si elle le souhaite, sur la peau à vif et balaie une fois de plus ma langue sur les plaies.

Mon sexe gonfle sous la fermeture éclair de mon jean. Son odeur atteint mes narines et rend mon loup frénétique, désespéré de la marquer de ma propre odeur. J'ai également la même sensation que si je prenais une dose d'une drogue puissante. Une drogue qui me donne l'impression d'être arrivé à destination. Comme si tous les efforts déployés pour

dissimuler ma déficience, pour maintenir ma position domi-
nante, étaient terminés.

Ce n'est plus nécessaire.

Mais ce ne serait vrai que si je n'étais pas un loup.

Quand je lève la tête pour regarder le visage de Lauren,
elle aussi a l'air droguée.

— Comment vont-elles ?

Son murmure rauque me rend fou.

Assez fou pour avoir envie d'arracher les couvertures
entre nous et d'enfouir ma tête entre ses cuisses.

— Mieux.

Ma voix paraît grave et rude à mes oreilles.

— Je porterai un collier demain.

Oh, destin. Maintenant je l'imagine avec un collier de
chien. Ou un collier d'esclave. Ceux en cuir souple avec un
anneau au niveau de sa gorge, pour que je puisse y attacher
une laisse et la balader. Puis lui ordonner de se mettre à
genoux et de sucer ma...

Une douleur me transperce la tempe, perturbant ma
vision. Je prends une grande inspiration pour me remettre
les idées en place. Je ne peux pas perdre le contrôle.

Pourquoi cette humaine exacerbe-t-elle mon état ?

Je desserre ma prise sur sa gorge et glisse ma main dans
ma poche arrière.

— Tiens.

Je déplie la lettre et la pose sur sa poitrine.

— Je me suis comporté comme un con. Je suis désolé.

Elle prend la lettre entre ses doigts comme si elle était
plus précieuse qu'un texte religieux sacré venant directement
de la main de Dieu.

Je comprends.

— Tu *es* un con.

Ça, c'est ma princesse. Toujours douée pour la répartie.

Pourtant, lorsque ses lèvres prononcent un *merci*, une

sensation étrange s'empare de moi. Le désir de mériter ce mot de sa part un million de fois de plus me submerge presque.

Je veux l'embrasser.

Désespérément.

Goûter à cette langue bien pendue et glisser la mienne entre ses lèvres.

Je me contente de lui lécher le cou, même si nous savons tous les deux que ce n'est pas nécessaire. Mais avec mon visage appuyé contre sa peau, ses cheveux frôlant mon oreille, je trouve mon foyer. Le lieu où j'ai besoin d'être.

Je balance mon bassin contre le sien, la bosse de mon entrecuisse remplissant l'espace entre ses jambes. Son souffle tremblant m'effleure l'épaule.

Je sursaute en entendant une porte s'ouvrir dans le couloir. Il y a quelqu'un d'autre de réveillé dans la maison. Je m'éclipse silencieusement par la fenêtre.

Lauren se redresse dans son lit, la lettre serrée contre sa poitrine, ses lèvres entrouvertes.

Je replace soigneusement la moustiquaire et nos regards se croisent. Ma vue est soudain parfaitement nette, et je ne vois qu'elle. Elle est si belle que j'en ai mal au cœur.

La porte de sa chambre s'ouvre et je m'éloigne, attendant, dos à la maison, qu'elle se referme. Ce n'est qu'à ce moment-là que je m'élance vers les bois, l'odeur de Lauren recouvrant le devant de mon T-shirt et mon loup furieux de ne pas être resté.

CHAPITRE DIX

Je dois être folle parce que j'ai décidé d'aller au match de football de samedi soir. Lincoln y allait avec Rayne, et pour une raison qui m'échappe, j'ai accepté leur invitation.

Je me suis persuadée que c'était parce que j'avais besoin de sortir. J'ai besoin de faire un effort pour avoir une vie sociale ici. Mais la vérité, c'est que j'ai ce besoin limite obsessionnel de revoir Abe.

Sa visite d'hier soir m'a profondément confuse. Je l'ai détesté de tout mon être après qu'il m'a annoncé qu'il gardait la lettre de ma mère, mais ensuite il a fallu qu'il la ramène et s'excuse. Il a fallu qu'il se glisse au-dessus de moi et me rappelle combien son corps est dur et ferme… *partout*.

Après son départ, je n'ai pas arrêté de me toucher, imaginant ce que ce serait de succomber à la tentation de faire l'amour avec le capitaine de l'équipe de football.

C'est tellement cliché.

Mais me voilà, à son match, et j'ai besoin de savoir si le voir va à nouveau faire disparaître mon indifférence.

Mon téléphone sonne et je jette alors un coup d'œil à l'écran. Luke. Je l'envoie directement sur la boîte vocale. Maintenant que j'ai décidé de rompre avec lui quand il arrivera, je n'arrive même plus à faire semblant. Encore une semaine, et il sera là pour le bal. Je m'occuperai de lui à ce moment-là.

— Tu sens ça ? demande une fille derrière moi dans la file d'attente du stade.

— Mm-hmm, répond son compagnon. Ça sent le fric.

Je me retourne, les yeux plissés parce que je sais qu'ils parlent de moi. Mais maintenant, je comprends un peu mieux le problème qu'ils ont avec mon frère et moi. Ce n'est pas seulement notre argent ou le fait que nous soyons nouveaux qui les dérange. *C'est notre espèce.* Nous ne sommes pas des leurs.

— Ignore-les, dit Rayne en me tirant le coude.

Elle doit être humaine, elle aussi. C'est pour ça qu'elle est une paria au lycée Wolf Ridge. Elle est l'une des rares personnes du coin à nous parler.

Dommage, car je *tuerais* pour parler à quelqu'un de ce qui s'est passé hier.

Bien sûr, j'ai promis à Abe de garder ma langue. Et puis, même si Rayne était un loup, je ne pourrais rien dire. Qui sait quelles sont ses obligations envers sa meute. Elle pourrait me dénoncer, ou pire. Je n'ai pas envie d'être traînée par un autre voisin pour qu'un vampire m'efface l'esprit.

Je tremble rien qu'en y repensant.

— Tu as froid ? me demande Rayne.

— Non.

Je prends les nachos et les sodas que j'ai commandés pour que nous les partagions, puis nous nous dirigeons vers les sièges que Lincoln nous garde au fond des gradins. Non pas qu'ils aient besoin d'être gardés. La plupart des spectateurs sont entassés devant. Personne ne nous dispute le fond. Cette ville est *dingue* de football.

Sur la ligne de touche, les pom-pom girls construisent une pyramide complexe qui consiste à lancer des corps au sommet et à les faire redescendre.

Leur numéro est digne d'un cirque, mais il n'y a pas de filet en dessous.

— C'est quoi le délire avec ces pom-pom girls ?

Mon ton est un mélange d'admiration et de dégoût.

— Je sais, dit Rayne d'un ton morose. C'est fou, non ?

— Je n'arrive pas à croire qu'ils autorisent ce genre de choses au lycée. J'aurais cru qu'ils ne voudraient pas prendre de risque.

— Je ne sais pas. Ce sont toutes des gymnastes. Personne ne tombe jamais.

Oh. C'est vrai ! Parce qu'elles sont toutes surhumaines. Il va me falloir une minute ou deux pour m'adapter à cette nouvelle perspective. J'ai soudain beaucoup de questions. Par exemple, est-ce qu'ils peuvent se blesser ? Le football est-il facile pour Abe ? Est-ce seulement leur équipe qui est composée de joueurs loups ? Ou bien est-ce toute notre équipe ?

Puis je n'arrive pas à croire que je viens de me dire *notre* pour décrire n'importe quel élément qui a trait à ce lycée ou à cette ville.

Le match de football commence et je regarde les joueurs sur le terrain.

Bon, d'accord, je regarde Abe, notre quarterback vedette. Il est magnifique. Il a le corps d'un pur-sang, la grâce et la férocité d'un lion. Il donne l'impression que jouer lui est aussi naturel que respirer. Comme si lancer le ballon le long d'un terrain entier d'un simple geste du poignet ne nécessitait aucun effort.

Dommage que son coéquipier, J.J., commette une faute en attrapant le ballon.

Sauf que… a-t-il vraiment fauté ?

Abe n'a pas l'air contrarié. Leurs entraîneurs non plus. Les gens dans les tribunes applaudissent comme s'il ne s'agissait pas d'une erreur.

Une idée me vient à l'esprit. Ce match est-il un *jeu d'enfant* pour eux ? Doivent-ils simuler des erreurs parce qu'ils jouent contre des équipes humaines ?

— Wolf Ridge gagne-t-il *tous* ses matchs ? demandé-je.

Rayne ne quitte pas des yeux la ligne de touche où son abruti de beau-frère aboie des ordres à l'équipe. Comme il a été exclu de l'équipe de Duke, il est revenu aider le lycée de Wolf Ridge. Il y a aussi des tensions entre Rayne et lui. Il est extrêmement possessif envers elle, ce qui est bizarre.

Peut-être ont-ils un faible l'un pour l'autre, je ne sais pas.

— Non, répond-elle sans jamais quitter des yeux son demi-frère. L'équipe est douée, mais elle n'est pas invaincue. Par contre, ils vont toujours au championnat d'État.

Abe effectue une autre passe brillante avant de se faire plaquer au sol. Ou plutôt, de *se laisser plaquer au sol*. Parce qu'il a à peine bougé quand le joueur l'a cogné la première fois, et qu'il s'est écroulé avec grâce.

Je me souviens de ce que j'ai ressenti quand je lui ai donné un coup de poing. C'était comme si je frappais de la pierre. Mes phalanges sont encore meurtries. Mais il n'a même pas cligné des yeux.

Markley, l'ami d'Abe, attrape le ballon et est à son tour plaqué au sol en douceur.

Une fois de plus, les tribunes applaudissent.

— Pourquoi tout le monde applaudit ? demandé-je.

Rayne tourne abruptement les yeux vers moi.

— Oh… euh, juste pour saluer leur agilité, répond-elle en

haussant les épaules. Tu sais… parce qu'Abe a effectué une longue passe. Cette ville l'adore sur le terrain.

— Je vois.

Je l'aime moi aussi à contrecœur sur le terrain. Une part de moi veut toujours le détester, mais cette résolution s'effrite chaque fois un peu plus. Il est vraiment magnifique. Et maintenant, je sais qu'il n'est pas aussi méchant qu'il le paraît au départ.

— J'ai entendu dire qu'il avait failli ne pas participer au match parce que tu n'étais pas là pour l'aider à faire son expérience de chimie vendredi.

Je hausse les sourcils.

— Qu'est-ce que tu veux dire ?

— Il faut avoir au moins C de moyenne pour jouer. Abe se pense trop bien pour faire ses devoirs, alors il jongle avec ses notes d'une semaine à l'autre. Il a du mal à maintenir sa moyenne. Je crois qu'il a été exclu plusieurs fois l'année dernière à cause de ses mauvaises notes.

— Est-ce que ça l'a contrarié ?

— Existe-t-il quoi que ce soit qui puisse le contrarier ? se moque Rayne. Ce qui est certain, c'est que ça contrarie le reste de la ville. Je suis sûre que son père a piqué une crise. Abe ne sera jamais à la hauteur de l'image de golden boy de son frère. À mon avis, c'est pour ça qu'il est devenu un tel connard ces dernières années.

— Il n'a pas toujours été un connard ?

Rayne secoue la tête.

— Non. Ça va te paraître dingue, mais je le trouvais gentil avant.

Lincoln, qui avait ignoré la conversation jusqu'à présent, pouffe de rire.

— Gentil n'est pas un mot que je choisirais pour le décrire.

— Moi non plus, murmuré-je.

Ma conscience s'éveille néanmoins. Abe a déjà montré quelques signes de gentillesse. Il est retourné à la falaise pour récupérer la lettre de ma mère. Il a aussi tué un vampire afin de me protéger et m'a rendu la lettre au beau milieu de la nuit. Certes, ces deux dernières actions étaient peut-être pour racheter ses erreurs, donc elles ne comptent pas. Mais oui, je vois ce que Rayne veut dire.

Il y a bien un peu de gentillesse mélangée à toute cette arrogance.

Une rafale de vent souffle dans notre dos, nous soulageant de la chaleur. Sur le terrain, Abe cherche un coéquipier libre à qui passer le ballon. Puis, soudain, il tourne la tête vers les tribunes.

Pour une raison inexplicable, mon cœur se met à battre la chamade. Je pense naïvement qu'il me cherche du regard.

Abe ne voit pas le joueur de l'autre équipe foncer sur lui.

Je suis choquée car mon premier instinct est de me lever et de pointer du doigt, mais bien sûr, je ne le fais pas. Je reste immobile et le regarde se faire plaquer au sol.

Cette fois, ce n'est pas une chute gracieuse.

Il jouait vraiment la comédie avant. La foule volage crie et le hue.

Abe se relève, puis retombe à genoux, serrant les côtés de son casque sur ses tempes.

C'est *là* que je me lève d'un bond.

— Taisez-vous, crié-je aux spectateurs qui le sifflent. Il est blessé !

* * *

ABE

. . .

LA DOULEUR dans mes tempes m'aveugle. Non, c'est l'inverse ; ce sont mes yeux qui me font souffrir. J'aurais juré avoir perçu l'odeur de Lauren dans la brise, et mon loup est devenu dingue. J'ai détourné mon attention du match.

C'est la première fois que je me fais plaquer sans que ce soit de mon plein gré. J'essaie de me relever, mais je titube en arrière et tombe à genoux.

Mes coéquipiers ne font pas attention. J'espère qu'ils pensent que je fais semblant. Bien sûr, pour sauver les apparences, ils devraient aussi feindre l'inquiétude. Au lieu de cela, c'est un joueur de l'équipe de Cave Hills qui pose une main sur mon dos et se penche vers moi.

— Ça va, mec ?

— Oui, décidé-je de mentir. J'ai juste besoin d'une minute.

Je ne vois toujours rien. J'aspire de grandes bouffées d'air et tente de forcer mes yeux à se concentrer. Puis mon père est soudain sur le terrain, tenant les côtés de mon casque et me tirant sur mes pieds.

— Je m'en occupe. Je suis médecin, dit-il au joueur de Cave Hills.

Puis il se tourne vers moi et murmure :

— Ça va aller, fiston.

Il appuie son front sur mon casque.

— Respire profondément.

Sa voix est si basse que je ne l'entends presque pas. Bien sûr, la plus grande crainte de mon père est que le vilain petit secret de notre famille soit découvert. Que tout le monde apprenne que notre ADN est contaminé et qu'il perde sa position au conseil.

— J'essaie ! rugis-je en retour.

— D'accord, dit-il d'un ton apaisant. Maintenant, *prends ta forme humaine.*

Il imprègne sa voix de son autorité d'alpha pour forcer

mon corps à se conformer. Je suis déjà sous forme humaine, évidemment, mais mes yeux ne semblent pas le savoir.

Ça fonctionne, du moins en partie. Je retrouve une partie de ma vision périphérique. Jusqu'à ce que je perçoive une nouvelle note sucrée de l'odeur de Lauren, et que mon loup devienne fou.

J'étouffe à peine le cri d'agonie qui jaillit de ma bouche.

— Forme. Humaine.

Une fois de plus, son autorité alpha me parcourt le corps, projetant un frisson dans l'intégralité de mon être, de tous mes membres jusqu'à mes doigts et mes orteils. Mes articulations craquent et ma vue se réinitialise.

— Ça va.

J'incline la tête pour montrer à mon père que je suis de retour.

— C'est bien. Tu gères, Abe. Secoue-toi et va botter des fesses.

— On n'est pas censés botter des fesses aujourd'hui, marmonné-je.

Les coachs Jamison et Wilde ont décidé que nous devions perdre ce match. Le lycée Wolf Ridge ne peut pas toujours être invaincu, sinon cela attirerait trop d'attention sur notre petite ville. Les entraîneurs nous ont informés juste avant le match comment ils voulaient que nous jouions. Le résultat reste un secret pour la communauté, qui vient tout de même assister aux matchs.

— Eh bien, fais-le avec style, dans ce cas. Et après le match, je veux que tu viennes à ma clinique. Je dois te faire passer des tests.

Mon père donne un coup sur le côté de mon casque et s'en va en trottinant.

Merde. Encore des tests. Je ne fais que ça avec mon père ces jours-ci.

Mais pour lui faire plaisir, je me tourne vers les tribunes

et lève le poing en l'air. Je dois montrer au lycée que je vais bien. Les applaudissements sont timides. Le lycée Wolf Ridge et le reste de la communauté doivent savoir que c'était un vrai coup parce que je ne faisais pas attention. Ils veulent du spectacle, que l'on gagne ou que l'on perde. Ils sont là pour se divertir et je les ai déçus.

Je me rattraperai plus tard. Pour l'instant, je scrute les tribunes.

Là-bas. Au fond.

J'aperçois Lauren avec son jumeau, Lincoln, ainsi que Rayne l'avorton. Sauf que je ne suis plus censé l'appeler ainsi. Wilde est devenu très protecteur envers sa nouvelle demi-sœur. Il m'a confronté dans les vestiaires et m'a dit que je devais m'assurer que tout le monde vote pour elle comme reine du bal.

Comme si je n'avais pas mes propres trucs à propager dans le lycée. Maintenant, je dois aussi trouver un moyen de faire passer les siens.

Lauren regarde également dans ma direction. Au moment où nos regards se croisent, j'ai la même sensation que si un éclair venait de frapper mon corps. Mes yeux se mettent à trembler.

Merde.

Je détourne rapidement le regard. Je ne peux pas avoir une autre crise. Pas ici. Pas devant tout le monde, comme ça.

— Abe, qu'est-ce qui se passe ? me demande maintenant Wilde en s'avançant dans ma direction.

Je secoue la tête, essayant de chasser les perturbations que Lauren a provoquées en moi.

Je hausse les épaules, même s'il ne remarquera pas le mouvement sous mes épaulettes.

— Je fais le con, c'est tout, expliqué-je avec un sourire arrogant.

Il se plante droit devant moi.

— Eh bien, tu as l'air d'un con. Sois un peu plus gracieux si tu te fais mettre à terre, bordel.

— Allez, répliqué-je en imbibant ma voix d'esbroufe. C'était hyper réaliste, non ?

J.J. souffle du nez.

— Grave, approuve Markley en me faisant un high-five pendant que nous rejoignons nos positions sur le terrain.

Je fais de mon mieux pour pimenter le spectacle pour le reste du match, en lançant des passes qui obligent mes coéquipiers à faire des mouvements semi-miraculeux pour les attraper et en exécutant des sauts périlleux lorsque nous marquons un touchdown.

Après le match, les étudiants se rassemblent à l'extérieur des gradins pour discuter de leurs projets. Je m'adresse à tout le monde pour m'assurer que personne ne se doute de rien, mais je scrute la foule à la recherche de Lauren en même temps.

Pas de chance.

Son frère jumeau et elle semblent avoir disparu.

Je repère Casey Muchmore diriger d'une main de maître un grand groupe de joueuses de volley-ball et de pom-pom girls. Elle lève les yeux dans ma direction. Je devrais aller la voir et l'inviter au bal.

Quitte à être parfaitement honnête, nous avons déjà bati-folé pendant les courses à la pleine lune. Son grand frère Cole me botterait le cul s'il venait à l'apprendre, et il y a de grandes chances que leur père m'assassine. Ce mec avait tendance à forcer sur la bouteille et à devenir violent.

Mais je ne me sens pas coupable parce que je ne pense pas que cela ait plus d'importance pour elle que pour moi. Je pense qu'elle était intriguée par le sexe. Moi aussi.

Elle n'hésitait pas à me dire comment elle le voulait et ce qu'elle aimait. C'était sympa, mais je ne dirais pas que cela a bouleversé nos vies respectives. Je mets notre échange sur le compte de l'expérimentation normale d'un adolescent. Jamais je n'ai ressenti d'attachement émotionnel de sa part, ni une quelconque attente que nous devenions quoi que ce soit l'un pour l'autre, que ce soit au lycée ou ailleurs.

Ainsi, la voir me regarder maintenant ne correspond pas vraiment à son tempérament habituel. Casey est bien assez alpha, je m'attendrais presque à ce qu'elle s'avance pour me demander quand je vais lui poser la question.

Sauf qu'elle ne le fait pas. Pour une raison qui m'échappe, j'ai l'impression qu'elle espère que je ne le ferai pas.

Mais ce n'est pas logique. Tout le monde s'attend à ce que nous y allions ensemble puisque nous sommes roi et reine du bal.

Ce serait le cas si je ne devais pas trouver un moyen de faire élire Rayne comme reine sans entacher ma réputation.

River, l'une des pom-pom girls, se tourne pour me regarder à son tour. Casey touche immédiatement la taille de River d'un geste à la fois rassurant et possessif.

Oh. Je ne sais pas pourquoi je ne l'ai jamais remarqué avant. Peut-être a-t-elle déjà un rencard pour le bal.

— Hé Abe, tu vas la mesa ? demande J.J.

Les ados populaires s'y rendent après le match pour traîner avec les louves autour d'un feu, pour flirter et batifoler.

— Je ne peux pas, je suis puni, dis-je. Je suis encore en probation pour mes notes.

Cette dernière partie est vraie.

— Zut. Bon, à plus, mec.

Nous nous faisons un check et je me dirige vers ma Land Rover, tout en scrutant le parking à la recherche d'une Tesla, même si je sais que les jumeaux doivent être partis depuis longtemps.

Je reçois un message de mon père : **Je t'attends.**

Bon, d'accord. Je dois mettre un terme à cette obsession

pour Lauren Sterling. C'est à cause d'elle que je dois passer l'après-match dans la clinique de mon père au lieu de traîner avec mes amis.

C'est à cause d'elle que mon état empire.

Si j'étais malin, j'intimiderais un autre mec en chimie pour qu'il change de partenaire avec moi et je resterais aussi loin d'elle que possible.

Non, si j'étais vraiment malin, je trouverais un autre vampire pour lui effacer la mémoire et lui demander de changer de lycée ou de quitter la ville.

Une vive douleur me transperce les tempes et un gémissement involontaire m'échappe en réaction à cette souffrance soudaine.

Putain. Maintenant, le simple fait de penser à elle me déclenche une crise. C'est de pire en pire.

Cette fille va me détruire tout entier : révéler ma faiblesse aux yeux de tous, me faire perdre ma position d'alpha, anéantir mon père.

Et je ne veux pas que ça s'arrête.

Je n'arrive pas à mettre ne serait-ce qu'un minimum de distance entre nous pour éviter ma destruction totale.

CHAPITRE ONZE

Abe

Lundi marque le jour des élections pour les titres de roi et reine du bal. J.J., en tant que délégué, fait le tour de la classe pour distribuer les bulletins de vote. J'ai déjà dit à tous les membres de l'équipe de s'assurer que Rayne soit élue reine et leur ai demandé de faire passer le mot.

Jusqu'à présent, personne ne m'a remis en question.

C'est là l'un des avantages qui vient avec le statut d'alpha. Quand je donne un ordre, il est suivi aveuglément.

C'est pour cette raison que le maintien de mon statut est primordial. Cela évite que l'on remette en question mon comportement lorsque je suis incapable de lire le tableau ou une feuille d'instructions. Ou quand je n'arrive pas à fonctionner, que ce soit en classe ou sur le terrain.

Même si, après les tests d'hier soir dans la clinique de mon père, j'ai décidé d'éviter Lauren autant que possible, je suis toujours accro à elle.

Je la cherche dans les couloirs où je me pavane avec J.J. et Markley. J'ai besoin de capter son odeur. De regarder ses jambes galbées marcher dans ses shorts courts et ses talons compensés. De la sentir chaque fois qu'elle seconde son épaisse crinière cuivrée.

L'odeur de son frère me parvient de loin. Elle n'a pas d'effet sur moi, pas comme celle de Lauren, mais je ne la trouve pas désagréable, contrairement à celles du reste de la population humaine.

Il est debout à côté de Rayne.

— Comme je l'ai dit, c'est juste en tant qu'amis. Je ne cherche pas une vraie copine, si c'est ce qui te préoccupe.

— Ça serait avec plaisir, répond Rayne.

Je m'arrête.

— Qu'est-ce que je vois ?

Je joue le rôle du connard, afin que personne ne sache que je cherche désespérément des infos sur Lauren.

— L'avorton et le nouveau vont au bal ?

J.J. pose une main sur mon épaule.

— *Abe*, m'avertit-il, me rappelant que Wilde a menacé de me botter le cul si je harcelais sa nouvelle demi-sœur.

Je me tourne donc vers Lincoln.

— C'est un double rencard ?

Lincoln et Rayne me regardent fixement.

Merde. J'essayais de ne pas être trop évident, mais maintenant je suis obligé de mettre les pieds dans le plat.

— Qui va accompagner ta sœur ?

La lèvre supérieure de Lincoln se retrousse. Comme sa sœur, il n'a pas peur de moi ni du pouvoir que j'exerce dans ce lycée.

— Son *petit ami*.

Petit ami.

Petit. Ami.

Est-ce qu'il vient de dire *petit ami* ?

Mon loup entre dans une rage folle, prêt à défoncer tous les casiers du couloir.

— Ah ouais ?

Je lutte pour garder le contrôle de ma voix. Ma vision se brouille déjà et une douleur s'installe dans mes deux tempes et descend le long de ma nuque jusqu'à mes épaules.

— *C'est qui ?*

Je vais trouver le connard qui a invité Lauren au bal et lui arracher les deux oreilles. Je vais...

— Ça ne te regarde pas, Abe, réplique Rayne en fermant brusquement son casier.

Elle attrape le bras de Lincoln pour l'entraîner avec elle.

— Fais gaffe, avor... Rayne.

Je ne les vois ni l'un ni l'autre. Le couloir entier est devenu noir de fumée, et je n'arrive à voir que dans les limites de ma vision périphérique.

Les élèves de ce lycée ont appris à s'écarter lorsque je passe, et cela joue en ma faveur, car d'après le petit couinement qui retentit de la bouche d'un élève qui s'écarte, j'ai failli heurter un mur.

J'utilise mon ouïe et mon odorat pour me diriger vers mon prochain cours. Je m'assois accidentellement sur la chaise à côté de la place qui m'a été attribuée, mais le garçon à qui elle appartient me dit :

— Ouais, tu peux prendre ma chaise, mec.

J'affiche un sourire arrogant et me lève d'un bond.

— Je déconne.

Je m'installe ensuite à la bonne place.

Je me force à ne pas penser à Lauren.

Au putain de *petit ami* qui va l'emmener au bal.

À ce que mon loup a envie de lui faire.

Je dois tenir cette semaine pour pouvoir assister au match de jeudi soir, sinon mon père ne me pardonnera jamais. Cela signifie que je ne peux pas regarder, parler ou même respirer près de la princesse de glace.

Dans le cas contraire, je ne sais pas ce que fera mon loup.

* * *

Lauren

LE LÉGER FRÉMISSEMENT d'intérêt que j'avais à l'idée de voir Abe au lycée s'évanouit dès le lundi après-midi. En chimie, il arbore une expression hargneuse et condescendante et, pour la première fois, il m'ignore.

J'ai l'habitude de ses brimades. De même que l'attention qu'il me porte, même si ce ne sont que des moqueries et des ricanements. Je ne suis pas habituée à ce qu'il fasse comme si je n'existais pas.

Je ne suis pas vexée. Je suis bien trop apathique pour me sentir concernée par la situation. Mais la petite étincelle de vie qu'Abe m'a provoquée ce week-end s'éteint. Je suis de nouveau complètement indifférente.

Je me demande à nouveau si la situation va un jour s'éclaircir ou se dissiper. Si je redeviendrais un jour un être humain.

Et j'ai le bal et la rupture avec Luke à affronter le week-end prochain.

Youpi.

Le numéro d'abruti d'Abe se poursuit toute la semaine. J'essaie de réconcilier cette nouvelle version de lui, non pas avec son ancien personnage du lycée, mais avec le garçon sur le torse duquel j'ai pleuré. Le garçon qui a admis qu'il était attiré par moi. Le garçon qui a escaladé ma fenêtre et m'a plaquée sur mon lit. J'ai mouillé rien qu'en sentant ses muscles durs et en imaginant ce que ce serait de l'avoir en moi.

Maintenant, je me demande presque si je n'ai pas tout imaginé.

Peut-être que je suis en train de devenir folle. J'avais tellement besoin de ressentir quelque chose que j'ai inventé un loup-garou, un vampire et un enlèvement sexy par le sportif de l'école. Je cherche des preuves de l'existence de loups-garous dans chaque classe, mais je ne vois rien qui confirme ou infirme mon expérience.

Le jeudi, nous sommes au laboratoire pour un nouveau devoir. Abe reste à distance de moi, le corps tendu et rigide, les narines dilatées. J'essaie d'effacer le souvenir de l'image de ses muscles glorieux sous son T-shirt décontracté et son treillis.

— Est-ce que tu vas faire ta part aujourd'hui ? le taquiné-je.

Il se contente de hausser les épaules.

Il est chiant.

Nos échanges habituels me manquent, quand nous nous lançons des piques et fanfaronnons, mais Abe a toujours l'air meurtrier. Comme si c'était moi qui lui avais fait du tort et non l'inverse.

J'étais sur le point de lui pardonner de m'avoir kidnappée et d'avoir laissé un vampire me sucer le sang. D'avoir essayé d'effacer mes souvenirs de lui.

Si tout cela est vraiment arrivé…

Ça y est, je suis en rogne.

Je n'ai pas l'intention de faire cette expérience toute seule et de le laisser s'en attribuer le mérite à nouveau. J'ai entendu ce que Rayne a dit, il a failli ne pas jouer au dernier match parce que je n'étais pas en classe pour l'aider avec l'exercice. Ce soir, c'est le match du bal, alors s'il veut jouer, il devra réussir ce devoir.

Je mets mes lunettes de protection. Normalement, c'est moi qui l'ignore pendant qu'il essaie de m'énerver. Là, je passe à l'offensive.

— Allons-y, mon beau.

Je fais glisser la feuille d'instructions vers lui sur la paillasse.

Un muscle se crispe sur sa joue, puis il lève le menton pour me regarder de haut. L'assurance revient. Maintenant, je sais avec certitude que c'est quelque chose qu'il arbore et enlève à sa guise. Quelque chose qu'il porte comme son blouson.

— Je ne suis pas ton garçon de piscine, Perle.

Et voilà qu'il recommence à parler de mon argent. Il me renvoie la balle alors que c'est lui qui *m'a* traitée comme une fille à tout faire.

Je hausse les épaules et lui lance un sourire, du style *qu'est-ce que tu vas faire ?*

— Je ne vais plus faire ton travail à ta place, quarterback. Alors si tu veux participer au match de ce soir, je suppose que tu ferais mieux de trouver un moyen de faire cet exercice.

Je remarque le malaise sur son visage avant qu'il ne le cache. J'avais raison. Il a besoin de moi bien plus qu'il ne le laisse entendre.

— Vraiment ? répond-il, sa voix empreinte d'un doute exagéré. Tu vas te prendre un F à l'exercice d'aujourd'hui, Mademoiselle Bonnes Notes ?

— Je peux simuler des crampes menstruelles, partir et me rattraper plus tard, comme je l'ai fait pour l'exercice de vendredi. Mais tu n'as pas ce luxe, n'est-ce pas ?

Il enfonce sa langue dans sa joue en plissant les yeux.

J'écarte les mains.

— Alors vas-y, mon grand. Montre-moi comment on fait.

Je prends la feuille d'instructions et la brandis devant lui.

Il m'attrape le poignet et m'attire contre lui. Il promène son autre main sur ma hanche, allumant chaque terminaison nerveuse à proximité. Nous sommes suffisamment proches pour que je sente la chaleur de son corps à travers mes vêtements.

— Attention, Perle, murmure-t-il. Tu ne sais pas ce qui peut arriver si tu t'approches de moi.

Ses yeux brillent d'un bleu glacé. Son loup se montre. Combien de fois n'ai-je pas vu la vérité avant ?

Au moins, je sais que je ne suis pas en train de devenir folle.

— Ce serait gênant qu'il se passe quelque chose qui contrarie ton petit ami dans ta ville d'origine, n'est-ce pas ?

Il crache le mot *petit ami* comme s'il était venimeux sur sa langue.

Je suis bouche bée, surprise.

Voyez-vous cela ? Abe est jaloux. Je comprends sa colère, maintenant.

Quelqu'un a dû lui dire que j'avais un cavalier pour le bal. Lincoln ou Rayne, puisque je ne parle à personne d'autre dans ce lycée.

Ça explique pourquoi il a été si énervé contre moi toute la semaine.

S'il n'avait pas été aussi chiant, j'aurais pu le laisser tranquille et lui dire la vérité sur la visite de Luke. Mais je ne le lui dois pas. Je ne lui dois rien.

Alors je lève la main, écarte ses lunettes de son front puis les lâche pour qu'elles se rabattent sur son nez.

— C'est vrai, ce serait gênant.

Ses yeux brillent à nouveau d'un bleu glacé. Sa poigne se resserre sur ma hanche, ses doigts tordant le tissu de mon short en jean.

Dans un rugissement, mon corps revient à la vie. Le laboratoire noir et blanc se transforme en couleur. Les sensations démarrent. Mes tétons me picotent, un bourdonnement lent et chaud palpitant entre mes jambes.

Ma respiration s'arrête.

Il ne respire pas non plus.

C'est comme si nous étions tous les deux suspendus dans le temps, nos regards furieux rivés l'un sur l'autre. Il tient toujours mon poignet, et son pouce commence à se déplacer sur mon pouls. Il rapproche lentement ma main de sa bouche. Ses lèvres s'écartent.

Ce sont des lèvres sensuelles pour un homme, charnues et souples. Je me demande ce que ça ferait d'être embrassée par lui.

Il mord ma phalange. Pas fort, mais pas doux non plus.

Ma bouche émet un son bizarre, un gargouillement. Quelque chose comme, *Aah... oh.*

Je ne comprends pas du tout le sens de cette morsure. Est-ce une punition ? De la séduction ? Un avertissement ?

Tout ce que je sais, c'est que j'ai la même sensation que si la foudre avait frappé ma colonne vertébrale. Je ressens des picotements dans tout mon corps. Je rougis de chaleur ; j'ai faim de plus.

Il a enfin réussi à faire ce qu'il tente depuis la rentrée des classes : me déstabiliser.

J'arrache ma main de son emprise et scrute son visage.

Un sourire lent et arrogant y apparaît.

Il m'énerve.

Je devrais partir. Le laisser faire l'exercice tout seul. Mais mon corps refuse de bouger.

Abe relâche lentement mon poignet et ma taille, de sorte que je remarque à peine que je suis libre.

Il fait glisser la feuille d'instructions vers moi sur le meuble. Pour une raison qui m'échappe, il pense qu'il a gagné. Parce qu'il a réussi à m'affecter au niveau émotionnel. Il m'a dominée.

Puisque mes pieds refusent de s'éloigner, je tourne mon attention vers la paillasse, là où elle aurait dû se trouver depuis tout ce temps, de toute façon. Je sors les béchers et les éprouvettes.

— De quelle quantité de solution avons-nous besoin ? demandé-je.

Abe jette un coup d'œil à la feuille, plisse les yeux, puis lève à nouveau les yeux. Puis il me prend la solution, non pas comme un gentleman, mais plutôt d'un geste possessif.

— Dis-moi, me défie-t-il.

Je le regarde fixement, tentant de déchiffrer ce garçon si déroutant. C'est à ce moment-là que je réalise ce que j'aurais dû comprendre depuis des semaines, lorsqu'il a commencé à me faire faire tout le travail à sa place.

Il se pourrait qu'Abe *peine* sincèrement à effectuer ses devoirs. Et si ce n'était pas simplement de la paresse ? Il pourrait être comme ces athlètes universitaires dont on entend parler, qui n'ont jamais appris à lire au-delà du niveau CE2 et qui, d'une manière ou d'une autre, font semblant de s'en sortir ou sont acceptés en raison de leurs prouesses physiques. Ou peut-être ne sait-il pas lire du tout.

Je me souviens qu'il louchait de la même façon quand il a essayé de lire le message sur mon téléphone.

Serait-il dyslexique ? Ou atteint d'un trouble quelconque non diagnostiqué ?

Ou peut-être qu'il est diagnostiqué, mais qu'il ne veut pas que ça se sache. Il pourrait être la brute classique, celle qui utilise le mensonge et l'intimidation pour dissimuler la faiblesse qu'il perçoit lui-même.

Hmm.

C'est une idée intéressante. Si j'ai raison, cela le rendrait moins détestable.

Je laisse tomber la condescendance et fais comme s'il était un partenaire de chimie normal prêt à partager le travail. Je lui donne les instructions et décris à voix haute ce que je fais.

Et… il suit.

Il semble même un peu soulagé.

Dis donc.

J'ai appris quelque chose de nouveau.

Nous finissons l'expérience avec des résultats parfaits, et madame Miller s'avance vers nous pour nous féliciter.

Quand elle repart, Abe retire ses lunettes et croise les bras avec cette arrogance bien à lui.

— Tu es douée, Perle.

Toi, non. Je ne le dis pas à voix haute.

Je ressens soudain beaucoup plus de compassion à son égard. Même si c'est un vrai connard la plupart du temps, maintenant, je le comprends au moins un peu plus.

— Je suppose que tu vas pouvoir jouer à la balle ce soir, finalement, dis-je.

La cloche sonne et je ramasse mon sac à dos.

— Je te verrai là-bas.

Il me fait un sourire digne d'une star d'Hollywood suivi d'un clin d'œil.

Je suis fascinée par mon propre frémissement d'intérêt en réponse. Ces signes de vie qu'il fait naître en moi.

— Je ne viendrai pas, répliqué-je pendant qu'il s'éloigne en me tournant le dos.

Il se retourne, son sourire redoublant d'éclat.

— Oh, tu viendras.

CHAPITRE DOUZE

Abe

— *Transforme-toi.*

Je suis nu sur le sol de la clinique de mon père avec des électrodes scotchées à ma tête.

Encore.

La lune est presque pleine, et j'ai eu une autre crise durant le match du bal après que j'ai été couronné roi avec Rayne l'avorton comme reine.

J'obéis à mon père et me transforme en loup. Il ne me regarde pas, ses yeux rivés sur les chiffres affichés sur son écran.

— Maintenant, reprends ta forme humaine.

Je suis de nouveau nu. Je ne prends pas la peine de me lever.

— À quoi pensais-tu quand tu as eu ta crise ?

J'essaie de ne pas penser au parfum de pomme d'amour de Lauren. Ou à ce que j'ai ressenti quand je l'ai vue au fond des gradins.

Une douleur aveuglante frappe ma tempe droite et m'arrache un gémissement.

— Là. C'était ça. À quoi penses-tu ?

— À rien, grogné-je. Juste au match.

Rayne n'est même pas venue chercher sa couronne. J'aurais pu avoir Lauren comme reine.

Ça aurait pu calmer un peu mon loup, de savoir que je pouvais l'enlever au petit ami que je devais tuer et l'avoir dans mes bras pour une danse. Mon loup a pété les plombs toute la semaine. Mes crises sont de plus en plus fréquentes. Je peux à peine voir au lycée maintenant, rien que de savoir qu'elle est dans le bâtiment.

J'ai dû courir dans les bois tous les soirs pour gratter les arbres et les rochers afin de relâcher mon agressivité refoulée. Je rôde autour du manoir des Sterling. Personne n'est venu. Je n'ai pas détecté de nouvelles odeurs.

Peut-être que Lincoln a uniquement dit qu'elle avait un petit ami pour m'emmerder ?

Mais cela signifierait qu'il sait que je tiens à Lauren, ce qui serait un autre énorme problème.

J'ai tout juste réussi à me retenir de faire preuve de violence envers l'autre équipe ce soir à cause de la possibilité qu'il puisse en faire partie. C'est peu probable, mais on ne sait jamais.

Ce n'est pas quelqu'un de Wolf Ridge, sinon je le saurais.

La seule chose qui m'a soulagé, c'est d'avoir posé la main sur elle aujourd'hui en chimie. Ce gémissement, ce son de besoin qui est sorti de ses lèvres quand j'ai mordu ses articulations.

Son odeur m'a informé que peu importe qui est ce clown qu'elle appelle petit ami, c'est moi qui l'excite. C'est à moi qu'elle pense quand elle se touche le soir.

Si elle se touche le soir.

Oh, destin… Je tourne mes hanches vers le sol pour cacher ma soudaine érection.

— C'est ça ! Tu l'as encore fait.

Mon père est heureusement toujours en train de regarder son écran.

— À quoi es-tu en train de penser ?

Il est excité, comme s'il était sur le point de résoudre ma déficience génétique.

— À rien, haleté-je.

Je ressens soudain une vive douleur derrière mes deux yeux et à la base du crâne. Mon ventre se serre encore plus fort qu'un poing.

Mon père se détourne de l'écran, son fauteuil à roulettes grinçant alors.

— Tu mens.

Il y a une note de danger dans son ton. Mon père est plus décontracté que les autres hommes métamorphes. Il exerce une autorité tranquille sans avoir besoin de l'étayer par une agressivité physique. J'ai toujours mis ça sur le compte du fait qu'il a fréquenté la fac et l'école de médecine avec des humains. Et bien sûr, son cabinet médical ne traite que les humains, car les métamorphes sont rarement malades ou blessés. Il a dû se fondre dans la masse et montrer un côté plus doux.

Mais ma déficience est la seule chose qui le pousse à bout. Et il a senti le mensonge.

Je ferme les yeux dans une tentative de repousser la douleur. Je ne vais pas lui parler de Lauren. Notre alpha m'a déjà prévenu de ne pas m'approcher d'elle.

Et mon père ne veut pas que je ne fasse ne serait-ce que *penser* à une femelle humaine.

Dès que nous avons découvert que j'avais le défaut familial, il a commencé à me mettre dans la tête le besoin de m'accoupler avec une louve alpha.

Oubliez l'idée de trouver votre compagne destinée. Vous choisissez la femelle la plus alpha de votre entourage dès que possible et vous vous accouplez aussitôt avec elle. Nous devons éliminer cette déficience de notre lignée, disait-il toujours à Austin et à moi.

Bien sûr, j'ai soutenu qu'il était plus logique que je n'ai pas de petits du tout, mais il n'était pas d'accord. Il veut vaincre ce mal en l'éliminant de notre lignée.

C'est bizarre et tordu, mais c'est le but de sa vie. Sa mère souffrait du même mal, et c'est la raison pour laquelle il est devenu médecin.

— C'est juste la pleine lune, grogné-je.

Mon père est silencieux. Il sait que je mens encore. J'attends qu'il se lève et se plante au-dessus de moi. Puis qu'il utilise son autorité alpha pour me faire parler.

Les secondes s'égrènent. Je maîtrise ma respiration. Ma vue commence à s'éclaircir. J'ouvre les yeux.

Mon père a sa tête dans ses mains dans un spectacle de défaite.

Sa déception est bien pire que sa colère.

— Je vais reprendre le contrôle, lui je promets sans aucun espoir que ce soit vrai.

— Tu dois le faire, mon fils.

— Je le ferai.

— J'essaie de t'aider, mais si tu veux que j'arrête, je le ferai. Mes yeux me brûlent.

— Non, répliqué-je, ma voix étranglée. Ça me touche, papa. C'est juste que… je pense que j'ai besoin d'aller courir.

— Courir *où* ?

Sa voix est tranchante, comme s'il savait ce que je prévois.

Il se doute de l'endroit où je vais tous les soirs quand je me faufile par la fenêtre. Il sait que j'ai besoin de me rapprocher suffisamment de Lauren pour retrouver son odeur.

Je me lève péniblement. Je ne peux voir qu'à ma périphérie, mais j'arrive de mieux en mieux à le cacher.

— Juste dehors.

Je rebondis sur la pointe de mes pieds.

— J'ai besoin d'évacuer mon agressivité du match, ajouté-je.

— Alors vas-y.

Il a l'air fatigué. Comme s'il regrettait de m'avoir eu et d'avoir transmis ce gène déficient.

J'enfile mes vêtements.

Bordel. Si mon père est si déçu de moi pour quelque chose que je ne peux pas contrôler, comment se sentirait-il s'il découvrait que j'ai enfreint ses règles ? Que mon loup convoite une humaine ?

Une humaine qui a vu mon loup.

Pire encore, je n'ai pas réussi à effacer ses souvenirs et je n'ai aucun moyen de pression sur cette fille. Ce n'est pas comme si elle m'aimait ou que je représentais quoi que ce soit à ses yeux. Elle a un *petit ami*, bordel de merde. Un mec que je pourrais bien tuer si je ne parviens pas à maîtriser mon loup.

* * *

Lauren

Luke baisse la vitre, laissant entrer l'air chaud dans la Tesla que Lincoln et moi partageons.

— Arrêtons-nous à la maison de la fraternité de mon cousin sur le chemin. Il m'a dit qu'ils organisaient une fête discrète ce soir.

Je ne me suis jamais sentie aussi confinée depuis la mort de ma mère.

Lincoln et moi sommes allés chercher Luke à l'aéroport Sky Harbor après le match du bal, et il est maintenant presque minuit. J'ai emmené Lincoln et je l'ai fait conduire parce que je n'étais pas prête à me retrouver seule avec Luke ou même à m'asseoir sur le siège avant avec lui. C'est tellement gênant. J'ai repoussé la rupture depuis trop longtemps pour que désormais, quel que soit le moment où je le ferai, ce ne soit pas le bon.

Heureusement qu'ils sont tous les deux de bons amis. Ou du moins, ils l'étaient du temps où nous vivions à Manhattan.

— Non, mec. Nous avons cours demain, répond Lincoln à ma place. De plus, Tempe se trouve dans la direction opposée à Wolf Ridge.

— Combien de distance ? demande-t-il en sortant une vape de sa poche pour fumer.

Lincoln appuie sur l'accélérateur et notre voiture électrique bondit en avant, réduisant instantanément la distance entre nous et la voiture qui nous précède sur l'autoroute.

— Je ne sais pas, au moins quarante-cinq minutes, peut-être une heure. Tu pourrais chercher sur Google Map.

— Vous devriez sécher demain. Qu'est-ce que je suis censé faire toute la journée ? se plaint Luke.

— Je t'avais prévenu, quand tu as réservé le vol, de ne pas venir avant vendredi, lui rappelé-je depuis la banquette arrière. Tu as dit que tu pouvais t'amuser tout seul. Tu es bien parti pour passer du temps avec notre père.

— C'est cool, Joe m'adore. Il pourra me montrer les curiosités de l'Arizona.

Je peine à me retenir de lever les yeux au ciel. Mais Luke a raison. Notre père l'adore puisqu'il est le fils de son avocat de Wall Street et copain de golf.

— Ou je pourrais prendre un Uber jusqu'à la fac pour aller voir Eric.

Luke envoie un texto à son cousin, un étudiant de la fac d'Arizona avec une double spécialisation dans la fête. Je pense que la moitié de la raison pour laquelle il a insisté pour venir ici pour mon bal était l'occasion de faire la fête avec son cousin. Je ne sais pas trop ce qu'il pense y trouver. Qu'ont-elles de tellement mieux que les fêtes qu'il fréquente déjà dans l'Est ?

— Il m'a dit qu'ils organisaient une grande fête samedi soir. On pourrait laisser tomber le bal et y aller.

Lincoln émet un grognement peu convaincu.

Je devrais sauter sur l'occasion de ne pas aller à un événement du lycée Wolf Ridge. Ce n'est pas comme si je tenais à m'apprêter et à être vue par qui que ce soit.

La torsion de mon plexus solaire raconte cependant une histoire différente.

Je me souviens de la jalousie d'Abe à l'évocation de mon rencard au bal. Cette pensée me remplit d'une chaleur diffuse, semblable à celle provoquée par une gorgée de whisky trop forte.

Et même si je ne lui dois rien, je me sens coupable d'être avec Luke à cet instant. Comme si je trompais Abe, un garçon que je n'ai même jamais embrassé. Un garçon qui prétend me haïr au lycée à cause de mon espèce.

Quel abruti.

Sauf que maintenant, je n'arrête pas de penser à Abe. Il occupe mes pensées pendant tout le trajet du retour, tandis que Luke parle de nos vieux amis à la maison, racontant à Lincoln les ragots qu'il a déjà partagés au moins trois fois avec moi. Plus il parle, plus je me sens déconnectée de mon ancienne vie. Les noms me sont familiers. La voix et les histoires de Luke également, mais j'étais une personne différente lorsque je faisais partie de cette vie. Je déteste peut-être tout ce qui a trait à l'Arizona, mais plus rien de mon ancienne vie ne correspond à la femme que je suis aujourd'hui.

Nous serpentons à travers Wolf Ridge jusqu'au sommet de la colline Moongaze. Je ne peux m'empêcher de scruter l'obscurité qui entoure notre allée à la recherche d'un éclat de fourrure.

Les poils de ma nuque se hérissent, mais je ne vois rien. Pourtant, j'ai la certitude qu'Abe est là, en train de regarder. Je l'ai vu tous les soirs cette semaine.

C'est ce qui m'a fait un peu oublier qu'Abe était un vrai salaud à l'école. J'aime savoir qu'il est obsédé par moi au point de rôder autour de ma maison chaque soir après l'heure du coucher.

Lincoln se gare dans le garage à trois voitures sous la maison, et nous montons tous les trois les escaliers.

— Salut, Joe. Ça faisait une éternité.

Luke adopte un ton badin et stupide en serrant la main de mon père.

Je grimace en pensant à ce qu'il doit voir. Mon père, qui était autrefois un puissant gestionnaire de fonds spéculatifs, ressemble aujourd'hui à un vieil homme sous-employé. Il n'est pas rasé et accueille un invité en pyjama et peignoir, ce qu'il n'aurait jamais fait avant la mort de maman. Ses épaules, autrefois fières, sont maintenant voûtées et arrondies, et ses cheveux sont devenus poivre et sel. Il est enveloppé d'une aura d'échec et de dépression.

Luke sait que notre père a tenté de mettre fin à ses jours après la mort de notre mère, et que le déménagement en Arizona était notre tentative de le maintenir en vie. Je ne devrais pas être gênée.

C'est juste que je l'entends déjà relayer la nouvelle à tout le monde à Landhower. Comme c'est triste que notre père soit à peine fonctionnel maintenant. Comme nos vies sont pathétiques dans la chaleur et la poussière de Wolf Ridge.

Afin d'échapper à la scène, je me dirige vers l'une des gigantesques baies vitrées qui entourent l'étage principal de la maison et regarde vers la limite des arbres. Je suis à nouveau indifférente, comme si j'étais enfermée dans une boule à neige et que je ne pouvais pas en sortir.

Abe est le seul capable de l'ouvrir.

Là-bas.

J'aperçois le reflet d'une paire d'yeux bleu glacé. Mon rythme cardiaque s'accélère. La boule à neige se brise et le plasma se répand. Je suis à nouveau éveillée.

Vivante.

Les commissures de ma bouche se retroussent.

— Qu'y a-t-il, Lauren ? demande mon père d'une voix dure. Tu as encore vu le loup ?

Il est obsédé par cette histoire de loup, ce qui pose problème maintenant que je sais qu'il s'agit d'Abe.

— Quel loup ? demande Luke. Celui qui a essayé de passer par ta fenêtre ?

Fait chier. Si seulement je n'avais jamais ouvert ma bouche à ce sujet. Si seulement je n'avais pas crié et réveillé toute la maison quand cela s'est produit.

Lincoln vient se placer à côté de moi, près de la fenêtre.

— Non, il n'y a rien, dis-je en attrapant la télécommande qui contrôle l'ensemble des rideaux du salon.

— Si, j'ai vu quelque chose bouger ! s'exclame Lincoln. C'est un gris ?

Merde.

— Prends le fusil derrière la porte ! ordonne mon père tandis que Luke s'élance pour le saisir. Le département de chasse et pêche n'a rien fait pour abattre cette bête enragée. Je vais la tuer moi-même.

Cependant, apparemment, Luke veut jouer les héros. Il ouvre la porte, fusil à la main. Je ne sais même pas s'il sait tirer.

— Non, attends ! m'écrié-je.

J'essaie de franchir la porte en premier, mais nous nous

retrouvons tous les deux coincés dans le cadre, le long fusil entre nous deux.

Un grognement retentit dans l'ombre.

— Attends ! crié-je à nouveau en descendant les marches en courant jusqu'au sentier aménagé.

— Reste derrière, Lauren.

Luke est en plein fantasme héroïque.

Par-dessus mon épaule, je le vois courir derrière moi, pointant le fusil furieusement dans ma direction.

Cette fois, le grognement est tout près de mes oreilles. Non, au-dessus de ma tête. Parce que le loup, Abe, bondit et plaque Luke au sol avec ses deux énormes pattes sur ses épaules.

Le fusil glisse de sa main et tire.

Je hurle, puis m'empresse de regarder autour de moi pour m'assurer que personne n'a été touché.

Mon père se précipite sur l'arme.

Abe tourne la tête dans ma direction en entendant mon cri, et nous nous figeons, lui et moi, les yeux dans les yeux.

— *Fuis*, lui soufflé-je.

Mon père ramasse le fusil et vise.

— *Non* ! crié-je.

Abe bouge alors, plus vite que je ne l'aurais imaginé, repartant dans l'obscurité, les rochers et les broussailles.

Je laisse échapper un lent sanglot de soulagement.

Alors que ma respiration ralentit, je savoure la sensation de mon cœur battant contre ma cage thoracique. Je sais maintenant que je tiens *bel et bien* à quelque chose dans ce monde.

Si ce n'est pas ma vie, c'est la sienne.

Pas le garçon dont je devrais m'inquiéter. Celui que j'appelle mon petit ami depuis un an et demi. Celui qui se redresse péniblement et époussette son jean de marque.

Non, je ne m'inquiète pas un seul instant pour Luke.

J'ai uniquement peur pour Abe.

Il est toujours le seul à me rappeler que je suis en vie.

Je fonctionne peut-être à peine, je ne suis plus qu'une lueur de celle que j'étais avant, mais la visite de Luke m'a fait réaliser que ce n'est pas cette fille que je cherche. Une nouvelle personne commence à émerger de cette enveloppe de vie. Une personne que seul Abe peut faire naître.

Une personne que seul Abe peut nourrir.

Que je le veuille ou non, mon destin est lié au sien.

Parce que pour la première fois depuis que j'ai emménagé dans cette ville aride et désolée, je prends conscience que j'en veux plus.

Plus du loup argenté aux yeux bleus qui me traque la nuit.

Plus du garçon qui s'est faufilé par ma fenêtre pour me rendre la lettre de ma mère.

Plus de ce qu'il veut faire de moi.

CHAPITRE TREIZE

Abe

Merde !

Merde, merde, merde !

Je me précipite à quatre pattes dans les broussailles, l'odeur âcre de la peur de cet humain me remplissant encore les narines.

J'ai merdé. J'ai attaqué un humain ! Pire encore, un humain au manoir Sterling. Le lieu où mon alpha m'avait interdit de retourner.

Je n'ai jamais eu l'intention de sortir de ma cachette, mais quand j'ai vu cet idiot pointer son fusil sur Lauren, mon loup a pété les plombs. Cet humain a de la chance que je ne lui ai pas arraché la gorge. Seul le cri de Lauren m'a ramené à la réalité et m'a permis de garder la raison. Je me suis retourné pour m'assurer qu'elle était en sécurité, et nos regards se sont croisés.

Cette validation résonne profondément avec mon loup. Elle m'a vu. Elle me connaît en tant que loup. Elle a eu peur… *pour moi* ?

C'est ironique que ce soit celle qui me calme alors qu'elle est la même personne qui fait perdre les pédales à mon loup tous les jours.

Malgré les ennuis à venir avec mon père et l'alpha Green, je ne regrette pas d'avoir flanqué une rouste à ce connard. Ça doit être son foutu petit ami.

Il sent l'eau de Cologne hors de prix et l'arrogance de la côte Est. Il doit être le connard qui se pense assez bon pour emmener Lauren au bal. J'ai toujours envie de lui arracher les yeux et de les lui enfoncer dans la gorge.

Je me précipite à l'arrière de ma maison et entre par la porte pour chien. Comme toutes les propriétés de la royauté de la meute, notre maison jouxte la terre de la meute, nous pouvons donc nous déplacer et courir directement de chez nous.

Les lumières sont allumées et j'entends mes parents parler dans la cuisine. La nouvelle de mon attaque est-elle déjà parvenue à leurs oreilles ? Mon ventre se noue comme un poing sous ma cage thoracique.

Je reprends forme humaine et enfile un pantalon de survêtement.

— Abe ? m'appelle ma mère.

— Salut, maman.

J'entre dans la cuisine, essayant de paraître décontracté malgré la tension qui crispe mes membres.

— Fiston.

La voix de mon père est sombre.

— Abe, la petite Rayne Lansing a disparu pendant le match de ce soir, explique ma mère. As-tu vu ou entendu quelque chose à son sujet ?

— Qu-Quoi ?

Je me suis tellement préparé aux problèmes que j'ai moi-même créés que cela me surprend.

— Tu te souviens qu'elle n'est pas venue chercher sa

couronne à la mi-temps ? me rappelle ma mère. Elle s'est enfuie du stade quand elle a été annoncée et personne ne l'a revue depuis.

— Oh, waouh.

J'ai encore du mal à assimiler ce qu'elle dit. Je me remets à peine d'avoir failli tuer un homme il y a dix minutes. Je me dirige vers le réfrigérateur et sors les restes de poulet. Le dîner semble déjà loin, et je pourrais bien engloutir cinq poulets en cet instant.

— En parlant de ça, comment se fait-il que Rayne ait été élue reine ? demande ma mère en me lançant un regard sévère. J'ai entendu dire que tu avais quelque chose à voir avec ça. Essayais-tu de lui nuire ?

Je prends le poulet avec mes doigts et le mange froid.

— Quoi ? Non.

Et voilà que je vais avoir des ennuis pour quelque chose que je n'ai pas fait. Ce qui, pour être honnête, me soulage.

— Maman, Wilde m'a demandé de la faire élire, alors je l'ai fait. Je suppose qu'il prend son rôle de grand frère au sérieux.

— Je ne suis pas sûr que ce soit tout à fait ça, murmure mon père.

— Qu'est-ce que tu veux dire ? demande ma mère en se tournant vers lui avec des yeux écarquillés.

— Je veux dire que Wilde a presque détruit le bureau du shérif quand il a signalé sa disparition.

Je penche la tête, ne comprenant pas.

Ma mère est bouche bée.

— Tu veux dire que...

Mon père acquiesce.

— Ils sont ensemble. J'en mettrais ma main à couper.

De la chair de poule monte sur mes bras, sans que je sache vraiment pourquoi. Peut-être pour avoir vu le destin à l'œuvre. Il a associé un alpha comme Wilde à l'avorton de la meute, une fille qui est plus défectueuse que moi. Elle ne peut même pas se transformer.

Le destin a décrété que des frères et sœurs par alliance seraient compagnons. C'est dingue, et bizarre, mais c'est aussi un peu parfait. Il faut dire qu'ils vivent sous le même toit, l'un avec l'autre. Il serait impossible de résister à leur nature animale. Wilde se serait-il jamais approché d'un avorton comme Rayne autrement ? Il est censé être à la fac en ce moment, mais il a été suspendu. Le destin a orchestré son retour à Wolf Ridge pour qu'il loge dans la maison où Rayne vit maintenant.

— Fiston, m'interpelle mon père, son ton sérieux. Nous pensons que Rayne a été kidnappée.

Mes sourcils se dressent.

— Kidnappée ? Pourquoi ?

— Son odeur a disparu sur le trottoir à la sortie du stade. Comme si quelqu'un l'avait embarquée.

— Waouh.

— Assieds-toi. Je vais te les réchauffer, dit ma mère.

— Non, c'est bon, l'arrêté-je en lui faisant signe de retourner à sa chaise.

— Ce n'est pas tout, poursuit mon père. Il y a des rumeurs à propos d'un groupe clandestin appelé les Venadors.

J'ai de nouveau de la chair de poule sur les bras, mais cette fois, c'est un froid glacial qui m'envahit. Comme si mon loup connaissait le danger que je m'apprête à entendre.

— Il s'agit d'une société secrète d'humains puissants qui connaissent notre secret. Ils chassent les métamorphes.

Je m'arrête de mâcher, une colère noire montant en moi.

— C'est des chartb… des fous.

— Ils s'en prennent aux adolescents qui ne se sont pas encore transformés. Ils gardent les jeunes comme prisonniers jusqu'à ce qu'ils atteignent la puberté et se transforment. Ensuite, ils les chassent avant qu'ils ne puissent se contrôler ou connaître leurs propres animaux.

Les yeux de ma mère se remplissent de larmes.

— C'est affreux. J'ai envie de tous les chasser.

— Moi aussi, grogne mon père.

— Mais pourquoi vous pensez qu'ils ont kidnappé Rayne ? Est-ce qu'ils savent qu'elle ne peut pas se transformer ?

— Peut-être. Mais il y a souvent une taupe qui vend la mèche sur ces enfants. Il est donc possible qu'ils soient au courant et espèrent qu'elle n'a qu'un simple retard.

Un faible grognement retentit dans ma poitrine.

— C'est malsain.

Je n'arrive pas à imaginer qu'on puisse trahir les siens. Je secoue la tête.

— Aucun loup de Wolf Ridge ne trahirait Rayne Lansing, affirmé-je. C'est impossible.

— Ce n'est peut-être pas un loup, dit ma mère d'un ton inquiétant.

— Quelqu'un a senti un ours métamorphe sur notre territoire cette semaine, explique mon père d'un air sinistre.

L'ours. L'ours qui avait la lettre de Lauren.

Oh, destin. Je déglutis.

Je n'ai dit à personne que je l'avais vu parce qu'il aurait fallu que j'explique la situation, ce que je ne pouvais pas faire. Mais si j'avais dit quelque chose, cela aurait-il empêché Rayne d'être enlevée ?

Un poids de culpabilité s'accumule dans les tréfonds de mon estomac, comme de l'huile dans un nid-de-poule.

Si quelque chose lui arrivait, je ne me le pardonnerais jamais. C'est peut-être l'avorton, mais elle fait tout de même partie de notre meute.

— Oui, moi aussi, j'ai senti son odeur. Je suis désolé de n'avoir rien dit. J'aurais dû.

Je dévoile ma gorge en signe de soumission pour exprimer mes remords.

— Ce n'est pas grave, fiston. Tu ne pouvais pas anticiper ce qui allait se passer. Mais, oui, tu dois prévenir un ancien de la meute chaque fois que tu sens quelque chose qui n'a rien à faire sur nos terres.

— Oui, monsieur.

— Tu ne l'as pas sentie ce soir ? demande ma mère.

Je secoue la tête.

— Pas d'odeur récente.

Mon père acquiesce.

— Demain, nous irons tous passer les bois au peigne fin. Tu pourras manquer les cours. Si nous ne trouvons pas cette fille rapidement, elle pourrait être morte.

— Tu penses que l'ours l'a emmenée ?

Je n'y crois pas trop.

Ce métamorphe avait l'occasion de m'enlever s'il le souhaitait, et il ne l'a pas fait. En fait, il m'a même remis la lettre de Lauren après que je lui ai lancé un appel. Mais peut-être que je n'ai pas le profil du jeune métamorphe que les Venadors recherchent. Mon éveil date d'il y a des années.

Mais je ne peux pas vraiment parler de tout cela à mes parents maintenant, si ? Pas sans révéler le reste de l'histoire. Et je ne peux dire à personne que Lauren est au courant. Pas question qu'on la livre à un autre vampire. Elle ne mérite pas ça. Je ne me pardonnerai jamais de lui avoir infligé cet enfer en premier lieu.

Mon père fronce les sourcils.

— Il peut l'avoir enlevée, ou être un informateur des Venadors. Dans tous les cas, je veux retrouver cet enfoiré, et quand je le ferai, ce sera un ours mort.

— Ouais, approuvé-je, le poids de toutes mes récentes conneries aussi lourd que deux tonnes de ciment frais sur mes épaules.

CHAPITRE QUATORZE

Lauren

— C'est tellement ghetto, dit Luke en observant les danseurs du bal avec du dégoût dans le regard.

Le bal du lycée Wolf Ridge n'a pas lieu dans une salle de réception luxueuse d'un grand hôtel comme celui de Landhower, mais, tenez-vous bien, dans la *brasserie de la ville*, où travaillent les parents de tous les élèves.

Oui. Vous avez bien entendu. Un autre signe de l'étrange consanguinité de cette ville. Ce qui, je suppose, est logique s'ils sont tous des loups-garous. Pas *si*. Ils le *sont*.

Je scrute la foule, essayant de trouver des preuves de leur nature animale. De l'extérieur, je suppose que cela ressemble à n'importe quel bal de lycée, bien que beaucoup moins formel que ceux auxquels j'ai assisté dans l'Est. Certains sont bien apprêtés, d'autres portent des tongs.

Je suis vêtue d'une robe sarcelle moulante assortie à mes yeux et d'une paire d'escarpins sexy, bien que je ne finisse dans le lit de personne ce soir. Je n'ai toujours pas rompu avec Luke, mais j'ai réussi à éviter toute intimité. Il doit savoir que ça ne va pas tarder.

— Au moins, ce n'est pas dans le gymnase du lycée, murmuré-je.

Bien que je partage entièrement l'opinion de Luke sur cet événement, je me sens soudain sur la défensive.

— J'espère qu'il y aura de la bière si nous sommes dans leur brasserie, dit Luke avant de scruter les sorties et les entrées. Tu crois qu'on pourrait entrer dans l'usine d'ici ?

— Nous avons déjà de l'alcool, répliqué-je avec de l'ennui dans la voix. D'ailleurs, j'ai besoin d'une gorgée.

Je suis plus qu'indifférente après un week-end passé à supporter Luke et tous les rappels qu'il m'a apportés de ce que j'étais avant.

Lincoln a séché les cours vendredi et, heureusement, a diverti Luke. Je lui dois une fière chandelle. Même plus. Ils sont allés à une fête à la fac d'Arizona hier soir, et nous sommes tous allés faire du shopping à Scottsdale aujourd'hui, alors j'ai pu éviter de me retrouver toute seule avec Luke jusqu'à présent. Mais il est temps.

Pas pour l'intimité. Pour la discussion de rupture.

Je doute que l'alcool m'aide, mais j'ai besoin d'un remontant pour me sortir de cet état de torpeur. Je tends la main afin d'attraper la flasque en argent gravée de Luke, qu'il a remplie avec le Grey Goose de mon père avant que nous ne partions pour le bal.

Il la sort de la poche de sa veste de costume Armani et me la tend. Son autre main frôle ma hanche.

J'esquive son approche, en inclinant mon corps vers le mur pour cacher aux professeurs et aux chaperons notre consommation d'alcool évidente. Le liquide me brûle la gorge et mes yeux se mettent à pleurer.

Là. Je l'ai senti. Sauf que j'ai plutôt l'impression de *m'observer* en train de le ressentir, plutôt que d'éprouver cette sensation dans mon corps. Cela signifie-t-il que mon esprit s'est élevé ? Que je suis dissociée de mon corps ?

J'ai sûrement besoin d'un psy. Lincoln et moi avons essayé de convaincre notre père de parler à un spécialiste. Peut-être devrais-je montrer l'exemple.

Mon cerveau se dirige immédiatement vers Abe. *Il* me fait ressentir quelque chose. J'ai savouré la poussée d'adrénaline que j'ai ressentie après qu'Abe a plaqué Luke au sol devant ma porte jeudi soir. L'éveil de mes cellules. L'étincelle de ma libido.

Bien sûr, c'était vraiment mal, mais quelque chose en moi a trouvé cela délicieux.

Involontairement, je me surprends à le chercher à nouveau dans la pièce. Je l'ai vu quand nous sommes entrés, et j'ai remarqué les regards meurtriers qu'il nous a lancés.

Je mentirais si je disais que je ne les ai pas appréciés.

Je mentirais aussi si je me plaignais de ses larges épaules, qui remplissent sa veste de costume à la perfection. Ou du spectacle qu'offre son fessier musclé lorsqu'il marche dans ce pantalon. C'est presque un péché. Et il est venu seul au bal. C'est la première chose que j'ai remarquée quand nous sommes arrivés. Ou du moins, je n'ai pas vu de fille à son bras.

— J'espère sincèrement qu'ils n'ont pas payé pour ce DJ, se plaint Luke. Mon frère de douze ans aurait pu faire une meilleure playlist.

— C'est épouvantable, approuve Lincoln avant de me prendre la flasque des mains pour en boire une grande gorgée. Combien de temps voulez-vous rester ?

Rayne et lui devaient venir au bal en tant qu'amis, mais apparemment, son demi-frère et elle sont ensemble, et ils ont révélé leur amour à leurs parents. De plus, nous avons appris qu'elle avait disparu après le match de jeudi soir, mais son demi-frère l'a retrouvée. Je ne sais pas ce qu'il en est vraiment.

Je présume que j'avais tort, et que Rayne est bel et bien un loup, elle aussi, parce que personne ne dit le moindre mot à ce sujet. La moitié des élèves, y compris Abe, n'étaient pas présents au lycée vendredi, peut-être partis à sa recherche.

Un groupe de filles vient entourer Lincoln. Je suppose que sa nature d'humain n'est pas aussi offensante que la mienne.

— Alors c'est ce genre d'énergumènes que tu dois supporter de côtoyer tous les jours, dit Luke.

Il regarde de haut les filles qui parlent à Lincoln. Elles ne sont pas moins belles que celles de Landhower, c'est juste qu'elles ne portent pas de Gucci ou de Prada et qu'elles n'essaient pas de se surpasser les unes les autres avec de l'argent.

Il y a de cela quelques semaines, j'aurais dénigré Wolf Ridge à mon tour. Aujourd'hui, je me sens étrangement protectrice envers tous ceux présents ici.

Quelqu'un vient annoncer que le roi et la reine du bal arrivent sur la piste de danse. Luke commence aussitôt à m'y guider, et je dois lui tirer le bras pour l'arrêter.

— Ce n'est pas nous.

L'expression de dégoût sur son visage s'amplifie.

Rayne et son demi-frère prennent la parole, des murmures scandalisés fusant dans la salle. Mais mes yeux sont rivés sur Abe.

Il tient la main d'une pom-pom girl et l'adoration totale avec laquelle elle l'observe me donne envie de vomir. Mais il ne la regarde pas. Il regarde…

Nos regards se croisent. Regard n'est pas le bon mot. Nous nous dévisageons plutôt.

Le brouillard commence à se dissiper. Une chaleur se diffuse entre mes jambes avant de s'intensifier. Des picotements remontent le long de mes bras.

— Barrons-nous, dit Luke en passant un bras autour de mon dos avant de m'entraîner vers la porte.

Je dois résister à l'instinct de regarder Abe par-dessus mon épaule. Je sais déjà qu'il nous observe.

Je n'ai aucune envie de quitter le bal. C'est pathétique et barbant, et rempli d'inconnus et de gens que je déteste, mais partir avec Luke équivaut à faire un choix.

Rejeter cette ville et ma nouvelle vie en faveur de l'ancienne.

Celle qui n'existe plus et qui ne fonctionne plus.

— Luke…

Nous sommes à la porte. Je ralentis, le forçant à se retourner.

Il est visiblement impatient.

— Lauren, sérieusement. Pourquoi sommes-nous là ?

Je recule hors de sa portée. Nous bloquons la sortie, mais j'ignore les gens qui essaient de passer.

— Je ne voulais pas venir au bal. C'est toi qui as insisté, Luke.

— Eh bien, je ne pensais pas que ce serait si *nul,* dit-il avant d'examiner mon visage avec une moue exaspérée. Qu'est-ce qui t'est arrivé ?

Ma culpabilité forme un poids sur ma poitrine. Mes épaules s'affaissent. Je ne peux plus continuer ainsi. Je franchis la porte.

Luke me suit.

— Qu'est-ce qui te prend, chérie ?

Son *chérie* est aussi désagréable à mes oreilles que des ongles sur un tableau. Je continue à marcher jusqu'à ce que nous arrivions à la Tesla, puis je m'arrête et me retourne. Ça ne devrait pas être si difficile.

Nous ne sommes même plus proches.

C'est juste que Luke a été à mes côtés quand ma mère est morte. Même si je dois admettre qu'il s'est un peu nourri du drame de la chose. Je pense qu'à ses yeux, j'étais plus une icône sociale qu'une personne réelle. Avec le temps et la distance, je vois maintenant que ma douleur était une monnaie d'échange qu'il utilisait pour se donner de l'importance. Il s'est beaucoup vanté auprès des autres ados d'avoir été à l'hôpital avec nous quand elle est décédée, et d'avoir aidé à porter son cercueil à l'enterrement.

— Tu voulais qu'on se sépare en personne, dis-je. C'est le moment.

— Je ne voulais pas qu'on se sépare du tout, dit-il en se passant une main dans ses cheveux blonds. Je ne comprends pas ce qui t'est arrivé.

— Je suis désolée, Luke. Je suis dans une situation bizarre…

— Je ne sais même pas qui tu es en ce moment, m'interrompt-il. Tu portes la même robe qu'au bal de l'année dernière. Tu m'as emmené danser dans une putain de *brasserie*. Tu ne t'es même pas fait coiffer et maquiller par un professionnel. Qu'est-ce qui t'arrive ?

Je cligne des yeux. C'est ça, ce qu'il retient ? Pas notre éloignement. Pas mon manque de vitalité et de passion. Pas que j'ai été une mauvaise petite amie, ce qui est vrai, mais que je n'ai pas acheté une nouvelle robe et que je ne suis pas allée dans un salon de coiffure avant le bal ?

— Désolée de ne pas m'être apprêtée pour notre *rencard de rupture*, craché-je sarcastiquement avant de tourner les talons.

— Où est-ce que tu vas, bordel ?

Il m'attrape le bras et me tire en arrière.

Je trébuche dans mes talons Jimmy Choo, puis chute sur Luke, les mains tendues, prête à le repousser.

Finalement, ce n'est pas nécessaire.

Un bras puissant s'enroule autour de ma taille tandis que je suis soulevée du sol.

— Lâche-la.

* * *

ABE

Je dois user tout mon sang-froid pour ne pas me transformer et planter mes dents dans la chair de ce connard.

Au lieu de lâcher Lauren, il resserre sa prise.

— Aïe, gémit-elle en tentant de reprendre son bras.

Le son de sa détresse fait gronder mon loup. Je ne parviens pas à arrêter le grognement étrange qui s'échappe de ma gorge. Quand je prends la parole, ma voix est assassine.

— Ne m'oblige pas à te tuer, mec.

Le désormais ex-petit ami de Lauren doit entendre la rage dans ma voix car il lâche prise.

Je fais pivoter son corps, plaçant ma masse entre elle et la menace.

— Waouh, OK, lance Lincoln en s'élançant vers nous. On dirait qu'il est temps de quitter la fête.

— Qui c'est, putain ? demande le mec en me regardant de haut tout en m'observant de la tête aux pieds.

Il a la tête de quelqu'un qui passe ses journées à appeler son majordome pour qu'il lui tapote le cul.

Je suis son foutu compagnon. Mon loup s'agite sous la surface, furieux de ne pas pouvoir la revendiquer ici et maintenant. Furieux qu'un autre homme ose remettre en cause mon droit à la protéger. Je ne le touche pas, il est interdit de s'en prendre aux humains, mais j'enfonce mon torse dans son espace personnel, si près qu'il lève les yeux vers mes narines.

— Personne, intervient Lauren en tentant de s'interposer entre nous.

Je lève un bras pour la mettre en sécurité derrière moi.

— *Laisse tomber, Oakley*, déclare Lincoln.

Il a plus d'autorité dans son ton que je ne l'aurais cru possible pour un humain. Mon corps ne réagit pas comme il le ferait à un véritable ordre d'alpha, mais je lui accorde un respect bienveillant. Surtout si l'on considère que je pèse au moins trente kilos de plus que sa silhouette longiligne mais musclée.

— Ma sœur n'a pas besoin de toi pour jouer les gardes du corps.

Les doigts de Lauren s'enroulent autour de mes biceps, son doux parfum de pomme d'amour et de cannelle parvenant à mes narines.

— Je n'en ai pas besoin.

Je ne bouge pas. Je suis un alpha. Il est impensable que je recule devant un humain, encore moins un humain qui prétend avoir des droits sur Lauren.

— Monte dans la voiture, Luke, lui lance Lincoln en se frayant un chemin entre nous deux pour pousser son ami vers l'avant du véhicule.

Il ouvre la portière côté conducteur et grimpe à l'intérieur.

Le garçonnet, Luke, je suppose, marche à reculons en me fusillant du regard. Lorsqu'il essaie de regarder derrière moi pour jeter un œil à Lauren, je me déplace pour la bloquer.

— Lauren, c'est n'importe quoi, lui lance-t-il de l'autre côté de la voiture en ouvrant la portière côté passager.

— Je… Je ne sais pas pourquoi tu es venu.

La lourdeur, de même que le vide, de la voix de Lauren apaise mon agressivité. Une image d'elle debout sur cette falaise, un pied au-dessus du bord, me traverse l'esprit.

Je me retourne pour lui faire face. Elle relâche sa prise sur mon bras et lève les yeux vers moi.

Je ne l'ai encore jamais vue arborer ce regard auparavant.

C'est presque comme si… elle avait besoin de quelque chose de ma part. Non, ce n'est pas ça. Parce qu'elle n'a pas l'air de savoir ce qu'elle désire. C'est plutôt comme si elle était perdue mais qu'elle espérait que je puisse avoir ce dont elle a besoin, quoi que ce soit.

Cette idée me remplit d'une *foutue détermination* à trouver ce dont elle a besoin et à le lui offrir.

— Laisse-moi te ramener chez toi, dis-je d'un ton bourru. Ou où tu veux aller.

Comme je sais qu'elle ne doit avoir aucune envie de rester avec moi, j'ajoute :

— Je connais une belle falaise d'où tu pourrais me jeter.

Miraculeusement, je dois avoir dit ce qu'il fallait.

Ses épaules nues, parfaites et glorieuses, se détendent et s'écartent de ses oreilles. Un sourire timide se dessine sur ses lèvres.

— Ah oui ?

La Tesla s'éloigne sans qu'aucun de nous ne la regarde. Ses grands yeux turquoise se posent sur les miens.

— Oui. D'accord.

Je lui réponds par un sourire, une étincelle de légèreté que je n'avais pas ressentie depuis des années dansant dans ma poitrine.

— Quelle partie ? Celle où tu vas me jeter du haut d'une falaise ?

Son sourire redouble d'éclat. Elle est si belle que ça en est douloureux. J'ai envie de la croquer. De la dévorer. De démolir toutes les barrières entre nous et la revendiquer à jamais comme mienne.

Bien sûr, ce n'est pas possible.

Mais je peux m'occuper d'elle ce soir.

— Est-ce une vraie option ?

Elle me laisse la toucher, et ma main effleure le bas de son dos pour la guider vers ma Range Rover bleu nuit.

Je hausse les épaules.

— Bien sûr. Allons-y.

Je lui ouvre la portière, jetant un rapide coup d'œil autour de moi pour m'assurer que personne ne nous voit, mais heureusement, par une quelconque grâce du destin, il n'y a personne d'autre sur le parking de la brasserie. Il y a bien un agent de sécurité à la sortie, mais il surveille les gens qui entrent, pas ceux qui sortent.

Je retire ma veste de costume et la jette sur la banquette arrière avant de prendre le volant.

Quand je sors du parking, Lauren appuie sa tête contre le siège et gémit.

— Tu veux que je le tue ? lui proposé-je. Pitié, j'adorerais.

— Je ne sais même pas ce qui vient de se passer.

J'attends. Lauren et moi ne sommes même pas amis. Je n'ai aucune raison d'espérer qu'elle s'ouvre à moi, mais, bordel, j'ai besoin de son histoire. J'ai besoin de tout savoir et de tout comprendre sur cette fille énigmatique.

Mon silence fonctionne.

— Rien n'a de sens pour moi ces jours-ci, dit-elle en tournant les yeux vers moi. Toi y compris. Même si je commence à comprendre pas mal de trucs depuis cette histoire de loup.

J'essaie de déglutir, sans succès. Mon loup se réjouit de savoir qu'elle a réfléchi à mon cas, et qu'elle souhaite me comprendre.

— Je n'en ai parlé à personne, si c'est ça qui te tracasse.

Je me racle la gorge.

— Ce n'est pas ça. Mais merci.

— Luke et moi...

Je serre les dents pour ne pas grogner à ces trois mots.

— Il m'a soutenue quand ma mère est morte. Alors j'ai l'impression que je lui dois des sentiments, mais je suis juste... à sec. Comme pour pleurer ma mère. Je n'arrive pas à faire remonter quoi que ce soit.

Je ne devrais pas m'en réjouir. Je ne devrais vraiment pas. Elle est troublée par son manque de sensations.

Elle prend une grande inspiration.

— Mais je pense un peu aussi qu'il m'utilisait peut-être juste pour son propre statut social. Je n'arrive pas à comprendre pourquoi il est venu ici, à moins que ce ne soit uniquement pour répéter qu'il m'emmenait au bal. J'ai essayé de rompre avec lui au téléphone, et il a répondu que je lui devais de le faire en personne.

Je laisse échapper un grognement grave qui attire le regard de Lauren sur moi.

— Désolé.

Je me racle à nouveau la gorge.

— Mais tu ne lui dois rien. Ça m'a l'air d'être un sacré connard.

— Ce n'est pas un connard, réplique-t-elle.

Elle n'a cependant pas l'air convaincue. Au bout de quelques secondes, elle ajoute :

— Peut-être bien que si. Mais ça ne me dérangeait pas avant. Je le comprenais. Peut-être que j'étais moi aussi une connasse à l'époque.

— C'est toi qui le dis.

Je souris, et elle me frappe le bras du revers de la main.

— Où sommes-nous ?

J'ai remonté la montagne en passant devant le chalet de ma famille. Wilde m'a dit après la première danse qu'il y emmenait Rayne et que je devais tenir tout le monde à l'écart jusqu'à ce qu'ils sortent.

Je m'arrête sur le bord du chemin de terre.

— La falaise n'est pas très loin.

Lauren baisse les yeux sur ses talons aiguilles argentés d'un air dubitatif.

— Je vais te porter.

— Je n'ai pas vraiment envie de te pousser du haut d'une falaise.

Elle regarde droit devant elle, comme si l'admettre en face lui demanderait trop d'efforts.

— Ça ne me ferait pas de mal, Perle. Si ça te permet de prendre ton pied, je suis partant.

Ses lèvres s'écartent, surprise, et elle croise enfin mon regard. Le parfum de son excitation s'épanouit, enivrant et doux. Un rire étouffé s'échappe de ses lèvres.

— C'est possible.

Je lui réponds par un sourire, sentant de nouveau ce frémissement de légèreté dans ma poitrine.

— Allons voir ça.

J'ouvre la portière et me dirige vers son côté du véhicule. Elle ouvre la sienne et détache sa ceinture de sécurité. Avant qu'elle ne puisse descendre, je la sors de la Range Rover et la balance par-dessus mon épaule.

Elle hurle et me frappe dans le dos.

— Espèce de connard ! Sérieusement, Abe, ça ne t'arrive jamais de ne pas être un abruti ?

— Jamais.

Je trottine jusqu'au bord de la falaise et la dépose.

— Qu'est-ce que tu vas faire, Perle ? demandé-je en me positionnant au bord de la falaise.

Ses yeux s'écarquillent d'excitation, juste avant qu'elle ne me pousse fermement le torse avec ses deux paumes.

Je me laisse tomber en arrière au-dessus de la falaise, puis je tourbillonne dans les airs pour me redresser et atterrir. Je me laisse tomber sur mes pieds, mes genoux se pliant pour absorber le choc.

Une brise rafraîchit l'air aride, et je perçois l'odeur de l'ours, ainsi que les parfums mélangés d'autres loups mâles et femelles. Wilde, je crois. Et l'autre doit être Rayne. Ils sont venus ici récemment.

— Nul, me lance Lauren d'en haut. C'est pas juste.

Je lève les yeux et trace les lignes galbées de ses jambes jusqu'à l'endroit où elles disparaissent sous sa jupe. J'en ai l'eau à la bouche.

— À ton tour.

— Quoi ?

— Tu m'as entendu.

Je tends les bras.

— Je te rattraperai, ajouté-je.

Il ne lui en faut pas plus. Apparemment, pour une raison inconcevable, Lauren me fait confiance. Elle saute du bord de la falaise, le bord de sa jupe sarcelle virevoltant tandis qu'elle plonge dans mes bras.

Je la rattrape comme une mariée et la fais pivoter pour amortir sa chute. Elle rit, et cela me procure un drôle d'effet à la poitrine.

—Oh, oui, dit-elle en rejetant la tête en arrière, ses longs cheveux cuivrés tombant en cascade vers le sol. C'était exactement ce dont j'avais besoin.

— Ah oui ?

J'essaie de la comprendre. Je n'ai jamais eu autant envie de quelque chose de toute ma vie que cette fille.

— Je peux le refaire ?

— Tu me prends pour quoi ? Un manège de parc d'attractions ?

Elle se détend dans mes bras et regarde les étoiles. Un petit sourire se dessine au coin de ses lèvres, transformant son visage parfait en une image plus innocente. C'est peut-être à cela qu'elle ressemblait avant la mort de sa mère.

— C'est incroyable de ressentir, souffle-t-elle.

— Je te ferai faire un autre tour.

J'ajoute une touche de sous-entendu dans ma voix basse.

Je hume l'odeur de son excitation, puis retiens ma respiration comme si je prenais une bouffée d'un bang. Non pas que j'en fume, cela n'a pas beaucoup d'effet sur les métamorphes. Le trip ne dure que cinq minutes. Ce trip-là va me durer toute la nuit.

De savoir que j'excite Lauren. Qu'elle a envie de moi.

— Je n'arrête pas de repenser à la nuit avec toi et le vampire. C'est fou, mais… c'est le meilleur moment que j'ai vécu depuis un an. Enfin, ça a aussi été une soirée sacrément pourrie.

Elle touche la partie de son cou où le vampire l'a mordue, et j'ai envie de lui tirer dessus à nouveau, même si la marque a déjà disparu.

— Mais l'adrénaline m'a ramenée à la vie, poursuit-elle en levant la tête pour me regarder. Comme quand on regarde un film d'horreur, qu'on a peur, mais qu'on en apprécie chaque minute.

Une idée commence à germer dans mon esprit. Une idée risquée, téméraire, délicieuse.

Je la repose lentement sur ses pieds, tout en gardant un bras derrière son dos pendant qu'elle trouve son équilibre avec ses talons aiguilles sur le terrain rocailleux.

— Tu veux des sensations fortes, Lauren Sterling ?

Ma voix est plus grave que d'habitude.

Elle lève son beau visage. Il y a dans son expression une ouverture pour laquelle je battrais des milliers d'hommes pour en être le seul témoin.

— Qu'as-tu en tête, Abe Oakley ?

— Tu vas avoir besoin d'un mot d'alerte, princesse.

* * *

Lauren

JE PRENDS UNE PETITE INSPIRATION. Les mots d'Abe m'ont tellement perturbée que j'en perds mon équilibre, et je tombe alors contre lui.

Au lieu de me stabiliser, il passe un bras autour de mon dos et attire mon corps contre le sien. Sa peau est brûlante sous sa chemise à boutons, activant chacune de mes terminaisons nerveuses en contact avec son corps.

Malgré la chaleur, mes bras sont couverts de chair de poule. Je suis déjà ivre du frisson qu'il m'a offert en sautant de la falaise, et maintenant, une autre vague de dopamine inonde mes veines.

Mot d'alerte. Je vais avoir besoin d'un mot d'alerte.

Je ne suis pas sûre de ses intentions, mais le désir qui parcourt mon corps est électrique. *Oh, oui.* Quoi qu'il envisage, *j'en suis.*

— Arizona ! déclaré-je de but en blanc.

Son sourire devient féroce.

— C'est Arizona, ton mot d'alerte ?

Je ne sais pas pourquoi j'ai choisi ça. Peut-être la magie évoquée par ma mère et ma grand-mère quand elles parlaient de cet endroit. J'ai grandi en pensant que l'Arizona était un lieu mystique et magique, pas les montagnes de terre cuite et de roche de Wolf Ridge. Avant de voir un loup se transformer en homme sous mes yeux la semaine dernière, j'aurais soutenu que cette ville était loin d'être magique. Mais maintenant, je commence à me poser des questions : peut-être ont-elles senti quelque chose de spécial ici que je ne percevais pas auparavant.

— *Arizona* veut dire stop, expliqué-je, comme si je savais comment ça marchait.

Je connais le concept des mots d'alerte, mais les activités qui en nécessitent me sont un peu floues.

Les yeux d'Abe brillent dans le noir. Je vois son loup juste en dessous de la surface, et celui-ci projette des frissons dans mon corps tout entier.

— Je te donne soixante secondes d'avance.

J'aime le grondement profond de sa voix. Comme si elle entrait et vibrait à l'intérieur de mon corps.

— Tu cours, je te poursuis, continue-t-il.

Sa voix devient plus sournoise à chacun de ses mots.

— Quand je t'attraperai, princesse, dit-il en soulevant une mèche de mes cheveux, laissant la boucle glisser autour de son doigt, je pourrai faire ce que je veux de toi, sauf si tu prononces ce mot.

Oh, *waouh*. Mon périnée se soulève et se contracte.

Ma culotte est trempée.

Chaque mot qui sort de la bouche d'Abe Oakley est une tentation irrésistible, et je désire ardemment tout ce qu'il propose.

Je n'attends pas qu'il me dise quand partir, je m'écarte de lui et pars en courant.

— Fais attention, Perle, me lance-t-il alors que je trébuche dans l'obscurité sur mes talons de cinq centimètres. Ne te fais pas mal avant que je puisse t'en faire.

Je l'ignore et continue de courir, ses mots résonnant à l'intérieur de ma tête. *Ne te fais pas mal avant que je puisse t'en faire.*

Il veut me faire mal.

Je devrais trouver ça répugnant, mais au lieu de ça, ça me met l'eau à la bouche.

Et je suis en plein délire, des frissons d'anticipation, de peur et de désir me traversant comme des vagues tandis que je me fraye un chemin hors du canyon jusqu'à une colline escarpée que je peux escalader.

Je n'entends qu'un seul pas souple derrière moi avant qu'Abe ne m'attrape avec un bras autour de ma taille et une main sous ma cuisse. Il me soulève, face au ciel, mon bassin atterrissant sur l'étendue musclée de son épaule et mes pieds s'élevant vers les étoiles.

Je m'agrippe à son bras et crie, mon rire m'obstruant la gorge. Ma robe tombe autour de ma taille. Abe gravit la colline avec une agilité déconcertante, comme s'il ne s'agissait pas d'une pente raide. Comme s'il n'avait pas quarante-cinq kilos en plus sur les épaules.

Lorsque nous atteignons le sommet, il me lance et me rattrape par la taille, face à lui. C'est encore mieux que n'importe quelles montagnes russes. Tellement mieux. Abe exhibe sa force et son habilité tout en m'offrant la meilleure balade de ma vie. Il marche avec moi suspendue au-dessus de sa tête. Mon dos heurte l'écorce d'un arbre, puis je me retrouve plaquée contre celui-ci, ma robe de soirée remontant sur mes cuisses et mes pieds se balançant au-dessus du sol.

Je baisse les yeux sur ce magnifique homme-bête, excitée par ses féroces intentions. Il ne regarde pas mon visage. Il est face à la jonction de mes cuisses. Ses narines se dilatent. Oh, merde ! N'a-t-il pas dit qu'il savait reconnaître mon excitation ?

C'est comme si le temps s'arrêtait. Mon corps se réjouit de vivre. Que je me sente vivante. Un puissant désir se répand dans mes veines. L'adrénaline du jeu du chat et de la souris.

Puis il attaque, rapide et sûr de lui. J'étouffe lorsqu'il ouvre la bouche et en recouvre mon sexe tout entier. La chaleur de son souffle imprègne le tissu de ma culotte. Ses dents m'éraflent légèrement jusqu'à ce qu'elles s'accrochent à la ficelle de ma minuscule culotte, puis la déchirent d'un seul coup de sa canine, qui s'allonge soudain.

Je laisse échapper un son surpris et impudique, complètement méconnaissable à mes propres oreilles. Mon excitation ruisselle à l'intérieur de ma cuisse tandis que j'accroche mes genoux à ses épaules. Mon sexe maintenant dénudé, il me dévore. Je ne sais plus où s'arrête mon corps et où commence la bouche d'Abe. Il me suce, me lape et me mordille comme un homme affamé. Comme si mon goût était la seule chose qui le maintenait en vie. Comme si m'amener à l'orgasme était son unique mission dans la vie.

Ce n'est pas les deux-trois coups de langue que j'ai connus auparavant. Ceux-ci respirent la passion et la faim. C'est donc ça, d'être consommée. L'intérieur de mes cuisses tremble et je me cambre contre sa bouche. Je lui tire les cheveux d'une main, tendant l'autre pour me stabiliser contre l'arbre. Même si je doute qu'Abe me laisserait tomber.

— Oui… marmonné-je.

Je ferme les yeux, la tension et le désir s'accumulant entre mes jambes.

— Oui. OK. Oui. Là. Juste là, Abe. Je t'en prie…

Je jouis, mes murs intérieurs se contractant sans rien entre eux.

Abe continue de me lécher et de me sucer jusqu'à la fin. Ce n'est que lorsque je m'affaisse sous l'effet de l'orgasme qu'il relâche sa succion sur ma chair. Il lève les yeux vers moi, mes fluides lustrant ses lèvres, ses yeux de loup bleu glacé brillants.

— Tu vas devoir me supplier beaucoup plus, Perle. Je ne fais que commencer.

Mon rire est saccadé. Je baigne dans l'exaltation et la satisfaction du moment. Je me sens changée. Je suis radicalement différente de la fille qui a enfilé cette robe pour aller à un stupide bal de lycée avec son ex-petit ami.

Maintenant, je me sens tellement élargie, et tellement plus moi-même que je ne l'ai jamais été auparavant.

— Viens, princesse.

Abe me soulève de l'arbre pour me poser à califourchon sur sa taille. Ma culotte déchirée glissant entre nous, il la saisit.

— Dis-moi qu'il ne t'a pas vue ainsi ce soir.

Je tente d'attraper la culotte, mais il la range dans sa poche arrière, tout en me tenant en équilibre sur sa hanche avec un bras.

— *Dis-moi, Perle*, grogne-t-il.

Je ne sais pas pourquoi je veux le faire souffrir. C'est injuste après ce qu'il vient de faire pour moi, mais notre relation n'a jamais vraiment été gravée dans la gentillesse.

— Pourquoi ? Tu n'as pas le droit d'être jaloux.

Un grognement sourd retentit dans sa gorge et sa mâchoire se contracte. Il accélère le pas, m'entraînant avec lui.

— Ce n'est pas comme si tu étais mon petit ami.

Comme il ne répond pas, je présume que sa jalousie doit être sincère. Peut-être les loups sont-ils de nature très possessive.

— Non, il ne m'a pas vue ainsi.

Je décide d'apaiser sa conscience.

La démarche d'Abe ne change pas. Je crois que je l'entends de nouveau grogner comme l'animal sauvage qu'il est.

— Nous n'avons rien fait depuis qu'il est arrivé. Pas même un baiser.

Le bruit des pas d'Abe change, et je me retourne pour regarder par-dessus mon épaule pour voir où nous sommes. Il s'arrête, hume l'air, puis ouvre la porte de son chalet.

Je suis de nouveau parcourue de frissons de la tête aux pieds, le souvenir de la dernière fois que nous sommes venus ici ne faisant qu'ajouter à mon excitation.

Il m'emmène dans la cuisine, ouvre un tiroir et en sort du ruban adhésif.

Je resserre mes cuisses autour de sa taille, soudain submergée par une vague de peur. Non, pas de peur. Pas vraiment. Plutôt d'inquiétude. Ou de la fausse peur. Une peur amusante. Celle que l'on ressent au moment où la musique effrayante monte dans un film d'horreur.

— Tu as bien aimé être attachée la dernière fois, n'est-ce pas, Perle ?

La voix d'Abe est plus grave que d'habitude. Plus rauque. Ses longues jambes nous entraînent directement dans une chambre sans qu'il n'allume la lumière.

Il me dépose au centre du lit, remonte ma robe jusqu'à la taille et me fait rouler sur le ventre.

— Qu'est-ce que tu... aïe ! crié-je tandis qu'il gifle mes fesses nues.

Il me donne une rafale de fessées, en alternant le côté droit et le côté gauche. Chacune d'elles se réverbère directement jusqu'à mon intimité. Mes terminaisons nerveuses s'éveillent. Les premiers coups me piquent et me font sursauter, mais une sensation de chaleur s'en suit très vite. Puis le plaisir éclot.

— Ça, c'est pour avoir porté cette culotte quand tu étais avec *lui*, grogne Abe.

Il me donne une fessée plus forte, et je m'envole alors.

Il me fait rouler sur le dos et écarte mes cuisses, puis grimpe pour se mettre à genoux devant moi.

— Donne-moi tes poignets.

C'est un ordre, pas une demande.

C'est drôle, mais je n'oppose aucune résistance à l'autorité d'Abe. Pas comme d'habitude. Je lève mes poignets, impatiente de découvrir ce qu'il a prévu.

Il tire sur l'extrémité du ruban adhésif pour en faire une longue bande, puis la déchire et l'enroule autour de mes poignets.

— Voilà, dit-il, son sourire malicieux. Tu peux toujours me frapper si tu en as envie.

Oh mon Dieu, il m'a fait un clin d'œil.

Je n'étais pas préparée à la réaction de mon corps à un

clin d'œil de ce coureur de jupons sexy. J'en ai pratiquement eu un orgasme ici même.

Mais il ne l'a pas remarqué, car il est déjà passé à autre chose. Il a d'autres objectifs en tête et il n'attend pas ma permission. Il a déjà été très clair à ce sujet. J'ai un mot d'alerte que je peux utiliser si je veux qu'il arrête.

Il fait glisser son pouce sur mon intimité trempée, puis appuie fermement quand il arrive à mon clitoris, avant de faire pivoter sa main et de glisser deux doigts en moi.

Je crie, me cambre, mes muscles internes se contractant autour de ses doigts dans un mini-orgasme.

— Je meurs d'envie de m'enfouir dans ta jolie petite chatte.

Je tremble. Mon bas-ventre palpite. L'intérieur de mes cuisses frémit. Je suis comme une montagne russe, vibrant et chancelant pendant mon ascension vers le sommet, juste avant de plonger dans une descente vertigineuse parsemée de virages serrés.

Il m'est désormais impossible de prononcer le moindre mot. Les seuls sons qui sortent de ma bouche sont une série de voyelles.

— Aaah… oooh… hmm.

Abe fait successivement glisser ses doigts en moi, d'abord doucement, en les recourbant pour caresser ma paroi interne, puis à un rythme rapide.

— Attends… je t'en prie !

C'est trop. Trop de plaisir. Trop de plaisir auquel s'accrocher. Il faut que je lâche. Je lui donne un coup de pied avec mes talons aiguilles. Il saisit l'une de mes chevilles et la tient en l'air tout en continuant à me doigter.

— Oh mon Dieu. Oh mon Dieu ! Oh, pitié !

Mon orgasme est si fort et si rapide que je crie. Mes fluides jaillissent autour des doigts d'Abe.

— C'est ça, Perle, me félicite-t-il. Gentille fille.

— Oh mon Dieu. Qu'est-ce qui vient de se passer ? Qu'est-ce que tu m'as fait ?

— Je t'ai fait squirter.

Il retire ses doigts de mon intimité, fier de lui, et détache la lanière de mes talons Jimmy Choo.

Squirter. Éjaculation féminine. Un autre terme, comme *mot d'alerte*, que j'ai déjà entendu mais que je ne comprenais pas vraiment avant ce soir.

Il jette le talon derrière lui et détache l'autre.

— Ça, c'était ton plaisir, me dit-il. Maintenant, c'est l'heure de la punition.

CHAPITRE QUINZE

Abe

Mon membre est encore plus dur que du marbre. La seule chose qui maintient mon loup sain d'esprit est de savoir que j'ai déjà fait jouir Lauren deux fois. Son odeur est partout, sur mes vêtements, sur ma peau, elle remplit la pièce.

Wilde et Rayne étaient là avant nous, je peux le deviner à leurs odeurs, mais ils sont partis maintenant. Sûrement à la mesa, là où les ados métamorphes se retrouvent autour d'un feu. Là où mes amis doivent être en ce moment même, se demandant où je suis allé.

J'ai choisi une autre chambre, afin de me concentrer uniquement sur l'odeur de Lauren.

Cela m'apporte une grande satisfaction. La sensation de son goût sur mes lèvres et mes doigts atténue également mon agressivité.

Mais, bordel, l'envie de la marquer me monte dans le dos, comprimant les nerfs à la base de mon crâne qui me permettent de voir devant moi. Mais ça n'a pas d'importance. Je n'ai pas besoin de voir pour faire jouir Lauren. Je n'ai pas besoin de voir pour la faire crier et supplier et se cambrer sur le lit. À ce stade, si l'on me disait que je ne verrais plus jamais, je ne suis pas sûr que je m'en soucierais. Parce que donner du plaisir à Lauren est le but de ma vie.

Les yeux de Lauren sont vitreux, son épaisse crinière cuivrée s'étalant autour de son visage comme une auréole. Je cligne des yeux pour mieux l'admirer. C'est une putain de déesse. Je me fiche que ma physiologie soit déréglée, et c'est pour ça que mon loup souhaite marquer une humaine. C'est tellement parfait. La satisfaction d'être avec elle ne peut être que bénie.

— Tu as aimé ta fessée, n'est-ce pas, Perle ?

Elle frotte ses lèvres boudeuses l'une contre l'autre.

— Euh… je ne sais pas.

— Menteuse.

Je sais à la fraîcheur de son excitation que j'ai raison. Je glisse mon index dans ses fluides, puis le lève pour les lui montrer.

— Ton corps me dit tout.

Je le porte à ma bouche pour les goûter tandis que ma vue s'obscurcit, mes tempes palpitant.

Je la retourne afin qu'elle ne puisse rien voir, de peur que mon visage ne me trahisse.

— J'ajoute le mensonge à la liste des délits punissables.

J'attrape un oreiller pour le placer sous ses hanches, et ma vue s'éclaircit alors. Sa peau porte encore les empreintes de mes paumes de tout à l'heure, ce qui me rappelle qu'elle est un être humain délicat. Je lui donne une tape sur les fesses, puis les serre.

— Tu as un cul incroyable, princesse. Rond et bombé, et putain de parfait.

Je fesse l'autre côté.

— Ce cul me *hante* depuis le jour où tu as posé le pied dans le cours de chimie et où tu as gâché ma vie.

Je donne une rafale de gifles rapides, puis m'arrête et masse sa chair douce afin de l'apaiser. Je la vénère.

J'écarte ses fesses pour contempler son adorable anus.

— La prochaine fois, je vais te prendre de ce côté-là.

J'appuie mon pouce sur son petit bouton de chair, et elle se presse alors à mon contact.

— Et tu vas me dire que tu es désolée.

— Qu'est-ce qui te fait croire qu'il y aura une prochaine fois ?

Lauren remue ses cheveux lorsqu'elle se tourne vers moi par-dessus son épaule, en s'appuyant sur ses avant-bras.

Je lui offre le sourire le plus arrogant que j'ai en stock.

— Oh, il y aura une prochaine fois.

Je lui assène une nouvelle rafale de fessées tandis qu'elle pousse un cri aigu avant de rire et s'éloigner.

Il *faut* qu'il y ait une prochaine fois. Maintenant que je l'ai goûtée, je suis accro. Je ne pourrai plus fonctionner si je ne peux pas balader régulièrement sur son corps mes mains et ma langue.

Je continue mon jeu : je la fesse, masse la peau à vif, puis la fesse à nouveau, jusqu'à ce qu'elle ruisselle d'excitation et gémisse de désir. Je retire l'oreiller et la retourne sur le dos, puis je fais ce que j'aurais dû faire dès qu'elle est entrée ici : je lui enlève sa robe moulante par-dessus la tête. Elle est sans bretelles, heureusement, et ne s'accroche donc pas à ses mains liées. Elle se redresse pour m'aider et je la jette par terre avec les chaussures.

— Oh, douce déesse de la lune, soufflé-je en regardant ses seins.

Elle a des autocollants en forme de fleurs sur chacun de ses mamelons. Je suis traversé par une vague de jalousie.

— Est-ce que tu les as mis *pour lui* ?

Ma voix se brise comme si j'avais douze ans. Je me frotte les tempes, tentant d'empêcher ma vue de se troubler.

— Non. Tu plaisantes.

Lauren semble s'amuser de ma jalousie.

J'expire entre mes dents.

— C'est pour qu'on ne puisse pas voir mes tétons à travers ma robe.

Elle essaie d'atteindre l'un d'eux du bout des doigts mais n'y parvient pas à cause du ruban adhésif.

— Enlève-les.

Et mince. Un sentiment de possessivité prend le pas sur la jalousie. C'est moi qui vais lui enlever.

Parce qu'elle est à moi, grogne mon loup.

Couché, mon pote.

Mon sexe gonfle contre ma fermeture éclair. Je saisis les poignets de Lauren et m'en sers pour la faire reculer jusqu'à ce qu'elle soit allongée, puis je grimpe au-dessus d'elle. Les cache-tétons sont légèrement rembourrés, comme de petits pétales de fleurs gélatineux. Je décolle le bord de l'un d'eux. Il est collé avec une sorte d'adhésif.

— Ça fait mal ? demandé-je en regardant sa peau se soulever.

— Enlève-le vite.

Je le lui arrache rapidement, regardant sa poitrine se gonfler avant de se baisser de nouveau. Je balade ma langue sur son téton afin d'apaiser la douleur, puis répète l'opération de l'autre côté.

— Tu as des seins magnifiques, putain, murmuré-je contre sa peau.

Je pourrais lécher chaque centimètre de son corps et j'aurais encore besoin d'en goûter davantage.

— Maintenant, je vais te prendre, Perle.

J'observe attentivement son visage pour voir sa réaction.

Je sais maintenant que Lauren cache autant ses émotions qu'un loup alpha. Elle peut agir comme une femme mature à la vie sexuelle épanouie, mais qui sait ? Elle est peut-être encore vierge. Je ne veux pas dépasser ses limites juste parce que nous jouons à un jeu de chasseur et de la proie.

— Fais ça bien.

Fais. Ça. Bien. Ça c'est ma princesse. J'adore cette fille. J'adore le moindre détail détestable, délicieux et parfait de son être.

— Si bien signifie *te prendre fort sans pitié*, alors, oui. Je vais faire en sorte que ce soit bien.

Moi aussi, je sais afficher une façade.

Elle arque ses magnifiques seins vers mon visage, et j'en saisis un brutalement et le presse, un grognement sourd grondant dans ma poitrine.

— Montre-moi, garçon-loup.

Je déboucle ma ceinture.

— Oh, je ne suis pas un garçon, princesse. Je suis sur le point de te montrer que je suis, déclaré-je en baissant la fermeture éclair de mon pantalon de costume, *un homme à part entière.*

Le bout de la langue rose de Lauren frôle ses lèvres tandis que je libère mon érection. J'ai failli jouir rien qu'en imaginant cette bouche grande ouverte en train de s'étouffer avec mon membre.

Je recule sur le lit pour enlever mes chaussures et me déshabiller.

— J'ai un préservatif, l'informé-je en le sortant de mon portefeuille.

— Je prends la pilule.

Mon loup gronde à la simple idée qu'elle puisse coucher avec *lui.* Avec qui que ce soit d'autre avant moi.

— Ça aussi, ça te rend jaloux ?

J'ai dû grogner à voix haute. Heureusement, elle a toujours l'air amusée par ma possessivité irrationnelle.

— Je vais te prendre jusqu'à le faire disparaître de ta mémoire, chérie.

Je grimpe au-dessus de son corps et déroule le préservatif sur mon membre.

— Tu ne serais pas un peu arrogant ?

Elle a les yeux rivés sur mon entrejambe, les lèvres ouvertes.

Je ne les ai même pas encore embrassés. Un problème auquel je dois remédier immédiatement.

— Du matin jusqu'au soir.

Je fais lentement glisser mon gland sur sa moiteur.

Elle inspire une bouffée d'air, qu'elle retient.

Je continue à frotter mon gland sur ses fluides.

— Tu veux cette queue, Perle ?

Ses paupières s'abaissent, mais elle ne répond pas. Mais nous sommes en train de jouer au non-consentement, alors peut-être qu'une réponse gâcherait le jeu.

Malgré mon grand discours, j'y vais doucement, en m'assurant qu'elle est prête et que je ne lui inflige pas trop. Je sais que je suis imposant et j'ignore si elle a beaucoup d'expérience. Je ne veux surtout pas risquer de ne pas la satisfaire.

Dès que je suis en elle, j'établis un rythme lent et me penche pour revendiquer sa bouche. Elle me regarde baisser la tête, puis ses yeux se ferment lorsque mes lèvres effleurent les siennes. Tout en l'embrassant, je saisis ses poignets et les lève lentement au-dessus de sa tête, de sorte qu'elle se retrouve coincée sous mon corps.

Elle commence à se trémousser, comme si être maintenue au sol l'excitait. Je resserre ma prise et la pénètre un peu plus fort. Nos langues dansent et s'entremêlent. Son baiser est divin, et je perds le contrôle. C'est si bon, si juste, de s'approprier sa bouche pulpeuse. Je l'embrasse comme un fou, comme si elle m'appartenait, comme si sa place était sous moi, sur moi, avec moi, du matin jusqu'au soir.

Elle est enfin là où j'en avais envie, et j'en veux encore plus. Je convoite son être tout entier, son cœur, son esprit, son âme. Pas seulement ce petit corps chaud qui réagit comme s'il avait été conçu pour moi. Comme si j'avais été conçu pour elle.

Lauren commence à haleter et à émettre de petits gémissements alors qu'elle se presse contre moi. Je la pénètre plus fort, incapable de me retenir plus longtemps. J'ai patienté bien assez longtemps. J'ai beau être un athlète de haut niveau, cette fille m'emmène constamment dans mes retranchements.

— Ah, bordel, Lauren, grogné-je. Je ne peux pas… c'est trop…

Elle joint ses chevilles derrière mon dos et utilise ses jambes pour m'enfoncer plus profondément encore en elle.

— Vas-y, gronde-t-elle, plus alpha que toutes les louves avec qui j'ai déjà été.

Je crie tandis que mes bourses se resserrent juste avant que je n'atteigne le sommet.

— Putaiiin ! Oh, destin. Oh, putain.

Je lèche mon pouce et me penche pour caresser vivement son clitoris juste avant de jouir plus fort que je ne l'ai jamais fait. Lauren se cambre sous moi, l'intérieur de ses cuisses serrant mes hanches comme un étau, son sexe se contractant et se relâchant autour du mien.

Elle est encore en train de jouir quand je termine, les yeux révulsés, le menton levé vers le plafond, ses magnifiques seins levés et écartés. Alors que je la contemple, je sais avec certitude que posséder Lauren Sterling n'est pas une simple fixette que je peux satisfaire puis oublier.

Je peux le nier autant que je souhaite, mais cette fille est mon destin. Et maintenant que je l'ai eue, rien ne sera plus jamais pareil.

* * *

LAUREN

JE SUIS OFFICIELLEMENT EN VIE. Pas seulement en vie. Je vole. C'est comme si Abe avait posé les électrochocs sur ma poitrine et m'avait ramenée d'entre les morts.

J'ouvre difficilement les yeux pour constater qu'Abe est en train de me regarder avec une intensité qui me provoque un autre mini-orgasme.

Il me regarde comme s'il n'existait rien de plus fascinant au monde que moi. J'ai l'habitude de recevoir de l'attention, mais pas de la part d'Abe. Il a l'air de ne penser qu'à lui, en apparence. Mais cela fait peut-être partie de son personnage d'alpha, celui qu'il incarne au lycée. Il s'est en réalité montré prévenant plus d'une fois.

Il abaisse à nouveau sa bouche sur la mienne, me pénétrant lentement, provoquant plus de petites pressions et d'ondulations de plaisir. Son baiser est attentif, cette fois-ci. Tandis qu'il était bestial avant, il est désormais suave. Il lèche mes lèvres, recule, puis s'approche à nouveau.

— Ça va ? Je n'ai pas été trop brutal ? demande-t-il, tout en continuant à bouger lentement en moi.

J'ai du mal à réfléchir. Je ne suis pas encore sûre d'être douée de parole. S'attend-il à une vraie réponse ?

— C'bon, je parviens à articuler. Trop bon.

Il se recule un peu plus afin de voir mon visage et m'offre un magnifique sourire juvénile.

— Ah oui ?

Mes paupières s'abaissent en réaction au plaisir continu qu'il me procure.

— Ne sois pas arrogant.

— Arrogant, c'est mon deuxième prénom.

— J'ai remarqué.

Je me lève, voulant le toucher à mon tour. Mes poignets

sont toujours attachés avec du ruban adhésif, mais je passe le bout de mes doigts sur ses lèvres.

Il les mordille, en aspire un dans sa bouche, puis le relâche.

— C'est un truc de loup alpha, non ? L'arrogance ?

Abe cligne des yeux, et pendant un instant, j'aperçois une fissure dans sa façade, comme si quelque chose dans ma question l'avait momentanément blessé.

— Qu'y a-t-il ?

Ma voix est douce, bien loin des piques que j'ai l'habitude de lui lancer.

— Eh.

Il se retire, et je regrette immédiatement d'avoir demandé. Je regrette d'avoir touché sa corde sensible. La connexion de nos corps me manque déjà. De même que celle de nos âmes. Il descend du lit, jette le préservatif et revient avec un verre d'eau. Il me soulève sous les épaules pour me faire boire.

Je n'ai pas l'habitude d'une telle intimité. Être sans défense face à Abe, mais également d'être sous sa protection ; c'est une saveur que je n'ai jamais connue auparavant. J'aime la facilité avec laquelle il me hisse et me positionne, de même que celle avec laquelle il revendique mon plaisir.

Je bois l'eau, plus assoiffée que je ne l'aurais cru, tout en scrutant Abe.

— La couronne qui règne sur le lycée Wolf Ridge est lourde ? demandé-je quand il retire le verre.

Le coin de ses lèvres se retrousse en un sourire ironique.

— J'imagine. Pour être honnête, je n'en ressens aucun plaisir.

— Alors pourquoi la garder ? Quelle est la récompense ? Des ados qui font tes devoirs et te lèchent les bottes sans t'aimer sincèrement ?

L'expression d'Abe se fige et je réalise soudain que je vais trop loin. Je tends la main et attrape son avant-bras avec mes mains liées.

— Je suis désolée. C'était méchant. Je veux vraiment savoir. Parce que j'ai l'impression que ce n'est pas le vrai toi.

Une lueur de nostalgie perce le regard d'Abe. Il me dévisage comme si je lui offrais quelque chose qu'il ne peut pas avoir. L'air entre nous devient lourd. Je retiens mon souffle, attendant… quelle que soit la lutte intérieure d'Abe.

Mais il semble se ressaisir puis baisse son regard sur mes mains. D'un geste habile, il retire les couches de ruban adhésif pour libérer mes poignets.

— Selon toi, qui est le vrai moi ?

Il y a dans son ton une amertume qui s'insinue comme une lame dans mon ventre.

Je me sens vulnérable, alors que la plupart de nos interactions consistaient jusque-là à nous moquer l'un de l'autre, mais je réponds :

— Ça. Ce moment même.

Un éclair semble traverser le corps d'Abe, peut-être un frisson de reconnaissance ? Au lieu de parler, il attrape mon visage, le saisissant entre ses mains pendant qu'il m'embrasse à pleine bouche.

Je gémis contre ses lèvres, des larmes chaudes brûlant soudain l'arrière de mes yeux. J'ignore ce qu'elles signifient.

Ni pour qui elles sont.

Pour Abe ? Le loup alpha perdu et solitaire ? Ou pour moi ? La fille qui était incapable de pleurer ?

Non… je pense qu'il s'agit plutôt de la beauté du moment. J'ai trouvé quelqu'un pour partager les morceaux brisés de nos vies.

Une larme s'échappe d'un de mes yeux quand il se retire. Abe inspire et pose la pulpe de son pouce sur ma joue pour la retenir.

— Est-ce que je t'ai fait encore ressentir quelque chose ?

Sa voix est cassée.

Je hoche la tête.

— Oui, murmuré-je.

— C'est le vrai moi.

Il allonge sa longue silhouette à côté de la mienne et enroule son bras autour de ma taille, m'attirant contre sa peau chaude.

Je touche son torse, baladant mes ongles dans les douces boucles dorées sur le dessus. Une autre onde le traverse à mon contact, et ses yeux brillent dans l'obscurité.

— Mon père…

Il se racle la gorge.

— C'est important pour mon père que je conserve mon statut d'alpha.

— Pourquoi ?

Abe secoue la tête, le geste impatient.

— C'est comme ça dans notre famille. Il est implacable à ce sujet. Il l'est depuis le *Changement*, quand je suis devenu mon loup. Avant cela, j'avais l'impression d'avoir toute la vie devant moi, que mon avenir était vaste et ouvert. Et maintenant… c'est comme si j'étais enfermé dans un moule qui ne me convient pas. Plus rien n'est amusant. Même mes interactions avec mes meilleurs amis me semblent fausses.

Je regarde fixement Abe, choquée par son aveu. Ça n'a pas de sens à mes yeux, mais je ne suis pas un loup. Peut-être est-ce une tradition culturelle qui m'échappe.

— Que se passerait-il si tu ne jouais pas le jeu ?

— Je ne sais pas. Je perdrais mon statut. Quelqu'un d'autre prendrait ma place d'alpha. Sûrement Asher. Markley est plus fort, mais Asher est désespéré. Son père a été banni de la meute.

— Je voulais dire auprès de ton père.

Abe se frotte le visage.

— Je n'ai pas envie de le décevoir. Il ne veut que le

meilleur pour moi et notre lignée. Mon frère a suivi les ordres de mon père à la lettre. Aujourd'hui, il est l'enfant prodige en études de médecine, où il suit les traces de papa, et moi, je suis un raté.

J'émets un rire moqueur.

— C'est ce que tu penses ? Tu es le capitaine de l'équipe de football. Le loup alpha de tout le lycée. Comment peux-tu te considérer comme un raté ?

Je me souviens soudain de ses difficultés à travailler en cours de chimie.

— Tu dis ça à cause des devoirs ?

Abe ne répond pas.

— Abe…

J'hésite, car ma question ne va pas plaire à son côté alpha.

— Est-ce qu'on t'a déjà fait passer un test de neurodivergence ? Ou as-tu fait tester ta vue ? Parfois, j'ai l'impression que tu as du mal à voir ou à lire. Je me demandais si tu n'étais pas dyslexique ou quelque chose comme ça.

Je réalise qu'Abe ne respire plus du tout.

— Je n'arrive pas à croire que… s'étouffe-t-il. Comment as-tu deviné ?

— Qu'est-ce que c'est ? Ta neurodivergence ?

Il se redresse dans le lit.

— Tu ne dois en parler à personne, Lauren. C'est la raison pour laquelle je dois maintenir mon statut d'alpha.

Je me redresse à mon tour, caressant de la paume de ma main ses biceps saillants. Mon cœur bat la chamade devant l'ampleur du moment. Les murs d'Abe s'effondrent. Ses secrets sont révélés.

— Je ne dirai rien à personne. Mais qu'est-ce que c'est, Abe ? demandé-je d'une voix douce.

— C'est un défaut génétique lié à ma métamorphose. Mon cerveau ne sait pas toujours si je vois avec mes yeux de loup ou avec mes yeux d'humain. Cela me provoque des migraines, et ça m'empêche de lire correctement. Et c'est encore pire avec les lumières fluorescentes.

— Oh, waouh.

— J'avais toujours réussi à le gérer, et je dissimulais parfaitement mon trouble jusqu'à cette année.

— Qu'est-il arrivé cette année ?

Quand Abe se retourne pour me regarder, les poils de mes bras se dressent soudain. L'air devient électrique.

Ses yeux brillent d'un bleu glacé.

— *Tu* es arrivée, princesse.

CHAPITRE SEIZE

Abe

Lauren se penche et allume une lampe de chevet. Ce n'est même pas une lampe fluorescente, mais mes yeux réagissent. Une vive douleur traverse mon champ visuel en diagonale et mes muscles se contractent au niveau de la base de mon crâne.

— Tu le ressens, là ?

Lauren est tellement en phase avec moi que pour une raison qui m'échappe, elle le sait.

Mon instinct m'incite à mentir, à passer à l'offensive pour détourner l'attention de moi, comme je le fais avec tous les autres, mais quelque chose m'en empêche.

— Oui, croassé-je.

Mon champ visuel s'est tellement rétréci que je ne vois plus rien, mais Lauren glisse ses mains sur mes épaules nues.

Je bande de nouveau à moitié.

— J'ai empiré ton cas ?

— Oui, avoué-je.

Mon secret est déjà révélé.

— C'est ton odeur qui le déclenche.

— C'est pour ça que tu étais si méchant avec moi.

Elle n'a pas l'air contrariée, mais plutôt pensive.

L'apparence de Lauren Sterling cache bien d'autres choses. Elle est intelligente, perspicace, et sincèrement attentionnée. Pour une raison qui m'échappe, en prendre conscience me serre la poitrine.

Cette chose entre nous va au-delà du désir. Au-delà de son parfum, qui déclenche une attirance physique en moi. Il y a une connexion émotionnelle inattendue, une connexion authentique.

Je suis peut-être en train de tomber amoureux de cette fille. Elle est en train de devenir plus qu'un simple coup de cœur engendré par les phéromones. Elle pourrait être une *véritable* compagne, au sens humain du terme.

Une âme sœur.

Je la soulève, mes mains couvrant sa taille fine, et l'installe sur mes genoux, à califourchon sur mes jambes.

— Je suis désolé d'avoir été si con.

Elle me regarde toujours attentivement.

— Ce n'était pas réel.

Ce n'est pas une question. Elle l'a décidé d'elle-même.

Je hausse les épaules d'un air las.

— Je ne sais même pas ce qui est réel, Lauren. Qui je suis ou qui je suis censé être. J'essaie simplement de survivre chaque jour sans perdre le contrôle.

Elle prend mon visage entre ses mains, son geste si tendre que mon ventre frissonne. La douleur derrière mes globes oculaires s'évapore. La crise est passée.

Lorsqu'elle pose sa bouche sur la mienne, j'ai soudain l'intime conviction que je pourrais être guéri à nouveau.

Non pas que j'avais conscience combien j'étais brisé avant ce moment.

Je ne prends pas le dessus, la laissant m'explorer au gré de son baiser si doux. Son baiser de guérison.

— Ça, c'est toi, murmure-t-elle lorsqu'elle le rompt.

Je mets mes mains sur ses fesses et l'attire sur mon sexe dur.

— Et toi ? C'est ça, toi ?

Lauren balance ses hanches, massant son clitoris sur mon entrejambe. Ses lèvres planent et dansent au-dessus des miennes.

— Non.

J'essaie de ne pas montrer l'instinct sauvage que sa réponse m'inspire. Mon loup s'agite jalousement sous la surface.

— C'est… nouveau. Celle que je suis avec toi est complètement différente.

Je me souviens à peine de respirer.

— Différente comment ?

Elle penche la tête sur le côté, pensive.

— Je me souviens à peine de qui j'étais avant la mort de ma mère, mais cette fille ne reviendra jamais. Et ça fait un an que je suis… plate. La seule fois où j'ai ressenti une véritable émotion, c'est quand mon père a tenté de se suicider, et j'étais accablée.

J'inspire comme si elle m'avait frappé.

— Ton père a tenté de se suicider ?

Putain. Ce sale égoïste. Il a deux enfants qui ont besoin de lui.

Son menton frémit tandis qu'elle cligne rapidement des yeux.

— Et voilà que tu recommences. Tu es le seul à pouvoir me faire pleurer.

Je la prends dans mes bras et l'attire contre mon torse dans une étreinte féroce.

— Je suis désolé, princesse, murmuré-je. Je suis tellement désolé, putain.

— C'est pour ça qu'on a déménagé en Arizona. Ma mère adorait cet endroit. Mon père avait fait construire cette maison pour elle, mais elle n'a pas vécu assez longtemps pour en profiter. Lincoln et moi espérions que vivre ici l'aiderait à se sentir plus proche d'elle. De plus, nous pourrions laisser derrière nous le vide de nos anciennes vies.

Mes lèvres se posent au creux de sa gorge, où je l'embrasse.

— Je m'étais tellement trompé. Je pensais que vous étiez des gosses de riches coincés qui se pensaient meilleurs que nous.

Lauren laisse échapper un petit rire sans joie.

— Eh bien, c'était peut-être vrai. Mais en général, nous ne nous soucions pas d'avoir une vie sociale ici, et nous n'en avons pas envie non plus. Notre tâche consiste à surveiller de près notre père. Le garder en vie est notre seul objectif cette année.

Mes yeux brûlent un instant.

Bordel. J'ai envie de hurler à la déesse de la lune pour les cartes que Lauren et Lincoln ont reçues. Je veux consacrer ma vie entière à veiller sur leur père, afin qu'elle puisse recommencer à vivre. Je veux être son héros, et jurer de garder le seul parent qui lui reste en sécurité.

Je lui embrasse le cou, puis le contour de sa mâchoire.

— Je suis tellement désolé, murmuré-je.

Mes mots n'aident en rien, et je déteste me sentir impuissant.

— Qu'est-ce que je peux faire pour t'aider ?

Lauren enfouit le bout de ses doigts dans mes cheveux, et mon corps tout entier frissonne de plaisir.

— Tu m'as déjà aidée. Ce jour où un loup aux yeux fantômes a foncé sur moi au bord d'une falaise a changé ma vie. C'est comme si tu m'avais mis des électrochocs. La vie est passée du noir et blanc à la couleur. Mais les couleurs sont bien plus riches que je ne l'avais jamais remarqué auparavant.

Je ressens soudain une vive intensité. Sans réfléchir, je retourne Lauren sur le dos. Je suis déjà en train de la pénétrer quand je réalise que mes canines sont descendues. Mon loup veut la marquer comme ma compagne, ici et maintenant.

Je ne peux pas faire ça. Je n'en ai pas le droit.

Mais je n'ai aucun pouvoir face à l'instinct animal qui me pousse à la revendiquer. Heureusement qu'elle prend la pilule, car je ne me suis pas arrêté pour mettre un préservatif.

Le regard de Lauren exprime un plaisir surpris. Ses lèvres, gonflées par nos baisers, se séparent en un gémissement.

Trop tard, je demande la permission, comme elle l'aime, en faisant semblant de la forcer.

— Je vais te prendre si fort, princesse, que tu ne seras plus jamais indifférente.

Elle m'attrape par les hanches et soulève ses genoux pour s'empaler plus profondément sur moi.

— Fais-le, garçon-loup.

— Je ne suis pas un garçon.

J'agrippe ses épaules pour la maintenir en place et m'enfonce profondément, touchant le fond de ses parois internes.

Ses cris se font plus forts. Plus agités.

— Lauren… Lauren.

Je scande son nom, sans même savoir ce que je dis. Comme si elle était une déesse que j'invoquais plutôt qu'une petite humaine que je risque de briser en deux avec ma force.

Ne la marque pas. Ne la marque pas, me rappelé-je intérieurement.

Cherchant à ralentir, je plonge sur le dos, tout en gardant nos corps connectés de façon qu'elle puisse me chevaucher.

J'agrippe ses hanches et fais le travail à sa place, la soulevant de haut en bas sur ma verge dure comme le roc, puis d'avant en arrière.

Elle rejette la tête en arrière, sa longue chevelure cuivrée scintillant sous la lumière de la lampe. Ses seins généreux rebondissent à chaque rebond.

— Belle, grogné-je. Ma magnifique petite humaine. Tu me rends dingue, putain.

Son regard passe du plafond à mon visage.

— Vraiment ?

Il y a une lueur intéressante, presque semblable à celle d'un métamorphe, dans ses yeux. Ils se sont assombris. Écarquillés. Comme si elle aimait savoir qu'elle avait du pouvoir sur moi.

Elle est redevenue une déesse. La belle et puissante femme responsable de ma torture quotidienne.

Je suis à nouveau aveuglé, les muscles de mes yeux brûlant à travers mon crâne.

— Dingue, murmuré-je.

Je suis incapable de le nier. Incapable de lui refuser quoi que ce soit.

— Abe.

Elle pose sa main sur ma joue et la douleur se dissipe immédiatement.

— Est-ce que tu peux voir ?

Je cligne des yeux et acquiesce.

— Je te vois. Je te vois toujours.

Elle se balance sur mon corps, maintenant lentement. Elle ondule comme une danseuse du ventre.

Je la regarde, transi. Elle presse ses propres seins, fait onduler ses hanches. Puis elle trouve un rythme qui lui plaît. Une zone où mon gland roule sur une crête intérieure. Elle frotte plus vite. Elle appuie ses mains sur mes épaules pour aller plus loin. Je l'aide, en poussant ses hanches vers l'avant avec mes mains sur ses fesses.

Ses muscles internes se pressent autour de mon sexe. L'intérieur de ses cuisses tremble contre mes hanches. Elle crie, non, elle hurle, lorsqu'elle jouit. Elle reste immobile, se serrant avant de se relâcher autour de ma verge. Puis elle se balance légèrement et jouit de nouveau.

J'humecte la pulpe de mon pouce avec ma langue et le porte à son clitoris. Lorsque je caresse ce dernier, elle hurle à nouveau, se remue et se contracte, perdant totalement le contrôle.

Dès qu'elle a fini, je la retourne sur le dos et m'enfonce en elle. Mes canines sont longues, mais je garde la bouche fermée, le torse droit, afin de ne pas me pencher et planter mes dents dans sa chair pour la marquer à jamais.

Je la pénètre brutalement, plus fort que je ne le devrais. Je dois lui tenir l'épaule pour éviter que sa tête ne s'écrase contre la tête de lit. Elle gémit et miaule sous moi. C'est trop, je le sais, mais je n'arrive pas à calmer mon agressivité. Je n'arrive pas à ralentir.

Seule Lauren pourrait m'arrêter maintenant, et elle est aussi captivée que moi.

Je ferme les yeux alors que des éclairs traversent mon champ de vision.

— Putain... oui ! crié-je.

La douleur dans ma tête s'intensifie, mais je m'en fiche. Je jouis. Je jouis, et je jouis encore en elle juste avant que tout ne devienne noir.

* * *

LAUREN

. . .

LES PAUPIÈRES d'Abe vacillent lorsqu'il jouit, et soudain, il est sur moi, son corps lourd recouvrant le mien comme une couverture lestée.

Je panique d'abord, essayant de repousser plus de quatre-vingt-dix kilogrammes de muscle solide pour voir son visage et m'assurer qu'il va bien.

Je n'arrive pas à le bouger du tout, mais je sens le mouvement de son souffle contre ma poitrine.

— Abe ?

Je me force à rester calme et caresse doucement sa nuque du bout des doigts.

Il sursaute et se secoue, comme s'il s'était réveillé en sursaut, puis se redresse sur ses mains, se détachant de moi.

— Oh putain, Lauren, tu vas bien ?

Je laisse échapper un rire soulagé.

— Moi ?

— Que s'est-il passé ? demande Abe, visiblement secoué. Je ne t'ai pas mordue, n'est-ce pas ?

— Mordue ?

Maintenant qu'il le dit, je me souviens m'être dit que ses dents ressemblaient particulièrement à celles d'un loup quand il a joui. Pas effrayantes, comme celles du vampire, mais très canines.

— Non. Pourquoi me mordrais-tu ?

Il secoue la tête.

Dehors, au loin, un loup hurle. Puis d'autres se joignent à lui, allant crescendo, comme une meute célébrant une chasse réussie.

— Des amis à toi ? demandé-je.

— Sans aucun doute.

Il se recule du lit et me tend la main. Quand je la saisis, il m'aide à me lever.

— Nous devrions partir au cas où ils reviendraient.

Les orgasmes incroyables et l'intimité que je ressens avec

Abe me rendent trop heureuse pour que je prête attention à l'inquiétude qui naît de son désir de me cacher à ses amis.

Je ne suis pas une métamorphe, je comprends. Et je sais qu'il est un loup. Si ça se savait, il aurait des ennuis, et je me ferais effacer la mémoire.

Mais je n'ai pas non plus l'habitude d'être le secret honteux d'un autre. J'ai plutôt l'habitude d'être le prix.

J'oublie tous ces détails quand Abe fait glisser ma robe sur ma tête. C'est plutôt sexy d'être habillée comme une poupée Barbie par son petit ami.

Euh, je suppose qu'il n'est pas mon petit ami, mais peu importe. C'est quand même sexy.

Abe lisse la robe, faisant glisser ses larges paumes le long de mes flancs, jusqu'à mes fesses, qu'il presse alors.

— Tu te sens mieux, princesse ?

Sa voix est grave et sensuelle.

Je pose mes mains sur son torse musclé, le bout de mes doigts soulignant les lignes de ses pectoraux.

— Oui.

Bien sûr, je dois rentrer chez moi et régler la situation chaotique que j'ai créée avec Luke, mais c'est de ma faute.

— Je peux te retrouver ici n'importe quel soir ou nuit après l'entraînement et te donner ce dont tu as besoin. Même si ce n'est qu'un nouveau saut de la falaise.

Un rire s'échappe de ma bouche. Je ressens une sensation de chaleur dans ma poitrine, remplissant les parties qui sont devenues froides lorsque nous avons entendu les loups.

— Je pourrais te prendre au mot, joli cœur.

— Pourrais ?

Il a l'air vexé.

Je ris de nouveau.

— D'accord, je te prends au mot. Peut-être.

— Perle, tu es le défi le plus inaccessible de tous les défis.

— Quand as-tu déjà essayé de me déchiffrer ? répliqué-je.

Il sourit.

— Oh, oui. C'est juste.

Il attrape ses vêtements et les enfile, puis arrache la literie du lit et la sort.

— C'est très responsable de ta part, lui dis-je.

Je ne sais pas pourquoi voir Abe faire ce petit geste de la vie de tous les jours m'excite.

— Les loups peuvent sentir la moindre odeur, explique-t-il en enfouissant les draps dans une machine à laver avant d'y verser le savon. Mes parents savent parfaitement que mes amis et moi utilisons ce chalet, c'est même à cela qu'il sert, mais je n'ai pas besoin qu'ils sachent tout.

Il m'adresse un sourire juvénile en remuant les sourcils, ce qui me fait fondre. J'adore cette facette de la personnalité d'Abe.

La *vraie* facette. Le jeune homme ordinaire et extraordinaire qui lave les draps et essaie d'être un bon fils pour ses parents.

Le garçon qui, comme je le sais maintenant, lutte contre une maladie neurologique qu'il s'efforce de cacher. Pas pour lui, mais pour son père.

Mon cœur, qui battait à peine auparavant, a retrouvé un rythme régulier et pulse en parfaite harmonie avec celui d'Abe.

Il démarre la machine à laver et se dirige vers la cuisine.

— Tu as faim ?

— Je pensais que tu essayais de me faire sortir d'ici.

— C'est vrai, mais je suis aussi affamé. Je perds énormément de calories quand je suis avec toi.

Il ouvre le réfrigérateur et en sort une brique de lait qu'il ouvre et boit à grandes gorgées.

— Parce que je déclenche ton truc neurologique ?

Il y a un détail que je ne comprends toujours pas. Pourquoi mon odeur serait-elle différente ? Pourquoi est-ce que je l'excite ?

Il croise mon regard par-dessus la brique de lait. Dans la lumière de la porte du réfrigérateur, ils prennent une teinte bleu glacier.

— Quelque chose comme ça, dit-il après avoir fini d'engloutir la totalité du carton.

Il la jette à la poubelle.

— Qui s'occupe de l'approvisionnement en nourriture ? demandé-je.

— Ma mère, je crois. Elle sait que les loups en pleine croissance peuvent être affamés après une transformation.

Je suis envahie par une horrible sensation de perte. La douleur de ne pas avoir de mère pour faire ces petites choses, s'assurer que j'ai mangé suffisamment ou demander des nouvelles de mes devoirs ou toute autre petite chose que font les mères, me frappe si fort que je vacille sur mes pieds.

— C'est gentil de sa part, je parviens à articuler. Les mamans sont… géniales.

Abe doit entendre quelque chose dans ma voix parce que je me retrouve instantanément écrasée contre son torse.

— Putain, Perle. Je suis désolé.

Je m'imprègne de son étreinte. J'ai repoussé les autres pendant plus d'un an. Je ne voulais pas qu'on me touche. Mais maintenant que je suis ouverte, que je ressens à nouveau quelque chose, c'est incroyable d'être prise dans les bras.

C'est également tout simplement incroyable de vivre cette douleur. Ce chagrin. Cette sensation que j'ai tenue à distance pendant si longtemps.

Plutôt que de le combattre, je m'y plonge. Je le laisse m'imprégner. Non, ce n'est pas tout à fait ça ; il vient de l'intérieur. J'émets de la douleur.

Et cette douleur est merveilleuse. Parce que c'est moi.

C'est la mienne. Je suis en vie, je souffre et je suis en train de faire le deuil de ma mère.

— Non, c'est bien. Je le ressens enfin. Pendant si long-temps, j'ai cru que j'étais cassée. Peut-être une fille horrible. Maintenant, je sais que j'étais simplement dans un coma émotionnel.

Je me retire et regarde Abe.

Il prend mon visage dans ses grandes mains et se penche pour poser son front contre le mien.

— Tu n'es pas cassée, murmure-t-il, son souffle effleurant mes lèvres. Tu es parfaite telle que tu es, Lauren Sterling.

Il effleure mes lèvres, puis embrasse chacune de mes joues et mon front.

— La façon dont tu fais ou ne fais pas ton deuil t'appar-tient. Ce n'est ni bien ni mal. Tu peux le faire à ton rythme. Selon moi, tu as dû faire une pause dans ton deuil parce que ton père était un salaud égoïste et a essayé de mettre fin à ses jours.

Un fossé s'ouvre en plein milieu de ma poitrine. L'énor-mité de la tentative de suicide de notre père, la terreur qu'elle a provoquée en moi à l'idée de perdre mes deux parents, me frappe d'un coup, menaçant de m'engloutir comme un gouffre. Je m'accroche à Abe pour rester présente. Pour ne pas disparaître à nouveau.

— Tu n'es pas cassée, murmure de nouveau Abe. Est-ce que tu y crois encore ?

— Quand je suis avec toi, j'ai l'impression de pouvoir sortir des décombres. Comme si j'avais eu un accident de voiture et que je m'étais cogné la tête. Comme si j'avais rêvé l'intégralité de l'année dernière. Et maintenant, soudain, je suis réveillée. Je vois que je suis toujours bloquée par les morceaux et les pièces cassées, mais je pourrais m'en sortir.

Abe glisse sa main à l'arrière de mon crâne et saisit mes

cheveux, me surprenant en passant de la tendresse à l'autorité. Il abaisse ses lèvres jusqu'à mon oreille.

— Quand tu dis des choses pareilles, j'ai envie de te *dévorer*, putain, grogne-t-il.

Il se retire et ses canines brillent à la lumière de la lune derrière la fenêtre.

Un frisson de reconnaissance me traverse, bien que je ne sache pas ce que je reconnais. Mon corps réagit par une bouffée de chaleur. Une pression entre mes jambes. Un besoin impérieux de retourner dans cette chambre.

Des jappements de loup retentissent d'une autre direction cette fois-ci.

— Putain, marmonne Abe en me prenant la main. Il faut que je te ramène chez toi.

CHAPITRE DIX-SEPT

Lauren

Je me réveille tard et sors du lit en roulant. Mon corps est endolori là où il faut, et je suis surprise de sentir un peu d'entrain dans ma démarche, comme si l'éveil que j'ai vécu avec Abe la nuit dernière était encore présent. Je me sens vivante, même après que la poussée d'adrénaline due au fait d'avoir sauté d'une falaise et d'avoir été poursuivie et attachée par un homme sexy se soit dissipée.

Si je me sentais coupable d'être sortie avec Abe après la façon dont Luke et moi nous étions quittés, cette impression s'est dissoute quand je suis rentrée à la maison hier soir pour constater que Lincoln et Luke n'étaient même pas encore rentrés. Apparemment, ils ont trouvé une super fête à Tempe et sont restés.

Après une longue douche, je m'habille et me dirige vers la cuisine. Mon père est assis à la table, près du mur de fenêtres qui donnent sur le flanc de la montagne. Il est encore en peignoir, bien qu'il soit près de midi.

Je lui embrasse la tempe.

— Tu n'es pas habillé.

Nous avions un accord, il est censé prendre soin de lui, ce qui inclut de se doucher et de manger.

— C'est le week-end.

— C'est vrai.

Je me sers un bol de céréales et m'assois en face de lui.

— J'ai vu un ours ce matin.

— Vraiment ?

Ma peau se hérisse. Il y a des métamorphes ours ? Y a-t-il une autre espèce à Wolf Ridge dont je n'étais pas au courant ?

Non, j'en doute. Il faudra que je demande à Abe.

J'ai tellement de questions brûlantes à lui poser. Hier soir, il a mis son numéro dans mon téléphone, pour que je puisse lui dire quand j'aurais envie de le jeter à nouveau du haut d'une falaise. Je ressens ce petit pop et ce pétillement d'excitation quand je pense à lui envoyer un texto plus tard à propos de l'ours. Ou à l'idée de le revoir.

— Il ressemblait à un grizzly, mais c'est peu probable. Je me suis renseigné. Les grizzlis étaient autrefois originaires de la région du Grand Canyon, mais ils sont aujourd'hui en voie de disparition et l'Arizona n'a pas élaboré de plan de réintroduction. En fait, l'État a été poursuivi en justice par l'Arizona Center for Biological Diversity pour n'avoir pas mis de plan en place.

Je fixe mon père du regard, stupéfaite. C'est la première fois qu'il s'intéresse à quelque chose depuis aussi longtemps que je me souvienne.

— Oh, waouh. Ce serait cool si le seul grizzly d'Arizona se promenait sur la colline de Moongaze.

Le coin de la bouche de mon père se retrousse.

— Ta mère adorerait ça. Elle avait un faible pour les ours.

— Vraiment ? Pourquoi n'étais-je pas au courant ?

Cette information met mon cœur à vif. Avoir de nouveau des sentiments vient avec ses inconvénients.

Mais non, je veux ressentir. Je veux que la douleur de la perte de ma mère soit présente. Au moins, je sais que je suis en vie et que je me soucie des autres.

— Oh oui. Nous avons fait un voyage en Alaska une fois, et elle était tellement excitée à l'idée de voir des ours dans la nature. Ça lui a procuré un vrai frisson. Je pense que cela a quelque chose à voir avec ta grand-mère. Elle aimait les ours, elle aussi.

— En a-t-elle vu un dans le Grand Canyon ?

Il paraît que l'amour de ma mère pour l'Arizona lui vient de sa grand-mère, qui avait fait un road trip au Grand Canyon avec ses amis de la fac dans une Volkswagen décapotable après avoir obtenu son diplôme dans les années soixante-dix.

Grand-mère n'y est jamais retournée, mais elle a fait promettre à maman d'aller voir le Grand Canyon alors qu'elle était en train de mourir d'un cancer du sein. Oui, le même cancer qui a tué maman quinze ans plus tard.

— Ta grand-mère ? Je n'en ai aucune idée, répond mon père. Mais ta mère m'a dit qu'elle avait l'habitude de passer l'intégralité de leur visite au zoo du Bronx devant les ours en fulminant comme quoi ils ne devraient pas être gardés dans des enclos.

— Ah, oui. Maman disait la même chose, me remémoré-je.

La douleur de ne pas la connaître se transforme en quelque chose de plus chaleureux. Comme si parler de maman me redonnait le sentiment d'être aimée par elle en retour.

Mon père détourne son regard de la fenêtre vers moi.

— Comment s'est passé le bal ?

— Luke et moi avons rompu, mais je suis sortie avec un autre garçon, donc ça s'est bien passé, au final.

Mon père cligne des yeux.

— Tu as rompu avec Luke… Je suis désolé, ma puce. Je ne savais même pas que ça allait mal entre vous.

— C'est rien.

— Aurais-je dû le savoir ?

— Eh bien, il est venu pour que nous puissions rompre en personne, ce que je trouve complètement illogique, mais qu'est-ce que j'en sais ?

Je m'attendais à ce qu'il soit déçu, puisqu'il est ami avec le père de Luke, mais il se contente de me regarder attentivement.

— Je me suis toujours dit que vous n'alliez pas ensemble, déclare-t-il.

— Ah non ?

Il secoue la tête.

— Non. J'avais l'impression qu'il profitait de toi. Il aimait ton statut social et a tiré avantage de ta détresse quand tu as eu besoin d'un ami pendant que ta mère était mourante.

Mes yeux me brûlent et je les cligne alors rapidement devant mes céréales. Je ne pense pas avoir réalisé jusqu'à cet instant combien mon père a été peu présent dans ma vie. Il était tellement absorbé par son propre chagrin qu'il n'avait plus rien à m'offrir.

Maintenant, le simple fait d'entendre sa remarque sur mon couple me donne envie de pleurer comme un bébé.

Il pose sa main sur la mienne.

— Tu vas bien ?

Je ravale la boule dans ma gorge.

— Oui.

Je renifle. La légèreté de mes récentes activités apporte un sentiment de plénitude à mon cœur.

— Je vais bien.

Mon ancienne vie est définitivement morte. Qui que j'aie été, quoi que Luke ait été ou n'ait pas été pour moi, cela n'a plus d'importance.

Je suis une nouvelle personne désormais. Peut-être que je ne vis pas encore complètement, mais je suis en train de m'éveiller. J'ai transformé un ennemi en amant. J'ai sauté d'une falaise. J'ai découvert que les vampires et les loups métamorphes existent.

J'entends la douche se mettre en route dans la salle de bains de l'entrée. Luke est réveillé.

Je peux arrêter de l'éviter. Nous nous sommes disputés hier soir, et c'est fini entre nous. Je lui suis reconnaissante du soutien qu'il m'a apporté quand ma mère était mourante, mais c'est tout. Le reste appartient au passé.

Cet après-midi, je vais le conduire à l'aéroport et lui dire adieu. Adieu à Luke. Adieu à mon ancienne vie.

Je prends mon téléphone et envoie un message à Abe. *Est-ce qu'il existe des métamorphes ours ?*

* * *

ABE

— OÙ VAS-TU ? me demande sévèrement mon père quand j'essaie de me faufiler devant mes parents avec un *à plus tard* désinvolte.

— Je vais courir. À quatre pattes. J'ai un surplus d'agressivité à brûler.

Il vaut toujours mieux s'en tenir à la vérité quand on cache quelque chose. Et mon agressivité refoulée n'est pas un mensonge.

J'ai encore perdu la vue cet après-midi quand j'ai lu le texto de Lauren me prévenant qu'elle conduisait Luke à l'aéroport.

Lincoln ne peut pas l'emmener ? J'ai failli lui répondre cela, mais heureusement, mon absence m'a empêché de l'envoyer.

Lauren n'est même pas ma petite amie. Je n'ai aucun droit sur elle.

Conneries, grogne mon loup chaque fois que je pense ça.

Alors maintenant j'ai besoin de la voir pour lui faire oublier toute pensée à son sujet au gré de mes coups de reins. Non pas qu'elle ait accepté que nous nous voyions.

J'ai une autre raison de défier mon alpha et d'aller sur sa propriété. Elle m'a dit que son père y avait vu un ours. Il faut que je renifle pour vérifier si c'était ce même vieux métamorphe.

— Abe, as-tu eu d'autres maux de tête ou des troubles visuels cette semaine ?

J'hésite. Je n'ai pas envie d'être soumis à d'autres tests.

— Non. Tout va bien. Rien que de l'agressivité.

— Tu devrais la canaliser dans le football, fiston. L'entraîneur Jamison m'a dit que le recruteur de la fac d'Arizona viendrait voir le match cette semaine. Tu dois être au top de tes performances pour obtenir la bourse dont nous avons parlé.

— Oui, monsieur. Je le serai.

— Je ne vois pas en quoi aller courir à vingt-et-une heures un dimanche est une préparation compatible avec le recruteur.

Ma vue commence à se brouiller. Mon loup veut sortir et déchirer un morceau du flanc de mon père pour avoir essayé de m'éloigner de Lauren.

Comme d'habitude, je me couvre avec de l'esbroufe. Je plaque ma paume ouverte contre le mur, émettant un bruit puissant mais inoffensif.

— Je me défoule pour *pouvoir* me concentrer sur mon jeu, papa.

Ma mère arrive du salon.

— Paul. C'est un adulte maintenant. Laisse-le faire ses propres choix.

Mon père a l'air troublé.

— D'accord. Mais ne t'approche pas de la colline Moongaze.

C'est mal barré.

— Oui, dis-je.

Encore un ordre direct auquel je vais désobéir.

Je sors de la maison d'un pas rapide et conduis jusqu'au chalet, puis je me gare et cours jusqu'à la maison de Lauren sous forme humaine. Je m'arrête devant la clairière pour sentir les odeurs. Il serait plus facile de détecter la piste de l'ours sous ma forme de loup, mais je ne peux pas passer par la fenêtre de Lauren en tant que loup, et j'ai bien l'intention de passer par là.

Je capte son odeur autour du périmètre de la propriété des Sterling. C'est bel et bien le vieux métamorphe qui est de retour. La théorie de la meute selon laquelle il vendait les jeunes métamorphes s'est révélée fausse. Personne ne dit grand-chose, mais j'ai cru comprendre que Rayne avait été enlevée par un humain et qu'elle s'était métamorphosée pour la première fois de sa vie afin de se protéger.

Mais pourquoi l'ours pénètre-t-il sur la propriété de la meute ? Est-il devenu sénile ?

J'aperçois du mouvement dans la chambre de Lauren et j'abandonne toute réflexion concernant l'ours. Demain, j'informerai mon père que j'ai retrouvé son odeur sur le territoire de la meute.

Pour le moment, j'ai une ravissante humaine à torturer.

Je reste dans l'ombre et hors du champ de vision qu'offrent les fenêtres pour m'approcher du manoir, puis je longe le côté de la maison jusqu'à m'arrêter sous la fenêtre de Lauren. Lorsque je retire la moustiquaire du cadre, celle-ci cogne la fenêtre et je me fige, priant pour que le père de Lauren ne sorte pas avec son fusil de chasse.

La fenêtre s'ouvre.

— Sérieusement ? murmure Lauren.

Un magnifique sourire illumine cependant son visage. J'en ai le souffle coupé.

Elle a tellement changé par rapport à la fille riche et hautaine qui a rejoint le lycée Wolf Ridge en août.

Je profite de l'ouverture de la fenêtre pour passer une main à travers le cadre et me hisser d'un bras.

— Frimeur, chuchote-t-elle quand je passe une jambe par-dessus et tombe sur le parquet.

Elle porte un short de pyjama bleu léger et un haut à fines bretelles que j'ai hâte d'arracher.

Je lui couvre la bouche, la faisant reculer jusqu'à ce que ses jambes touchent le lit. Puis je la saisis par la taille et la jette dessus.

Elle laisse échapper un rire silencieux et haletant.

— Qu'est-ce que tu fais ?

Je retire mon T-shirt par-dessus ma tête, étourdi par le désir lorsque le regard de Lauren se pose sur mon torse et n'en bouge plus. J'enlève mes baskets avant de grimper sur son corps.

— Quel est ton mot d'alerte ? soufflé-je en attrapant ses poignets pour les plaquer de chaque côté de sa tête.

Je ne me lasserai jamais de la lumière dans ses yeux.

— Arizona.

Je hoche la tête.

— Si j'entends Arizona, je m'arrête. Autrement, tu es à ma merci.

Je relâche ses poignets pour lui baisser son short. Elle ne porte pas de culotte en dessous et vient de se raser. Je manque d'exploser dans mon pantalon quand elle abaisse sa main pour se caresser entre les jambes. L'odeur de son excitation m'emplit les narines.

— Pas de ça, l'arrêté-je.

J'attrape son poignet et éloigne sa main, même si la voir se toucher est très excitant.

— C'est à moi de te procurer du plaisir.

Je lui écarte les genoux afin de la lécher.

Elle sursaute, une de ses jambes donnant un coup de pied, tandis que ses mains viennent saisir mon crâne.

Je maintiens ses deux poignets le long de son corps et continue de bouger ma langue, traçant l'intérieur de ses lèvres, puis la pénétrant avec ma langue raidie.

Elle pose ses genoux sur mes épaules, basculant son bassin pour se presser contre ma bouche. Je la suce, la mordille, trouve son clitoris et agite ma langue sur ce dernier.

Sa respiration s'accélère. Elle se mord les lèvres, retenant un gémissement.

Je ne la laisse pas jouir. Je mordille et lèche un sillon vers le haut de son corps, faisant glisser son T-shirt au fur et à mesure et embrassant le plan plat de son ventre. Je lape et suce un mamelon tout en caressant son autre sein.

— Enlève ton haut, ordonné-je.

J'ignore si elle va obéir ou non. Je sais qu'elle aime être forcée. Je ne sais pas trop si obéir l'excite.

Elle me regarde fixement pendant qu'elle enlève son T-shirt.

Ma vue commence à se brouiller. Je cligne des yeux, me forçant à respirer lentement, puis elle s'éclaircit. Les sourcils de Lauren sont froncés d'inquiétude.

Je secoue rapidement la tête.

— Retourne-toi, princesse, je vais te prendre par-derrière.

Lauren n'obéit pas cette fois. Je suis prêt à faire marche arrière jusqu'à ce qu'elle dise soudain :

— Oblige-moi.

Je cache un sourire tandis que je la fais aussitôt rouler sur le ventre et prends un oreiller pour le placer sous ses hanches. Elle a l'air délicieuse. Je saisis brutalement l'une de ses fesses et la serre, puis me penche pour mordre l'autre côté.

Je suis à nouveau aveuglé. La douleur me brûle les tempes et le centre du front.

Je respire en dépit de mes maux, sans les laisser m'empêcher de glisser deux doigts entre ses jambes pour caresser son sexe divin. Elle est chaude et humide, et mes canines s'allongent, prêtes à la marquer. Ma vue s'éclaircit, mais je vois maintenant à travers mes yeux de loup.

Je baisse mon short suffisamment pour libérer mon membre et enfile un préservatif.

— Je me protège, Perle.

Elle écarte les jambes.

Je frotte mon gland entre ses replis intimes plusieurs fois, puis l'enfonce. Elle se cambre pour s'empaler plus profondément sur moi. Quelle fille ravissante.

Quelle magnifique, sexy, incroyable petite humaine.

Je la remplis de ma verge et recule, caressant ses parois intimes avec mes lents coups de reins.

Je dois prendre de grandes et lentes inspirations pour éviter que mes yeux ne s'affolent, mais je m'en fiche. C'est comme si être en Lauren était mon droit de naissance.

Ça me rend dingue et je me sens chez moi en même temps.

J'empoigne sa chevelure et tire doucement en accélérant le rythme.

— Tu ne l'as pas laissé te toucher, n'est-ce pas, ma belle ?

— Je l'ai pris dans mes bras à l'aéroport.

Lauren essaie de regarder par-dessus son épaule, mais ma prise sur ses cheveux l'en empêche.

Je grogne, un vrai grognement de loup.

Mon sexe est trempé à cause de Lauren.

Je me penche et gronde à son oreille.

— Il ne te touchera plus jamais. Compris ?

Je suis plus dur que de la pierre, prêt à jouir, et être si près de son épaule donne désespérément envie à mon loup de la marquer.

— Jamais, répété-je en accélérant le rythme.

Lauren ne répond pas.

Je lui tire les cheveux.

— Dis-le.

— Jamais.

— Gentille fille.

Je m'écrase en elle. Nous sommes tous les deux essoufflés et brûlants.

Je relâche ses cheveux pour stimuler l'un de ses tétons, pinçant le bourgeon jusqu'à ce qu'il durcisse.

Elle mord l'oreiller, criant de plaisir contre le tissu.

— C'est ça, Perle. Jouis pour moi, soufflé-je en la pénétrant plus vite, perdant toute notion de lieu ou de temps.

Je m'enfonce profondément et remplis le préservatif en même temps que ses muscles se contractent. Elle frémit sous moi, sanglotant de plaisir contre l'oreiller.

Je ne vois plus rien, mais je n'ai pas mal. Je l'embrasse le long de sa nuque, tout en me balançant lentement pour évacuer les contrecoups.

— Demain soir. À la nuit tombée. Retrouve-moi au chalet.

Je ne sais pas si je lui demande ou lui ordonne. Tout ce que je sais, c'est que j'ai déjà hâte de la voir, et je ne sais pas comment je vais survivre à la journée de cours sans reconnaître haut et fort qu'elle est à moi.

Je me dégage doucement de Lauren et la fais rouler sur le dos. Ma vue revient et je constate que ses paupières sont lourdes et ses membres détendus. Elle s'étire comme un chat au soleil.

— Peut-être, ronronne-t-elle.

— Retrouve-moi, insisté-je.

Elle m'offre à nouveau un magnifique sourire.

— D'accord.

Je me penche sur sa bouche et l'embrasse fougueusement.

— Tu es à moi maintenant, Lauren Sterling. Personne d'autre n'a le droit de te toucher. Personne d'autre n'a le droit de penser à toi, ou je les écraserais.

Le sourire que m'offre Lauren est indulgent, comme si ma jalousie l'amusait, mais elle secoue la tête et pointe la fenêtre du doigt.

— Sors, Abe.

CHAPITRE DIX-HUIT

Lauren

Revenir au lycée Wolf Ridge maintenant que je suis de nouveau en vie est une nouvelle expérience. Mes sens sont exacerbés pendant que je marche le long des couloirs, ou du moins, ils ne sont plus émoussés. J'entends le moindre bruit. Je remarque la beauté naturelle et les qualités athlétiques spectaculaires de la plupart des élèves que je croise, hommes et femmes confondus.

— Tu as remarqué que ce lycée est peu diversifié sur le plan ethnique ? dis-je à Lincoln pendant que nous nous dirigeons vers nos casiers.

Il souffle du nez.

— Tu viens tout juste de t'en rendre compte ?

— Je n'y prêtais pas attention avant.

Je le regarde, me demandant ce qu'il voit. S'il a remarqué des indices sur les différences entre les élèves d'ici et les adolescents humains normaux.

Lincoln est plutôt observateur. C'est le genre à observer

toutes les personnes présentes dans la pièce lors d'une fête. Il connaît leur nature avant même qu'ils n'interagissent. Il a toujours considéré notre arrivée ici comme une étude sur l'anthropologie des petites villes.

— Ce n'est pas comme si Landhower avait beaucoup de diversité non plus, fait remarquer Lincoln en déposant ses livres dans son casier avant d'en sortir un cahier et un crayon.

— Non, mais il y en avait plus qu'ici.

— C'est vrai.

Abe et ses amis se pavanent dans le couloir en parlant à voix haute. Les autres élèves s'écartent pour les laisser passer.

Je ne suis pas préparée à ce que je ressens lorsqu'il m'ignore complètement. Il passe avec ses amis comme si tout ce qui s'est déroulé pendant le week-end n'avait pas eu lieu.

Je sais qu'il veut que personne ne sache que je suis au courant pour son espèce. Il pense ne pas avoir le droit de me fréquenter. Ce n'est pas très différent de la manière dont il a agi la semaine dernière, après que j'ai découvert qu'il était un loup.

Mais la semaine dernière, je m'en fichais.

La semaine dernière, j'étais encore à moitié morte. Je commençais à peine à me réveiller quand je côtoyais le quarterback vedette du lycée Wolf Ridge.

Cette semaine, je me sens à nouveau vivante. Et je me fiche d'être insultée par la brute du lycée qui s'est retrouvée dans mon lit la nuit dernière.

Je préférerais qu'il me harcèle plutôt qu'il m'ignore. Au moins, il me donnait de l'attention.

Je n'ai pas l'habitude de me sentir invisible.

Je claque mon casier et rejette ma chevelure en marchant dans la direction opposée. Lorsque je m'assois en cours d'anglais, mon téléphone vibre, me signalant que j'ai reçu un texto. Je devine immédiatement que c'est Abe.

Je jette un coup d'œil furtif quand le professeur ne regarde pas.

Abe : Tu es très sexy aujourd'hui.

Mon agacement s'atténue. Au moins, il sait qu'il a été méchant. Il essaie de se rattraper.

Je décide de le faire suer en ne répondant pas.

Ça fonctionne. Quand je le vois dans le couloir après le premier cours, son regard me transperce. Ses yeux brillent d'un bleu glacé et je vois son beau visage se crisper.

Il est en train de faire une de ses crises.

Est-ce encore moi qui l'ai provoquée ?

Je regrette instantanément de l'avoir torturé. Maintenant que je sais qu'il faut regarder sous sa facette de connard alpha, je peux voir ce qu'il cache.

Il le dissimule malgré cela très bien. Il me lance un sourire en coin désinvolte quand nous nous croisons.

— Quoi de neuf, Perle ? raille-t-il.

Je peux cependant voir que ses yeux n'arrivent pas à se concentrer. Je doute qu'il puisse me voir en ce moment même.

— Suce-moi, Abe, rétorqué-je joyeusement.

Il rit, tandis que ses amis ricanent et se moquent. Il se retourne et marche à reculons pour me faire face.

— C'est une proposition, princesse ?

Je ne me retourne pas.

— Dans tes rêves, grosse brute.

Le petit rire d'Abe semble sincère.

Au déjeuner, j'essaie de savoir si Rayne est aussi un loup. Je voulais le demander à Abe. Je l'ajouterai à la liste des questions que je me pose sur tout ce qui concerne leur espèce.

Elle attire plus d'attention aujourd'hui. Les autres élèves lui disent bonjour ou la saluent. Je suis sûre que c'est lié au fait qu'elle a été élue reine du bal, mais je n'ai jamais su ce qu'il en était. Je sais qu'elle a été bouleversée quand c'est

arrivé parce qu'elle pensait que son demi-frère l'avait orchestré, et qu'elle n'est pas venue au lycée le lendemain.

Aujourd'hui, je prends plus conscience que jamais que je
n'ai pas été une vraie amie pour Rayne, qui est littéralement
la seule élève de Wolf Ridge à s'être montrée un tant soit peu
amicale avec Lincoln et moi. J'étais tellement dans ma propre
bulle que je ne me suis jamais souciée des autres.

Abe m'a reproché d'être coincée. Je comprends maintenant que c'est exactement ce dont j'ai l'air aux yeux de tous
les autres élèves.

— Alors… c'était bien, le bal ? demandé-je en fronçant les
sourcils. Lincoln a dit que tes parents sont maintenant au
courant pour toi et ton demi-frère ?

Rayne rougit.

— C'était génial. Je suis vraiment heureuse.

— Du coup, comment ça marche ? Vous partagez simplement une chambre maintenant ?

Elle rougit de plus belle.

— Techniquement, j'étais dans sa chambre depuis le
début, et il dormait sur le canapé. Mais il doit retourner à la
fac cette semaine.

— Oh, c'est dommage. Où doit-il aller ?

— À Duke.

— Ooh, c'est loin. Je suis désolée.

— Non, ce n'est pas grave. Il va terminer cette année puis
voir s'il peut être transféré à la fac d'Arizona, où je prévois
d'aller l'année prochaine. Et toi ? Tu as rompu avec ton
homme ?

— Oui. On a rompu. C'était très gênant. Mais Lincoln et
lui sont allés à la fac après le bal et ont apparemment couché
avec des étudiantes, donc tout va bien maintenant.

— Oh waouh. Et ça ne t'a pas posé de problème ?

Lincoln me jette un regard. Ni lui ni moi n'avons parlé du

fait qu'Abe m'a ramenée chez moi cette nuit-là et ce qui s'est passé par la suite. Il me laisse de l'intimité.

— Aucun problème. Ça m'a soulagée, au contraire.

— Et comment s'est passé le reste de ta nuit ? demande Lincoln.

— Sans histoire, dis-je fermement pour couper court à toute autre question avant de m'adresser à Rayne. Tu as entendu les loups après le bal ? On aurait dit qu'il y avait toute une meute.

— Oh, vraiment ? Non, je n'ai rien entendu.

— Mais tu les as déjà vus, non ? demandé-je en essayant d'avoir l'air décontractée.

Rayne cligne ses grands yeux bleus et prend de longues secondes pour avaler le contenu de son assiette.

— Euh, oui. Ça m'est déjà arrivé de voir des loups.

— Et des ours ?

Elle hausse les sourcils.

— Non. Pourquoi ? Tu en as vu un ?

Je hoche la tête.

— Notre père affirme qu'il y en avait un sur notre propriété. Nous avons donc eu des loups et des ours. Je vais commencer à croire que les animaux de cette ville essaient de nous faire fuir.

Rayne s'étouffe avec sa bouchée.

Voilà ma réponse. Elle est clairement l'une d'entre eux. Elle est sûrement impopulaire parce qu'elle est petite et peu athlétique. Sans doute une histoire concernant l'ordre de la meute.

— Il faut qu'on se débarrasse du fusil de chasse que papa a acheté, murmure Lincoln gravement.

Je suis prise de frissons.

— Tu as raison.

Il n'y a pas que la vie d'Abe qui pourrait être menacée si

mon père possède une arme. En voyant les yeux de Rayne s'écarquiller de consternation, j'en déduis que Lincoln lui a parlé de la tentative de suicide de notre père.

— Comment se débarrasser d'une arme en toute sécurité ? songé-je. Peut-être pourrait-on la cacher dans la maison.

— Oui, acquiesce Lincoln. Je pourrais la mettre sous mon lit. Comme ça, si le loup revient, toi et moi, on saura où elle est.

Mon ventre se noue à l'idée que Lincoln s'en prenne à Abe.

— Nous ne savons même pas tirer avec une arme à feu, lui rappelé-je.

Lincoln hausse les épaules.

— Je me débrouillerais si j'y suis obligé.

— Eh bien, je doute que tu le sois, répliqué-je aussitôt. Je ne crois pas que ce loup est enragé. Je pense qu'il est amical. Il est sûrement nourri par des humains, c'est pour ça qu'il n'a pas peur.

Rayne acquiesce.

— Je suis d'accord. Je ne m'inquiéterais pas des attaques de loups à votre place. Je n'ai jamais entendu parler d'incidents du genre.

— Un loup a littéralement essayé de sauter par la fenêtre de ma sœur, raconte Lincoln. Il a cassé la moustiquaire et tout le reste.

Le regard de Rayne se porte sur la table où sont assis les alpha-brutis.

Oui. Elle est l'une d'entre eux, et elle sait que c'était Abe.

Je vais devoir être très prudente avec elle. Je ne sais pas si je peux lui faire confiance pour ne pas me dénoncer dans le cas où elle soupçonnerait que je connais leur secret.

Et il est hors de question que je laisse quiconque m'approcher à nouveau d'un vampire. Il faudrait d'abord qu'ils me tuent.

La cloche sonne, et je me lève pour trouver Abe et ses amis juste derrière moi. Il m'ignore encore, ou fait semblant de m'ignorer, mais je sens un léger contact avec le bas de mon dos quand il passe, une reconnaissance fugace que ce week-end était bien réel.

Abe, le tyran de l'école, est un imposteur.

Je reçois un autre message quand j'arrive à mon prochain cours.

Abe : Retrouve-moi au chalet ce soir. Dix-huit heures trente. Je ne te décevrai pas.

Mon cœur s'emballe comme un moteur qui vient de démarrer. Mon corps se réchauffe, se remémorant toutes ses compétences moins que décevantes. Oh oui, je vais le retrouver.

Pourtant, je ne réponds pas.

S'il veut faire comme si je n'existais pas, je vais le faire souffrir.

Abe : Tu as dit à tout le lycée que tu voulais que je te suce. Je veux simplement te donner ce dont tu as besoin.

Moi : Je vais y réfléchir.

Abe : J'attendrai. Si tu ne viens pas, tu seras punie.

* * *

Après le dîner, je dis à Lincoln et à mon père que je vais à la bibliothèque et conduis la Tesla vers les chemins de terre qui mènent au chalet d'Abe.

Le problème, c'est que les routes ne sont pas marquées ou nommées, et ce n'est pas comme si j'avais une adresse que je pouvais écrire sur le GPS intégré de la Tesla.

En revanche, je connais le chemin à pied. Je finis par m'arrêter sur le bord de la route et par me garer pour marcher. Le soleil vient de se coucher, illuminant les montagnes de teintes roses et violettes magiques.

J'ai une poussée de dopamine pendant que je marche, en sachant ce qui m'attend. Pour la première fois, j'absorbe réellement la beauté que ma mère a vue ici, pas d'une manière plate et sans émotion, non, je la ressens dans ma poitrine. Comme un ballon qui se dilate et me fait sentir plus légère.

Je n'ai pas mis les chaussures adéquates pour la randonnée. Je porte une paire de tongs en cuir Manolo Blahnik, mais je ne devrais plus être très loin du chalet ou du chemin qui y mène.

C'est plus rocailleux que dans mes souvenirs, et je dois me frayer un chemin sur les plus grosses pierres en évitant les piquants. L'un des rochers se déplace sous mes pieds, et avant même que je ne voie le danger, un serpent enroulé en dessous me mord la cheville.

Je crie et donne un coup de pied avant de tomber à quatre pattes.

Le serpent se glisse à nouveau sous les rochers.

Oh, non. C'était un serpent à sonnette ? Est-ce que je vais avoir de gros ennuis ?

J'essaie de me relever, mais je ne fais que quelques pas avant de ne plus pouvoir supporter le poids de mon pied. Il a doublé de volume en moins de soixante secondes.

Mes mains tremblent. Je respire dans des sanglots audibles. Je suis déjà en état de choc. J'attrape mon téléphone, mais il a dû tomber lorsque j'ai trébuché. L'obscurité tombe rapidement tandis que j'essaie de ramper.

Oh, merde.

Pitié, non. Pitié, dites-moi que je rêve. Je vois mon téléphone dépasser de la même fissure que celle dans laquelle le serpent a disparu.

Il est hors de question que je mette la main là-dedans.

Et si je pensais que je n'étais pas déjà complètement dans la merde, les choses deviennent encore pires. Parce que j'entends le grattement de pierres derrière moi.

Ce n'est pas un autre serpent.

C'est pire.

Un grizzly géant est en train de foncer vers moi à quatre pattes, sa gueule géante ouverte dans un rugissement.

* * *

ABE

ELLE N'EST PAS VENUE.

Je ne suis pas aussi arrogant que j'essaye de le faire croire, mais je dois avouer que je pensais qu'elle viendrait. Je *sais* qu'elle a apprécié notre moment en tête-à-tête le week-end dernier. Elle a dit que je lui ai fait ressentir des émotions pour la première fois depuis longtemps.

Je *sais* qu'elle ne ressent plus rien pour son ex.

Alors pourquoi n'est-elle pas là ?

Je consulte mon téléphone pour la quinzième fois afin de vérifier si elle a répondu à l'un de mes messages, mais non.

Je sors sous le porche du chalet, essayant de décider quoi faire. Dois-je aller chez elle ? Si oui, dois-je y aller sous ma forme de loup pour l'espionner ou rester sous ma forme humaine et m'introduire à nouveau par sa fenêtre ?

Je suis soudain surpris en sentant mon cerveau disjoncter, et je trébuche contre le chalet, la douleur me brûlant derrière les yeux et à travers le crâne. Je souffle et halète, tentant de calmer mon corps et de retrouver mes yeux d'humain.

Lauren est-elle proche ? Je n'ai pas senti son odeur. Ce n'est pas ce qui m'a déclenché.

Les poils de ma nuque se dressent. C'est différent.

Quelque chose… ne va pas. Ne va pas du tout.

Même si je ne vois rien, je force mes jambes à se diriger

vers ma Range Rover. Je suis submergé par le besoin de rejoindre Lauren.

Avant que ma vue ne s'éclaircisse, j'entends le craquement de broussailles. Le bruit de quelque chose de gros qui se déplace à grande vitesse vers moi.

Je me crispe, mon corps se préparant à se transformer pour me protéger. Je sens l'odeur de l'ours juste avant de retrouver la vue. Il rompt l'espace qui nous sépare d'un énorme bond. Je suis sur le point de me transformer, mais j'aperçois quelque chose entre ses puissantes mâchoires.

Une sandale de femme.

La sandale de Lauren.

Ma rage monte en flèche, et mon loup est soudain irrationnellement prêt à combattre cet ours jusqu'à la mort s'il lui a fait du mal. Mais l'ours balance sa grosse tête et jette la sandale à mes pieds, puis fait demi-tour.

— Où est-elle ? crié-je en la ramassant.

Je suis déjà en train de courir derrière lui.

Il grogne bruyamment, un son à donner la chair de poule, mais il continue de courir, alors je le suis.

Mon cerveau rationnel commence à comprendre. Il ne lui a pas fait de mal. Il est venu ici pour me prévenir. Mais ça veut dire qu'elle est blessée. Quelque chose ne va pas du tout.

Je cours alors plus vite que je ne l'ai jamais fait sous ma forme humaine. J'ai presque rattrapé l'ours.

Puis j'entends les cris de Lauren.

— Au secours !

— Lauren ! crié-je en retour en courant encore plus vite. J'arrive ! Où es-tu ?

— Abe ! Je t'en prie. Par ici.

Elle pleure. Elle est terrifiée.

Mon loup est affolé. Je panique.

— Lauren !

Je la trouve assise sur les fesses sur de gros rochers. Ses

genoux sont écorchés et le pied auquel il manque la sandale est énorme.

Je m'accroupis à côté d'elle.

— Tu es tombée ? Qu'est-ce qui s'est passé, bébé ?

Elle pleure, des sanglots hystériques et essoufflés.

— C'était un serpent !

— Oh merde.

Sa chair tuméfiée est striée de marques sombres le long de ses veines, et j'aperçois les marques de morsure à sa cheville.

— Un serpent à sonnette ?

Je la prends dans mes bras et me retourne pour chercher l'ours, mais il a disparu.

— Je ne crois pas. Enfin, il n'a pas fait de bruit.

Je pars en courant en direction de mon véhicule. Ce n'est pas bon du tout. Ce doit être une morsure de serpent à sonnette. Les traces sombres sont le poison qui se dirige vers son cœur. Cela va-t-il la tuer ? Je sais qu'ils sont toxiques pour les humains. J'ignore à quel point.

— Non, certains n'en font pas. Les humains tuent ceux qui s'agitent, alors ils évoluent pour ne plus nous avertir.

Lauren passe ses bras autour de mon cou. J'essaie de ne pas trop la bousculer en courant aussi vite que possible jusqu'à la voiture.

— Ne t'inquiète pas, chérie. Je vais t'emmener à l'hôpital. Ou voir mon père. Ou tout ce dont tu as besoin. Tout ira bien.

— Après que le serpent m'a mordue, un ours a essayé de m'attaquer.

Lauren a l'air outrée.

— Qu'est-ce que tu veux dire par attaquer ?

— Il a foncé droit sur moi. J'ai crié et jeté des cailloux jusqu'à ce qu'il s'en aille.

— Je crois que cet ours t'a sauvée. Il m'a apporté ta chaussure pour que je le suive.

Elle se calme, ses sanglots s'apaisent et la tension dans son corps se dissipe.

— Ah bon ?

— Oui.

J'arrive à la Range Rover et ouvre la portière côté passager, puis je compose le numéro de mon père en courant jusqu'au côté conducteur.

— Papa, je suis avec Lauren Sterling, et elle vient de se faire mordre par un serpent à sonnette.

— Où es-tu ?

Je n'hésite qu'un bref instant. La vie de Lauren est en jeu. J'expliquerai plus tard ce que je fais avec une humaine.

— Au chalet.

— Elle doit aller à l'hôpital, mais j'ai de l'antivenin au bureau. Je te retrouve là-bas, puis je l'accompagnerai à l'hôpital.

— J'arrive dans dix minutes.

Je raccroche et regarde Lauren. Elle est pâle, ses yeux turquoise ressortant par rapport à son teint.

— Mon père est médecin. Il a de l'antivenin à son cabinet. Nous allons le retrouver sur le chemin de l'hôpital.

Elle acquiesce.

— Mon téléphone est toujours là-bas. Il est tombé dans la fissure où est parti le serpent, alors je n'ai pas pu appeler à l'aide.

— Oh, bébé. C'est horrible. Je suis désolé que ça te soit arrivé.

— Ça fait trop mal. Je crois que je vais vomir.

Elle baisse sa vitre et passe sa tête par la fenêtre. Après quelques instants, elle demande :

— Donc, l'ours était-il un métamorphe ?

Elle m'a envoyé un message pendant le week-end pour

me demander si les ours métamorphes existaient, et je lui ai répondu par l'affirmative.

— Oui. Un vieux. Il n'est pas censé être sur le territoire des loups, mais je l'ai déjà vu. En fait, je l'ai vu aussi le jour où tu as failli tomber de la falaise. Je ne te l'ai jamais dit, mais il avait ta lettre. J'ai dû négocier avec lui pour la récupérer.

— Tu lui as parlé ?

— Non, il est resté sous sa forme d'ours. Je ne sais pas s'il devient sénile et si c'est pour ça qu'il est hors de son territoire.

Je roule plus vite que de raison sur les chemins de terre, puis trois fois la vitesse autorisée en ville pour me rendre au bureau de mon père.

Il attend devant avec son sac de premiers secours. Il ouvre la portière côté passager.

— Bonjour, Lauren. Je suis le docteur Oakley, le père d'Abe. J'ai un antivenin que je vais t'administrer avant que nous partions à l'hôpital, d'accord ?

— D'accord.

La voix de Lauren est petite et tremblante.

J'abandonne mon projet de prétendre que je suis tombé sur elle par hasard. Je ressens beaucoup trop le besoin de l'apaiser et de prendre soin d'elle. Je lui masse la nuque pendant que mon père lui fait sa piqûre.

S'il remarque que je suis bien trop intime avec cette humaine, il ne le dit pas. Il monte sur le siège arrière et boucle sa ceinture.

Je prends la direction de l'hôpital de Cave Hills.

— As-tu déjà appelé ton père ? lui demande-t-il.

— Son téléphone est dans le nid du serpent, expliqué-je.

— Eh bien, toi, tu en as un. Il devrait nous rejoindre là-bas. C'est sérieux, fiston.

J'entends maintenant le jugement dans la voix de mon père.

— Est-ce qu'elle va s'en sortir ?

Je me force à poser la question, mon cœur battant douloureusement contre mon sternum.

— Les morsures de serpent à sonnettes sont rarement mortelles. Environ une personne sur six cents en meurt. La morsure remonte à combien de temps ?

Le mot *mortelles* rebondit à l'intérieur de mon crâne et me fait appuyer plus fort sur l'accélérateur.

— Lauren ? demande mon père quand aucun de nous ne répond. À quand remonte ta morsure ?

Lauren est prise de tremblements.

— Euh… je ne sais plus.

J'enlève ma ceinture de sécurité et retire mon T-shirt par-dessus ma tête tout en continuant à rouler à soixante-dix miles à l'heure sur la route.

— Abe ! Qu'est-ce que tu fais ? aboie mon père.

Je couvre Lauren avec mon T-shirt.

— Elle a froid, papa. Elle doit être en état de choc.

Je mets le chauffage à fond même s'il fait encore plus de vingt degrés dehors.

— Combien de temps es-tu restée là-bas avant que je ne te trouve ? demandé-je à Lauren.

— Je ne sais pas, ça m'a semblé durer une éternité, mais ça ne devait pas être si long. Quinze ou vingt minutes.

— D'accord, disons vingt minutes avant que j'arrive et encore vingt minutes avant que tu lui donnes l'antivenin. Est-ce qu'elle ira bien ?

J'essaie de cacher la panique dans ma voix.

— Oui. Elle va s'en sortir. Mais c'est sérieux. Elle sera internée aux soins intensifs. Le venin provoque le blocage de tous les organes.

Soins intensifs. Putain !

Je déteste que cela se soit produit sous ma surveillance.

Elle venait me voir. Mon instinct est de la protéger, mais je l'ai mise en danger. J'ai envie de me frapper au visage.

Je tends la main pour lui frotter le genou seulement pour découvrir que sa peau est glacée.

— Lauren ?

La belle humaine est affalée contre la portière de la voiture.

— Papa. *Papa* ! Elle s'est évanouie. Qu'est-ce que je dois faire ?

CHAPITRE DIX-NEUF

Lauren

Argh.

J'ouvre les yeux sur un plafond de tubes fluorescents rectangulaires.

J'essaie de bouger, mais une perfusion est branchée à mon bras et la douleur dans mon pied et ma cheville est insupportable.

Je gémis dans un masque à oxygène.

Combien de temps s'est-il écoulé depuis que j'ai été mordue ? Je me souviens par bribes de mon arrivée ici, d'avoir été déplacée, triturée et piquée. Ça doit faire quoi, un jour ? Trois ? Où est ma famille, Lincoln ou mon père ? Où est Abe ?

— Merveilleux. Vous êtes réveillée.

Je cligne des yeux lorsqu'un médecin de très grande taille franchit la porte ouverte. Sa blouse blanche paraît trop petite pour ses larges épaules. Ses yeux sont encadrés par des sourcils blancs broussailleux.

J'abaisse le masque à oxygène.

— Depuis combien de temps je suis là ? croassé-je.

— Ça fait trente heures que vous avez été amenée ici.

— Est-ce que mon père est là ? Ou mon frère ?

— Il est tard. Ils sont rentrés chez eux pour dormir. Comment vous sentez-vous ?

— Horriblement mal. Ma jambe tout entière me lance.

— Ressentez-vous une chaleur extrême ? Des picotements ? Une douleur aux os ? Une faim lancinante ?

— J-je ne sais pas.

Il sort un bocal rempli d'un liquide brun.

— Je dois vous demander de boire ceci en entier.

Je suis peut-être groggy, mais je ne suis pas stupide. Aucun médecin ne donne des médicaments dans un bocal.

J'essaie de me redresser.

— Doucement.

Il passe un bras derrière moi et m'aide à m'asseoir sans effort.

Je suis bouche bée.

— Qui êtes-vous ?

Il baisse les yeux sur le badge accroché à sa blouse blanche.

— Je suis le docteur Wesson.

Il relève la tête et me tend le pot d'une grande main noueuse.

— Maintenant, buvez ça. Cul sec, afin d'en ingérer la bonne dose.

— Qu'est-ce que c'est ?

— Du thé aux poils d'ours. À moins que vous ne vouliez passer la semaine prochaine dans cette unité de soins intensifs, vous allez boire tout le bocal tout de suite.

Du thé aux poils d'ours.

Je ne lui prends pas le pot.

— C'est *vous*, l'ours, l'accusé-je d'une voix triomphale.

Je suis contente que mon cerveau flou soit capable de comprendre quoi que ce soit dans mon état.

— Vous avez guidé Abe pour qu'il me trouve.

Il tique à mes mots. Il referme le bocal et le pose à côté de moi sur le lit d'hôpital avant de reculer vers la sortie.

— Buvez le thé, Lauren, dit-il en me pointant du doigt pendant qu'il franchit la porte, si vous voulez sortir d'ici sans boiter. C'est le seul médicament qui vous guérira.

Il s'apprête à partir, mais se retourne au dernier moment.

— J'y ai ajouté du miel pour rehausser le goût.

Puis il s'en va, enlevant sa casquette de chirurgien et sa blouse de médecin pendant qu'il s'engouffre dans le couloir.

Je le poursuis du regard tout en essayant de me rappeler ce qui s'est passé la nuit où j'ai été mordue. L'ours s'est approché de moi en bondissant. Il a tendu ses longues pattes vers moi. Essayait-il de me transporter ? Je n'ai vu que des griffes et des crocs. J'ai cru qu'il essayait de m'attaquer, alors j'ai crié et lui ai jeté des cailloux. Il a dû se rendre compte que je n'allais pas le laisser m'aider, alors il est parti chercher Abe.

J'ouvre le bocal et le renifle. Ça sent vraiment le miel. Je le porte à mes lèvres et bois une petite gorgée. À l'instant même où je l'avale, mon corps en réclame plus, affamé.

C'est comme lorsqu'on a soif et qu'on boit une gorgée d'eau seulement pour se retrouver à engloutir tout le verre. Je vide le bocal avant même de savoir ce que je fais. Dès que j'ai fini, mon cerveau s'éclaircit.

Les élancements de ma jambe s'atténuent. Je peux respirer profondément.

Je regarde autour de moi. Il n'y a pas de lumière derrière les fenêtres. L'horloge indique une heure. *Du matin ?* Je crois, oui.

Je veux partir. Mon corps est envahi de bouffées de chaleur et de picotements. Je retire la perfusion de mon bras et repousse les couvertures. Soudain, je me sens incapable de rester enfermée une minute de plus. Si je ne prends pas l'air, je vais m'évanouir.

J'écarte mes jambes du lit et m'appuie prudemment sur mes pieds. Ma cheville me fait mal, mais je m'accroche.

J'aperçois mes vêtements pliés dans un coin, vers lesquels je m'avance en clopinant. Mon téléphone est également posé sur le dessus de la pile. Abe a dû être allé le chercher pour moi.

J'entends des gens parler dans le couloir tandis que je me fige, mais ils passent sans regarder à l'intérieur. Je me dépêche d'enfiler mes vêtements et de mettre mes pieds dans mes tongs. Mon pied est toujours enflé et des lignes sombres et furieuses remontent le long de ma jambe, mais la chaleur et les picotements se sont déplacés dans cette direction, presque comme s'ils évacuaient le poison.

Je me glisse par la porte, gardant la tête baissée et marchant rapidement jusqu'à trouver le chemin de la sortie de l'hôpital où j'inspire l'air frais.

Je continue d'avancer, l'urgence de m'éloigner du bâti-ment et de la ville en général me poussant à continuer ma route. Puis j'aperçois la Range Rover d'Abe.

Abe est à l'intérieur, endormi contre la portière côté conducteur comme s'il y était resté depuis les trente dernières heures.

Je frappe à la fenêtre, le réveillant en sursaut.

— Lauren !

Il ouvre la portière et me serre dans ses bras.

— Par le destin, qu'est-ce que tu fais hors de ton lit d'hô-pital ? Comment peux-tu marcher ?

— Abe, ouf, tu es là. Je vais bien. J'ai mal, mais je vais très bien. Je meurs juste d'envie de rentrer chez moi.

Abe prend mon visage entre ses mains, puis le regarde, les sourcils baissés.

— Oui, dit-il, visiblement surpris. Tu as l'air en forme. Tu as bien meilleure mine qu'il y a quelques heures. Ton père m'a laissé entrer dans ta chambre pour te voir.

Je ne sais pas ce qui me retient de lui parler de l'ours et du thé, mais je décide de garder cette information pour moi. Pour une raison qui m'échappe, c'est comme si je partageais un secret avec le vieux métamorphe.

— Tu veux bien me ramener à la maison ?

— Bien sûr.

Abe me relâche petit à petit, comme s'il hésitait à me quitter. Puis il semble changer d'avis et me soulève dans ses bras pour se diriger vers le côté passager de la voiture.

Je ris.

— Je peux marcher. Je boite un peu, mais rien de bien méchant.

— Je m'en fiche, réplique-t-il d'une voix rauque. J'ai failli mourir en me disant que tu souffrais et que je ne pouvais rien faire.

— Tu vas aussi me porter dans les couloirs du lycée ? demandé-je.

Bien évidemment, je connais déjà la réponse. Il ne peut pas. Il ne le fera pas.

Je suis l'humaine de bas étage avec lequel il ne peut pas être associé. Il dit que c'est pour me protéger, et c'est peut-être vrai, mais je n'aime pas être le vilain petit secret de qui que ce soit. Abe et moi sommes dans un no man's land. Une relation interdite avec des moments volés.

Il me pose sur le siège. Je vois du regret dans ses yeux.

— Écoute. À propos de nous, j'ai dit à mon père que tu étais partie faire une randonnée et que je t'avais entendue appeler à l'aide, mais comme ton père m'a dit que tu étais censée être à la bibliothèque, c'était évident que je mentais.

— Eh bien, ce n'est pas parce qu'il est au courant qu'on s'est vus que je sais quoi que ce soit sur votre secret, non ?

Abe se tient dans l'embrasure de la voiture, ses paumes caressant légèrement mes cuisses de haut en bas.

— Tu as sans doute raison, dit-il, ses sourcils bas. Je ne laisserai rien d'autre t'arriver, Lauren. Je te le promets.

Je le crois. Je n'ai aucun doute quant au fait qu'il tient à moi. Il peut prétendre que je ne compte pas pour lui en public, mais j'ai vu la terreur sur son visage quand j'ai été mordue par le serpent. Il aurait fait n'importe quoi pour me sauver.

J'empoigne son T-shirt et le rapproche de moi pour écraser mes lèvres sur les siennes. Au moment où nous commençons à nous embrasser, je suis envahie par une vague de chaleur, des picotements s'allumant sur ma peau tout entière. Mon pied me fait souffrir.

Je m'en fiche. Je suis à l'opposé même de l'indifférence en cet instant. Je suis pleine de puissance, pleine de vie, et je suis en train de tomber amoureuse de cet homme-loup qui semble faire partie intégrante de ma nouvelle identité.

* * *

ABE

— Qu'est-ce qui se passe entre toi et l'humaine ?

Mon père me lance la question à l'instant même où je franchis la porte après avoir déposé Lauren à la maison. Je suppose qu'il m'attendait. Il éteint la télévision.

Je savais que cette conversation allait avoir lieu, mais je n'ai toujours pas de bonne réponse.

Les métamorphes peuvent sentir les mensonges. Je doute que mon père ait cru à mon histoire, comme quoi je serais tombé par hasard sur Lauren pendant qu'elle faisait une randonnée. D'autant plus que j'ai laissé tomber l'entraînement aujourd'hui pour aller directement à l'hôpital après les cours.

J'en reviens à rester proche de la vérité, même si mon père va détester ça.

— Je ne sais pas.

Je hausse les épaules, tentant d'avoir l'air décontracté. Comme si toute ma vie ne tournait pas autour de ce magnifique être humain.

— On a eu une aventure au bal. On allait remettre ça au chalet, mais elle a été mordue par un serpent en venant me rejoindre. Je devais m'assurer qu'elle allait bien.

Je fais tourner mon trousseau autour de mon index comme si ça n'avait aucune importance. Comme si mon cœur n'avait pas failli s'arrêter de battre quand je l'ai trouvée là-bas, à l'agonie.

Mon père fronce les sourcils. Il ne décèle aucun mensonge, car tout est vrai.

— L'entraîneur Jamison a appelé pour m'informer que tu avais manqué l'entraînement. Tu ne peux pas t'absenter sans son accord préalable. Tu le sais.

Oui, mais je ne pensais pas rationnellement.

— J'ai pressenti une crise et j'ai présumé qu'il valait mieux que je reste à l'écart de l'équipe. En plus, je devais apporter à Lauren son téléphone.

Ce n'est pas non plus un mensonge. Le stress et l'inquiétude que je ressens à l'égard de Lauren sont en train de me tuer. Aujourd'hui, l'absence de son odeur au lycée m'a provoqué une migraine qui n'a pas disparu jusqu'à ce qu'elle monte dans mon véhicule ce soir.

Mon père se lève du canapé et sort une lampe de poche de son pantalon, qu'il braque sur mes yeux. Je reste droit comme un piquet pendant qu'il m'ausculte.

— Tu as l'air d'aller bien, observe mon père en éteignant la lampe avant de la ranger dans sa poche. Des recruteurs de trois écoles différentes vont venir assister à ton match de jeudi soir, et tu décides de sécher l'entraînement ? Est-ce que tu essaies de gâcher ton avenir ?

Lauren est mon avenir, grogne mon loup.

— Je ne sais même pas si je pourrai aller à la fac à ce rythme, papa, explosé-je.

Il recule comme si je l'avais frappé, tellement choqué qu'il en est bouche bée.

— Je ne peux pas lire les documents qui me sont distribués, je ne peux pas me concentrer sur les mots au tableau. C'est génial si je finis par obtenir une bourse de football à la fac d'Arizona, mais je ne sais pas comment je vais réussir à avoir la moyenne.

Ma mère sort de leur chambre quand elle m'entend élever la voix.

— Chéri, je ne savais pas que ça allait si mal.

— Moi non plus, ajoute mon père.

L'odeur de la détresse de ma mère nous parvient à tous les deux, et l'instinct de mon père pour l'apaiser l'emporte apparemment sur son besoin de me remonter les bretelles. Il attrape ma mère et l'attire contre lui, entourant sa taille d'un bras protecteur.

— Nous pouvons faire d'autres tests, dit mon père. Il doit y avoir un moyen d'identifier tes déclencheurs et de réduire leur fréquence.

— Je ne veux plus être ton rat de laboratoire !

— Abe, m'avertit ma mère.

— Quelle est ta solution, fiston ? demande mon père, son ton tranchant. Tu n'arrives pas à étudier, mais tu refuses d'identifier tes déclencheurs. Comment suis-je censé t'aider ?

— Tu es censé me laisser tranquille quand je fais de mon mieux ! Je n'ai ni besoin ni envie que tu résolves mes problèmes à ma place. C'est ma vie. Laisse-moi me débrouiller tout seul !

Je pars sans être congédié, en piétinant dans le couloir jusqu'à ma chambre.

* * *

Après un entraînement épuisant où le coach Jamison me fait faire des pompes entre chaque passe pour me pénaliser d'avoir manqué la journée d'hier, je me douche et me rends à la colline Moongaze.

Lauren n'est pas venue en cours aujourd'hui, mais je lui ai envoyé des textos et elle m'a dit qu'elle se sentait bien et qu'elle n'était restée à la maison que parce que son père avait paniqué après qu'elle a quitté l'hôpital sans avoir été autorisée à partir.

Elle a ajouté que je pouvais passer la prendre pour aller faire un tour après l'entraînement.

Je sais que c'est imprudent. Être vu avec elle ruinerait complètement ma réputation, mais je ne peux pas m'en empêcher. J'ai besoin d'avoir son odeur dans mes narines. J'ai terriblement envie de toucher son corps voluptueux. J'ai besoin de voir de mes deux yeux qu'elle va vraiment bien.

Je me gare devant sa maison et monte les marches jusqu'à la porte. À mi-chemin, je deviens soudain nerveux. J'ai vécu à Wolf Ridge toute ma vie. Mes parents sont des membres éminents de la meute, mon frère a été délégué de sa classe et star du football, et je suis le capitaine de l'équipe du lycée de Wolf Ridge. Il n'y a aucun endroit dans cette ville où je vais où les gens ne me connaissent pas et ne me respectent pas. Mais me voilà en train de frapper à la porte d'une humaine. Il va falloir que j'aie l'air respectable si je dois rencontrer son père.

Finalement, c'est Lincoln qui vient m'ouvrir.

Ses yeux se plissent lorsqu'il me regarde, mais il s'écarte de la porte pour me laisser entrer. Je l'ai vu à l'hôpital lundi soir après que mon père et moi avons amené Lauren, mais à part le fait que j'ai répété mon histoire comme quoi j'ai trouvé Lauren mordue sur un sentier, nous n'avons pas eu grand-chose à nous dire l'un à l'autre.

— Lauren ! l'appelle-t-il en me lançant un regard suspicieux.

— Salut, lui dis-je.

— Qu'est-ce que tu fabriques exactement avec ma sœur, Oakley ?

Je hausse les épaules. Bordel. D'abord mon père, maintenant Lincoln.

— On traîne juste ensemble.

— Ah ouais ? Tu t'es comporté un connard avec elle depuis la rentrée, et soudain, tu veux traîner avec elle ? Je ne comprends pas.

Je suis envahi par un sentiment de malaise. Je ne pensais pas que mon numéro de brute avait dérangé Lauren. Elle m'a paru complètement imperméable, mais si son jumeau en parle, j'ai peur de l'avoir blessée.

Lauren apparaît derrière Lincoln. Elle ne boite pas du tout, elle marche juste un peu plus prudemment, et n'a en aucun cas l'air malade, son teint, son visage et sa physionomie positivement luminescents.

— C'est toujours un connard, mais j'arrive à gérer, dit-elle en passant à côté de son frère et moi, réussissant à se pavaner vers la sortie avec une cheville blessée.

Je ne peux m'empêcher de sourire.

— Ça, oui, marmonné-je en faisant tourner mes clés autour de mon doigt tandis que je la suis, les yeux rivés sur son superbe fessier voluptueux dans son short noir qui épouse ses courbes.

J'entends Lincoln émettre un son désapprobateur en fermant la porte, mais je m'en fiche. Je suis de retour dans le même espace que Lauren, exactement là où mon loup mourrait d'envie d'être.

Je cours afin d'atteindre la portière côté passager le premier. Je l'ouvre comme un gentleman puis soulève Lauren par la taille pour la hisser à l'intérieur.

— Frimeur, raille-t-elle.

Par le destin, elle est tellement réceptive. Il y a un je ne sais quoi de différent chez elle. Je la trouve encore plus sexy qu'avant, si c'est même possible. Ses seins sont ronds sous son haut moulant. Ses jambes galbées semblent plus bronzées qu'avant, et je meurs d'envie de couvrir de baisers son ventre plat.

Je ferme la portière, contourne le véhicule jusqu'à mon côté, puis monte.

— Comment puis-je te donner des sensations ? demandé-je en démarrant la voiture.

Le rire de Lauren est guttural. Sexy à souhait.

— Qu'est-ce que tu me proposes ?

— Sauter d'une falaise ? Des montagnes russes ? Une course de dragsters ? Non, il est hors de question que je te mette à nouveau en danger.

Son sourire est doux et invitant. Complètement enivrant.

— Je pensais plutôt à un chalet dans les bois. Sans le serpent à sonnette que j'ai rencontré sur le chemin la dernière fois.

Le chalet. Mon loup brandit son poing, victorieux. J'avais raison quand je me suis dit qu'elle était plus réceptive que d'habitude. Je ne sais pas ce qui a changé, que ce soit le fait que je l'ai sauvée quand elle avait peur ou que j'ai prouvé qu'elle m'importait en restant à l'hôpital par la suite, mais l'énergie qu'elle m'envoie en ce moment même est indéniable.

Mes tempes palpitent et un spasme musculaire se manifeste derrière mes yeux. Je cligne rapidement des paupières et retiens mon souffle afin d'éviter d'inhaler son odeur jusqu'à ce que je me calme.

— Va pour le chalet dans les bois.

Je pars, parcourant la courte distance jusqu'à la route qui mène à notre destination.

— Ah, *voilà* où se trouve la route, dit Lauren. Je n'arrivais pas à la trouver, alors je me suis garée et j'ai essayé d'y aller à pied.

Je gémis.

— J'aurais préféré que tu m'appelles, Perle.

Elle gémit avec dépit.

— Moi aussi.

Je me gare devant le chalet et éteins le moteur.

— Dis-moi que je vais pouvoir t'attacher à nouveau.

Elle ouvre la portière.

— Attrape-moi si tu peux !

Elle saute de la Rover et s'élance vers les bois, le léger boitillement de sa course lui donnant un air adorable.

Mon membre, déjà long dans mon pantalon rien que par sa proximité, devient dur comme de la pierre. Je lui cours après, la rattrape avant qu'elle ne pénètre dans les bois et la fais tourner sur elle-même. Je la fais passer par-dessus mon épaule pour courir jusqu'au chalet, où j'ouvre la porte d'entrée et pénètre à l'intérieur.

Lauren me mord le dos et me serre les fesses. Elle est encore plus sauvage qu'une louve ce soir.

C'est tellement sexy.

Je la dépose délicatement sur le canapé. Malgré notre jeu, je suis toujours sur les nerfs en repensant à son expérience de mort imminente avec le serpent à sonnettes. Si je lui provoque ne serait-ce qu'une infime douleur supplémentaire ce soir, je me latterai mes propres bijoux de famille.

Au même moment où je la pose, elle saisit mon T-shirt et m'attire à côté d'elle sur le canapé avec plus de force que je ne le pensais. Je suppose que les femelles humaines ne sont pas aussi faibles que je le croyais.

Elle grimpe sur mes genoux et m'arrache mon T-shirt par-dessus la tête.

— Oh, d'accord, dis-je en riant. Alors c'est comme ça qu'on va jouer.

Elle me mord l'épaule et balance ses hanches sur mon sexe douloureux.

— Tu veux m'attacher cette fois, Perle ?

Elle déboutonne mon short.

— Ah-hmm, gémis-je lorsqu'elle libère mon érection d'une poigne ferme.

— J'ai envie d'être au-dessus ce soir.

Elle glisse du canapé pour se mettre à genoux. Quand elle aspire ma verge entre ses lèvres voluptueuses pour sucer le bout, je laisse échapper un autre grognement. À ce rythme, je ne vais pas durer une minute de plus.

— Je présume que ton incident avec le serpent à sonnettes a été la meilleure expérience de mort imminente que tu aies jamais vécue. Tu es plus que vivante. Tu es en feu.

Elle prend une plus grande partie de mon sexe dans sa bouche tandis que je frémis de plaisir.

— Je me sens vivante, dit-elle en se retirant pour caresser de son poing mon érection déjà énorme.

Elle reprend mon sexe dans sa bouche, balançant sa tête de haut en bas, ce qui me fait lentement basculer vers la folie. Elle recule pour déboutonner son short avant de se lever.

— Je me sens si vivante. Et là, je suis vraiment très excitée.

J'en manque presque d'avoir un orgasme. Il n'existe rien de plus sexy que la belle et glorieuse Lauren Sterling excitée. L'odeur de son excitation m'intoxique. Je tends la main pour l'aider à baisser son short et sa culotte, tandis qu'elle retire ses tongs hors de prix.

— Viens par là, bébé.

Je lui prends les mains et l'attire vers moi. Elle commence à se mettre à califourchon sur ma taille, mais je lève ses mains plus haut jusqu'à ce qu'elle soit sur mes cuisses, puis je soulève un genou que je fais passer par-dessus mon épaule, de sorte que je puisse placer ma bouche entre ses jambes.

— Oh, Abe.

Elle saisit l'arrière de ma tête et incline son sexe de façon à m'y offrir un meilleur accès. Je sépare ce fruit sucré avec ma langue, dessinant des cercles autour de son clitoris. Elle a un goût délicieux. Différent de celui d'avant. Plus doux. Plus puissant. Absolument parfait.

Le besoin de la marquer arrive si vite que je manque d'enfouir mes canines allongées dans sa cuisse. Je recule d'un coup, aveuglé par la défaillance de mon corps.

Pour me couvrir, je la saisis par la taille et l'allonge sur le dos sur le canapé.

— Abe.

Elle me tire vers elle, puis arrête ma descente avec une main appuyée sur mon torse.

— Oh. Tu as une crise, n'est-ce pas ?

— Oui.

Ça me soulage de pouvoir le lui avouer. De ne pas avoir à le cacher comme je le fais avec toutes les autres personnes de ma vie, y compris mes parents.

— De quoi as-tu besoin ?

Je secoue la tête pour tenter de chasser la douleur.

— Non, ça va.

C'est en partie vrai. Je peux voir à la périphérie de mon champ de vision.

Lauren me repousse.

— Alors laisse-moi faire le travail.

Nous changeons de place tandis qu'elle s'installe à califourchon sur ma taille, puis saisit ma verge pour caresser son humidité.

— Oh, destin.

Une vive douleur me traverse les tempes, mais seulement parce que j'en prends un plaisir incommensurable. Seulement parce que mon loup est en ébullition de ne pas l'avoir encore marquée.

— Lauren, tu me rends dingue.

Je saisis ses hanches, la soulevant pour aligner son intimité avec mon gland. Je l'empale.

Elle s'installe sur mes hanches avec la version féminine d'un grognement, se balançant d'avant en arrière pour s'enfoncer plus profondément.

C'est tellement sexy. Cette fille m'épate.

Je m'enfonce en elle, mais elle appuie sur mes épaules.

— C'est moi qui conduis, joli cœur.

Je me force à ne pas bouger pour lui faire plaisir pendant qu'elle me chevauche, trouvant son propre rythme. Elle se met dans une position qui doit la satisfaire, car elle reste là, se balançant plus fort et bougeant avec plus d'intensité. Ma vue s'éclaircit suffisamment pour que je puisse voir son visage se plisser dans une adorable moue concentrée.

Au moment où elle jouit, je deviens complètement aveugle. Je l'imite, mes hanches tressaillant tandis que j'agrippe sa taille et la maintiens au-dessus de moi.

Ses muscles internes se pressent autour de ma verge pour en extraire la moindre goutte.

Je ne sais pas si je me suis encore évanoui ou si j'ai été emporté par l'orgasme, mais l'instant d'après, les mains de Lauren me couvrent les yeux.

Je lui tiens les poignets pour maintenir ses doigts en place. Je trouve ce léger contact apaisant, comme si elle pouvait atténuer le bourdonnement et les spasmes sous mes paupières. Elle ne me demande pas si je vais bien. Elle ne me dit pas de respirer ou de me détendre. Elle est simplement là, avec moi, elle sait exactement ce qui se passe et l'accepte.

Au bout de quelques instants, la douleur s'atténue. Je retire doucement le bout de ses doigts et ouvre les yeux. Ouf, je la vois. Elle est entourée d'un halo lumineux, comme la déesse de la lune en personne.

Elle sourit lentement lorsqu'elle réalise que j'ai retrouvé la vue.

— Tu es de retour, dit-elle doucement.

— Oui.

Je l'attire contre mon torse, le besoin de la marquer remplacé par une envie bien plus tendre de simplement la serrer dans mes bras.

— C'est bizarre, dis-je dans sa chevelure. J'ai vécu à Wolf Ridge toute ma vie. J'ai grandi avec mes meilleurs amis J.J., Markley, Asher et Seb. Et toi, tu es cette étrangère, cette humaine que je connais depuis moins de deux mois. Mais pour une raison qui m'échappe, je crois que tu me connais mieux que quiconque.

Lauren se recule pour regarder mon visage. Le bout de ses doigts vient frôler le contour de mes oreilles, me projetant des bouffées de plaisir.

— Pareil pour moi, chuchote-t-elle.

CHAPITRE VINGT

Lauren

Je traverse les couloirs de Wolf Ridge avec un étrange sentiment de puissance dans les veines.

Je n'ai toujours parlé à personne du thé aux poils d'ours, mais je suis certaine que c'est la raison pour laquelle je me sens si bien. Je me suis réveillée ce matin avec plus d'énergie que jamais. Ma cheville porte encore les traces noires du poison qui remontent le long de ma jambe, et elle est encore légèrement enflée, mais elle ne me fait pas mal du tout.

Mon reflet dans le miroir montrait une jeune femme vibrante de bien-être et de vie. Je suis lumineuse. Bien loin de la jeune fille indifférente et incapable de faire son deuil que j'étais il y a encore quelques semaines.

Alors qu'avant je ne me souciais pas de me faire des amis au lycée Wolf Ridge, je regarde désormais autour de moi avec un air de supériorité bienveillante. Je vois soudain que je peux avoir tous les amis que je désire avec un minimum d'effort. Je me rends compte que cela a toujours été le cas, mais je n'y mettais pas du mien auparavant.

Je pensais que personne ici ne méritait mon énergie, mais c'était parce que je ne *me* donnais pas d'énergie. J'avais bloqué le flux de ma propre force vitale.

Lorsque j'entre en classe de chimie, le regard d'Abe se pose sur moi avant qu'il ne détourne rapidement les yeux. Il garde la tête baissée pendant le cours et prend des notes, peut-être pour la première fois de sa vie.

Hier soir, je me suis sentie si proche de lui, mais aujourd'-hui, il fait à nouveau comme si je n'étais rien. Ça ne m'aurait même pas peinée autrefois. Mais c'était du temps où je m'en fichais. Quand je ne ressentais rien.

Aujourd'hui, j'en souffre. Mon humeur magnifique s'effondre sur elle-même.

Abe m'envoie un texto vers la fin du cours. *Tu es belle à croquer.*

Je ne réponds pas.

Je reçois un autre texto : *j'ai un match ce soir, mais je veux te voir.*

Je l'ignore. J'en ai assez d'être son vilain petit secret. Je n'aime pas avoir la sensation de ne pas être à la hauteur parce que je ne suis pas un loup.

D'une certaine manière, je perçois la fébrilité d'Abe dans mon absence de réponse. Je ne le regarde pas, mais quand je me lève pour partir à la fin du cours, je sens son regard braqué sur mon dos.

— Quoi de neuf, princesse de glace ? m'interpelle l'un de ses amis, Asher, je crois, en passant à côté de moi.

Il ricane et tend un poing à Abe pour qu'il lui fasse un check, ce qui signifie qu'il doit être juste derrière moi.

Je m'arrête et lui accorde toute mon attention.

— Qu'est-ce que tu veux, tocard ? lui lancé-je d'une voix enjouée.

Asher se fige à son tour.

Abe me heurte par-derrière. Il pose sa main sur ma hanche. Je la repousse.

Nous bloquons toute la circulation dans le couloir bondé.

— Ooh, tu es trop bien pour nous tous, n'est-ce pas, miss pognon ?

— Laisse tomber, grogne Abe.

Asher lui porte un regard surpris.

Je sens Abe reculer d'un pas, loin de moi. Je me retourne pour le regarder et je vois que ses narines sont dilatées et que ses yeux sont devenus aussi bleus que de la glace. Il n'a pas l'air dans son état normal. Je doute qu'il puisse voir quoi que ce soit en ce moment. Il est en train de faire une de ses crises.

— Mec… tu es, euh… dit Asher en se tapotant la tempe.

Abe s'effondre brusquement par terre. Sa tête heurte le linoléum dur avec un craquement écœurant.

— Oh, merde, m'écrié-je en m'agenouillant à côté de lui.

Le corps d'Abe est pris de convulsions. Je ne sais pas si c'est sa façade qui m'a fait croire qu'il pouvait vraiment gérer ce qui lui arrivait avant, mais je me rends maintenant compte que ce n'était que de l'esbroufe. Abe a un grave problème médical qu'il dissimule par peur de paraître faible. Mon cœur se contracte de terreur.

— Il fait une crise d'épilepsie ! crié-je. Appelez un professeur.

Je soutiens sa tête pour l'empêcher de cogner le sol. Les jambes d'Abe tremblent et son corps convulse.

Oh, mon Dieu.

La foule s'amasse autour de nous, les élèves se pressant pour nous voir tandis que les yeux de chacun sont rivés sur nous.

— Reculez, dis-je en agitant un bras.

J'ai la gorge nouée.

— Allez chercher de l'aide !

Les larmes me montent aux yeux.

Abe aspire une grande bouffée d'air, puis se redresse, essoufflé. Il cligne des yeux, qui redeviennent gris ardoise. Il regarde autour de lui l'assemblée occupée à le fixer du regard.

— Putain.

En un clin d'œil, il est debout, tandis que je suis toujours à genoux au sol.

— Mec, dit Asher, les yeux écarquillés. Qu'est-ce qui t'est arrivé ?

— Abe, tu dois arrêter de prétendre que tu vas bien, alors que ce n'est pas le cas, déclaré-je en me levant. Il faut que tu te fasses aider, c'est dangereux. Et si c'était arrivé pendant que tu conduisais ?

Abe se passe une main sur le visage, observant la foule autour de nous. J'aurais dû m'y attendre, mais je suis frappée comme une gifle lorsque son visage se contorsionne en une expression de mépris bien trop familière.

— Ne fais pas semblant de me connaître, princesse, réplique-t-il d'un geste de la main dédaigneux. Retourne dans ton manoir. Tu ne sais pas ce qui se passe réellement.

Ce qui se passe réellement ?

Est-ce sa façon de prétendre que j'ignore qu'il est un loup ?

Vous savez quoi ? Je m'en fiche. Abe pourrait trouver un million d'autres façons de me protéger. C'est juste un con, comme il l'a toujours été.

Comment ai-je pu croire que je pouvais sincèrement aimer quelqu'un d'aussi imparfait que lui, je n'en ai pas la moindre idée.

— C'est ça, continue de mentir. C'est ce que tu sais faire de mieux.

Abe s'éloigne déjà de moi, redirigeant la foule loin de la scène qu'il voulait à tout prix éviter. Il ne m'offre même pas la dignité d'attendre mon retour.

J'observe son dos s'éloigner, avec ces larges épaules qui semblent appartenir à un homme, pas à un lycéen. L'attirance que je continue d'éprouver à son égard me frappe comme une douleur.

— Tu as tellement peur que tout le monde pense que tu es faible, Abe, lui lancé-je derrière lui.

Il ne se retourne pas, mais les autres s'arrêtent pour m'écouter. Ils veulent savoir ce que j'ose balancer à leur roi.

— Eh bien, tu *es* faible. Tu as tellement peur de montrer qui tu es vraiment aux gens qui t'entourent, et ça fait de toi le plus grand lâche de ce lycée.

Il prend le virage sans se retourner.

Je cligne rapidement des yeux, tentant de repousser les larmes brûlantes qui menacent de couler.

Rayne apparaît à côté de moi avec des yeux écarquillés et inquiets.

— Tu vas bien ?

Elle me prend le bras et m'entraîne dans la direction opposée à celle d'Abe.

— Non.

Je repousse la surcharge d'émotions qui menace de m'étouffer.

— Mais je vais aller bien.

Je redresse les épaules et garde la tête haute pendant que je quitte le bâtiment.

Je n'ai pas besoin d'Abe Oakley.

J'ai moi-même, maintenant.

Lui et tous ses copains alpha-brutis peuvent aller se faire voir.

J'en ai officiellement marre.

* * *

Abe

. . .

JE CHASSE la foule en me dirigeant vers les vestiaires, même si nous n'avons pas d'entraînement aujourd'hui à cause du match de ce soir.

Je viens de tout foutre en l'air.

Il me faut quelques minutes pour comprendre la raison pour laquelle mon cœur bat la chamade et que je suis glacé d'effroi. Ce n'est pas parce que tout le lycée vient de me voir faire une sorte de crise d'épilepsie. Ce n'est pas parce qu'une humaine vient de me traiter de lâche devant tout le monde.

C'est parce que j'ai blessé Lauren.

Je cours en direction du parking à l'instant même où je reprends mes esprits.

— Lauren !

Je la vois monter dans la Tesla côté passager.

Elle repousse ses cheveux cuivrés et ferme la portière.

Je laisse tomber mon sac à dos et cours vers la voiture. Je dois régler ce problème avant qu'il ne soit trop tard.

Mais d'après la bile qui me prend la gorge, le mal est déjà fait.

La Tesla sort du parking. Je sprinte dans sa direction, l'atteignant pile au moment où ils arrivent au portail.

— Lauren !

Je frappe l'arrière de la voiture avec ma main, comme si la toucher allait les faire s'arrêter.

Lincoln et Lauren m'ignorent royalement. Lincoln appuie sur l'accélérateur et la Tesla franchit le portail pour s'engouffrer dans la circulation et m'abandonner au coin, à bout de souffle.

Merde.

Je sors mon téléphone de ma poche, mais je ne peux pas envoyer de texto parce que je ne vois rien. J'ai une migraine atroce. La lumière du soleil me fait mal aux yeux.

Mon loup hurle en moi. Il me reproche de l'avoir laissée s'enfuir. D'avoir endommagé ce que nous avions.

Je suis le plus gros connard du campus.

Pour être honnête, je n'en ai jamais été fier. Je voyais ce trait de ma personnalité comme de la comédie, quelque chose de séparé de mon vrai moi, mais aujourd'hui, c'est réel.

— Mec, qu'est-ce qui s'est passé là-bas ? demande Asher en se matérialisant à côté de moi.

Ma douleur redouble d'intensité. Je ne peux pas avoir une autre crise. Il faut que j'aille voir Lauren et que je règle ce problème.

— Bordel. Est-ce que je devrais appeler ton père ?

— Non, haleté-je en me redressant.

Même avec les paupières fermées, le soleil de l'Arizona brûle mes globes oculaires sensibles.

— Tu sais conduire ? demandé-je.

— Oui. Tu es sûr ?

Pour une fois dans ma vie, je résiste à l'envie de m'énerver contre lui pour détourner l'attention de ma faiblesse. Lauren avait raison. Ce n'est pas de la force, c'est de la lâcheté.

— Je ne vois rien, avoué-je. Mes yeux de loup sont cassés.

J'ouvre les paupières, mais mes yeux sont pris de spasmes, m'obscurcissant la vue.

— Merde. C'est ce que je vois. Allons-y. Reste à côté de moi.

Asher est assez intelligent pour savoir que je ne voudrais pas qu'on me voie, même s'il est sûrement trop tard pour cela.

— Et le match de ce soir ? Il y a des recruteurs qui viennent de trois facs différentes.

Mon ventre se noue.

— Je ne sais pas. Je crois que c'est mort pour moi.

Ça n'a pas d'importance. Ma seule priorité, c'est Lauren.

Je me fraye un chemin dans l'obscurité, utilisant mon ouïe

et mon odorat de métamorphe pour me coller à Asher. Il me guide jusqu'à ma Range Rover.

Asher n'a pas de voiture à lui, ses parents avaient un statut inférieur dans la meute, même avant que son père ne soit expulsé, mais il a le permis.

Je lui donne mes clés et monte dans la voiture par la portière côté passager.

— Tu veux que je te ramène chez toi ?

— Non. Emmène-moi à la colline Moongaze.

Une douleur fulgurante me traverse les tempes. Je suis assailli au même moment par une vague de nausée. Je glisse lentement sur le siège tandis que je tente de me remettre.

— Je crois que je devrais te ramener chez toi. Tu as une sale gueule.

— Je vais bien, contente-toi de conduire, connard.

Asher démarre la Rover et se met en route. Pendant que nous roulons, je compte mes respirations en essayant de stabiliser mon système nerveux. Ma vue commence à revenir, d'abord aux coins, puis enfin totalement. Je m'affaisse dans le siège, soulagé. Mon mal de ventre s'apaise.

Je ne sais pas ce que je vais dire à Lauren. Les mots ne suffiront pas. Je vais devoir me rattraper d'une autre manière. C'est peut-être ce que je vais lui dire. Je vais prouver à tout le lycée qu'elle est à moi.

Mon loup aime cette idée. Mais j'ai la sensation lancinante que quelque chose ne va pas dans mon plan. Ou peut-être est-ce simplement parce que ça ne marchera pas.

Asher fait tourner ma voiture sur la route qui serpente vers la colline Moongaze tandis que mon œil droit commence à tressaillir. Au fur et à mesure que nous roulons, la contraction s'accentue. Une vive douleur commence à se manifester dans les nerfs situés derrière mes yeux, remontant jusqu'à la base de mon crâne et descendant le long de ma colonne vertébrale.

Je halète, assez fort pour qu'Asher le remarque.

— Abe ?

Je gigote sur mon siège en agitant mes jambes. J'essaie de maîtriser cet échec total de mon corps.

Mais mon état ne fait qu'empirer. Je lutte contre la sensation de perte de contrôle, alors que mon corps prend le dessus et m'abandonne. Je baisse la vitre, même s'il fait plus chaud dehors. Je passe la tête par la portière en aspirant de grandes bouffées d'air.

Je peux le faire. Je peux y survivre. Nous sommes presque arrivés au manoir des Sterling. Il faut juste que j'y aille et que je parle à Lauren. J'ai simplement besoin d'arranger les choses.

Mon corps commence à convulser. Je sens mes yeux se retourner dans mon crâne, mais je ne peux rien faire pour m'arrêter.

Je perds totalement le contrôle, mon cerveau complètement détaché du corps dans lequel je me trouve. Je suis incapable de parler.

Le destin m'a royalement baisé cette fois. Je ne peux m'empêcher de me dire que c'est ma punition pour avoir été cruel avec la seule femme que j'ai jamais aimée.

* * *

LAUREN

— Qu'EST-CE qui s'est passé ?

Lincoln a attendu que nous soyons arrivés à la maison pour me poser la question.

Il y a une semaine, j'aurais haussé les épaules et détourné sa demande intrusive. Mais tout semble différent aujourd'-

hui. J'ai été réveillée. Je suis vivante. Je n'ai peut-être pas de mère, mais j'ai un père et un frère qui m'aiment.

— Tu veux qu'on aille marcher ? demandé-je.

— Bien sûr.

Il baisse les yeux sur ma cheville encore enflée.

— Ton pied va bien ?

— Ça va.

C'est la vérité. Il va encore mieux que ce matin, même après que j'ai marché dessus toute la journée. Ce thé aux poils d'ours est vraiment miraculeux.

J'enfile des baskets et emmène Lincoln marcher jusqu'à la falaise. On pourrait croire que j'ai peur d'emprunter le même chemin qui m'a valu une morsure de serpent la dernière fois, mais ce n'est pas le cas. Je me sens invincible aujourd'hui.

— Je suis venue ici le jour de l'anniversaire de la mort de maman pour lire sa lettre, confessé-je une fois que nous sommes arrivés à la falaise.

Lincoln marche avec moi jusqu'au bord et regarde le désert en contrebas.

— J'ai aussi relu la lettre qu'elle m'a écrite ce jour-là.

Je jette un regard à Lincoln. Je ne perçois aucune douleur sur son visage. Il a toujours eu l'air de garder les pieds sur terre après la mort de notre mère. C'est bizarre que nous puissions être des jumeaux vivant la même chose mais avec des façons radicalement opposées d'y faire face.

— Abe m'a vue et a cru que j'allais sauter de la falaise. Il m'a fait peur, et j'ai failli tomber, mais il m'a rattrapée à temps.

Lincoln ne dit rien. Il a toujours été un excellent auditeur.

— La lettre est passée par-dessus le bord, mais il est descendu et l'a retrouvée pour moi. Puis on a traîné dans le chalet de sa famille, qui se trouve dans le coin.

Je ne précise pas qu'il est un loup, évidemment. Pas parce que j'ai promis à Abe. Je pense qu'il a perdu ma loyauté envers son secret quand il a décidé d'être un con. Mais je ne veux pas que Lincoln risque de se faire effacer la mémoire par un vampire.

— Donc, vous vous êtes rapprochés, constate-t-il.

— Oui, je crois. J'ai fini par lui parler de maman et j'ai pleuré pour la première fois depuis qu'elle est morte.

Lincoln acquiesce.

— C'est bien.

— Oui. Puis nous avons passé la nuit ensemble au bal, comme tu l'as sans doute deviné, et on s'est retrouvés dans son chalet plusieurs fois. Mais il se trouve que la raison pour laquelle il est un tel connard est qu'il a un problème de santé qu'il essaie de cacher à tous de peur d'avoir l'air faible.

Lincoln penche la tête pour me regarder avec des yeux surpris.

— Waouh.

— Je sais. Aujourd'hui, il a fait une crise dans le couloir, et quand j'ai essayé de l'aider, il m'a envoyée chier. J'imagine qu'il avait honte.

— Quel enfoiré. Quel gamin.

— Je sais. Je ne veux plus le voir.

Sauf que quand je le dis, je n'ai pas l'impression que c'est vrai.

Je n'ai pas l'impression de ne plus avoir envie de voir Abe Oakley. Et je me sens un peu plus compatissante à sa détresse après avoir raconté à nouveau son histoire. Non pas que son comportement à mon égard soit acceptable.

Je prends conscience que j'ai peur de ne pas pouvoir pleurer Abe, tout comme je n'ai pas pu pleurer ma mère. Mais ce n'est pas parce que je suis cassée. Je ne le suis pas. Je suis indifférente et enfermée dans une cellule que j'ai moi-même créée. Ce n'est pas parce que je suis redevenue plate. Parce que je me sens forte. Et j'ai ce sentiment tenace que la place d'Abe est à mes côtés.

C'est pour ça que je déclenche les crises d'Abe. Nous sommes inexorablement liés. Nos destins ne forment qu'un. J'ignore comment, mais nous sommes faits l'un pour l'autre. Tout comme j'étais destinée à être mordue par ce serpent, et j'étais destinée à boire le thé que le vieil ours m'a apporté.

Je ne sais pas exactement ce qui rend tout cela si clair dans mon esprit, mais c'est le cas. J'ai l'impression d'avoir une nouvelle connexion plus large avec le monde qui m'entoure. Tout comme je commence à me sentir plus proche des autres élèves du lycée. Je me sens plus proche de la nature qui nous entoure en ce moment même. De cette terre que ma mère trouvait si majestueuse. Et je n'ai pas de lien plus fort avec qui que ce soit d'autre qu'avec Abe.

— Tu as l'air d'aller bien, fait remarquer Lincoln. Mieux que depuis que maman est tombée en malade.

Je souris.

— Je sais. Je me sens plus moi-même que je ne l'ai jamais été. Et je dois remercier Abe pour cela, car je crois qu'il m'a en quelque sorte réveillée de l'indifférence et du brouillard dans lesquels je vivais.

Lincoln se tourne vers moi et me tend les bras.

— Approche. Tu veux un câlin ?

— Oui.

J'entre dans le cercle de ses bras.

— Nous allons nous en sortir, dit Lincoln. Nous tous. Toi, papa et moi. L'année a été difficile, mais nous avons passé le pire.

J'entends le mouvement d'un rocher à plusieurs mètres de là, et mon cœur stupide bondit, pensant que c'est Abe. Mais ce n'est pas lui. C'est le grizzly géant au pelage gris autour du museau, de la poitrine et des poignets.

Lincoln se raidit. Je pose ma main sur son avant-bras tandis que je me dégage de son étreinte.

— Ça va, le rassuré-je. Je connais cet ours.

Je lève un bras et lui fais un signe de la main.

— Salut, l'ours.

L'ours se dresse sur ses deux pattes et émet une sorte de gazouillis.

Lincoln recule d'un pas et m'attire derrière lui pour me protéger. L'ours reste debout, reniflant l'air en nous regardant.

Puis il s'éloigne et lève une grande patte en l'air en se retournant.

— Je rêve ou cet ours vient vraiment de nous faire signe ? demande Lincoln, stupéfait.

Je ris doucement.

— Oui, il nous a fait signe.

— Maman aurait adoré ça.

— Oui. J'ai la sensation que… c'est peut-être maman qui l'a envoyé. Peut-être est-ce sa façon de veiller sur nous.

Ma vision se brouille, mais ce sont des larmes de bonheur. Malgré ma rupture épique avec un garçon avec qui je n'étais même pas censée sortir, ce jour me semble important. Magique, en quelque sorte.

Parce que je sais que ce que Lincoln a dit est vrai. Nous allons tous nous en sortir. Moi. Lincoln. Mon père. Et Abe. Il fait partie de l'équation maintenant. Il m'appartient tout comme je lui appartiens.

Mais je ne peux pas le faire revenir. S'il veut que je revienne, il devra se battre pour nous.

Et je me battrai aussi.

* * *

Abe

Je me réveille dans la clinique de mon père.

— Bordel.

Je me redresse aussitôt, mon champ de vision se retrouvant de nouveau plongé dans les ténèbres.

— Doucement, dit mon père en me repoussant en position allongée.

Je sens, plutôt que je ne vois, sa lumière se déplacer sur mes yeux.

— Qu'est-ce qui s'est passé ?

— C'est à toi de me le dire, fiston. Asher m'a informé que tu avais fait une crise au lycée et une autre dans ta voiture pendant qu'il conduisait.

— Merde.

— Surveille ton langage.

Je me redresse, cette fois en balançant mes jambes sur le lit.

— Waouh. Où vas-tu ? Est-ce que tu peux voir, au moins, maintenant ?

— Quelle heure est-il ? Combien de temps suis-je resté inconscient ?

— Environ quatre-vingt-dix minutes. Je t'ai donné un sédatif de courte durée pour essayer de détendre ton système nerveux.

Je me frotte les yeux, la lumière revenant dans mon champ de vision.

— Je ne voulais pas que ça interfère avec le match de ce soir.

Le match de ce soir. Fait chier.

— Quelle heure est-il ?

Je me lève en clignant des yeux. J'ai encore la nausée. Il faut que j'aille voir Lauren.

— Dix-sept heures.

Dix-sept heures. C'est l'heure à laquelle nous sommes censés être dans les vestiaires avant le match. Mais je n'ai pas encore parlé à Lauren. Je n'ai pas réglé mon problème, si tant est qu'il puisse être réglé.

— J'ai appelé l'entraîneur pour l'informer que tu auras quelques minutes de retard, mais que tu viendras. Il est au courant pour ta crise. Toute la ville l'est, désormais.

Le jugement dans la voix de mon père me frappe comme un coup de poing dans le ventre, mais je ne bronche pas.

Je me dirige vers la porte.

— Attends.

Mon père utilise son autorité alpha, donc mon corps se fige de lui-même.

— Je vais t'y conduire là-bas. Je ne veux pas que tu prennes le volant pour l'instant.

Je grogne mon mécontentement. Comment vais-je pouvoir aller chez Lauren sans ma voiture ?

— Tu pourrais t'évanouir au volant et heurter un être humain, dit mon père. Donne-moi les clés.

Argh. Cette journée ne pouvait pas être pire. Je les lui donne et nous rejoignons la Rover.

Mais elle empire bel et bien, car dès que mon père s'est installé au volant, il demande :

— Qu'est-il arrivé à l'argent dans mon coffre-fort ?

Mon ventre se noue. Mon œil commence à tressaillir. Je lui réponds en me défaussant comme à mon habitude :

— Sérieux ? Tu vas m'engueuler juste avant le match qui te tient tant à cœur ?

— *Qu'est-il arrivé à l'argent ?*

Mon père utilise une forme d'autorité alpha. Son souffle me transperce le crâne.

Mon loup grogne et s'affole en réaction au danger qui pèse sur Lauren. Ma vue s'assombrit au centre. La lumière derrière le pare-brise me fait mal à la tête.

Reste proche de la vérité. C'est la seule solution.

—Lauren m'a vu me transformer.

Je me couvre les yeux, tentant de ne pas montrer ma souffrance.

— J'ai appelé Austin, il m'a parlé du coffre et m'a donné les coordonnées d'un vampire. Je l'ai emmenée là-bas et je m'en suis occupé.

C'est presque vrai. Je me suis occupé de tuer Thomas quand il a essayé de drainer Lauren au lieu de lui effacer la mémoire.

— Quel vampire ?

— Il s'appelait Thomas.

Je suis parcouru de frissons au souvenir de Thomas suçant le sang de Lauren.

—Thomas. Notre espèce ne lui fait pas confiance. C'était dangereux, Abe. Ce n'est pas ainsi qu'on fait dans cette meute, on ne prend pas ce genre de décision tout seul.

— Je sais, papa. Je sais. Mais on m'avait dit de rester loin de Lauren. J'ai présumé qu'il valait mieux m'en occuper moi-même. Et je l'ai fait.

— Tu l'as fait ?

Est-ce du doute dans la voix de mon père ?

— Oui.

J'essaie de l'articuler fermement, mais je le prononce comme un ordre alpha qui pousse le corps de mon père vers l'arrière du siège.

Oups.

Mon père fronce les sourcils lorsqu'il s'arrête devant le lycée. J'ouvre la portière et sors. Mon nez se met à saigner, ma tête me fait mal et j'ai du mal à voir.

Je ferme la portière sans attendre les conseils stratégiques de mon père. Je me fiche complètement de ce match.

Je ne suis rien sans Lauren. C'est déjà une évidence fondamentale.

Je niais ce que je sais depuis le premier jour : elle est ma compagne. Mes crises visuelles sont pires parce que mon loup a terriblement besoin de la marquer.

Mon seul espoir est que Lauren vienne au match ce soir, et que je puisse, d'une manière ou d'une autre, arranger les choses.

* * *

LAUREN

LINCOLN A DÉCIDÉ d'aller au match avec Rayne. Son demi-frère est parti jouer pour Duke cette semaine, et je suppose qu'elle voulait de la compagnie.

Après un long débat interne, j'ai décidé de l'accompagner. La petite partie blessée de mon être espère que mon odeur causera une autre crise à Abe pendant qu'il est sur le terrain. Mais non. Ce n'est pas vraiment ce que je veux. Je veux qu'il sente ma présence. Je veux qu'il réalise ce qu'il a perdu. Je ne pense pas que ce soit ma fierté ou mon ego qui parlent. Cette nouvelle moi, plus forte, ne pense pas que nous sommes destinés à finir ainsi. La nouvelle moi a la foi qu'il y a plus entre nous.

Lincoln et moi sortons de la voiture avant de nous diriger vers le stade. Alors que nous nous approchons des agents de sécurité afin d'ouvrir nos sacs et montrer nos cartes d'abonnement, un adjoint du shérif nous demande s'il peut me dire un mot.

Lincoln me regarde fixement tandis que l'agent m'attire sur le côté. Je m'attends à ce qu'il fouille mon sac ou quelque chose du genre. Comme à l'aéroport, quand on est sélectionné au hasard pour une fouille complète. Mais au lieu de cela, il fait signe à un autre policier, qui s'approche avec un homme qui me semble vaguement familier.

— Bonjour, mademoiselle Sterling. Je suis le shérif Gleason. Nous avons quelques questions à vous poser. Pourriez-vous venir avec moi, s'il vous plaît ?

Lincoln nous rejoint.

— Qu'est-ce qui se passe ?

Le shérif se tourne vers lui.

— Nous avons une enquête en cours. Votre sœur n'a pas de problèmes, nous devons simplement l'emmener au poste pour lui poser quelques questions. Nous la ramènerons avant la fin du match.

J'écarquille les yeux. Qu'est-ce que c'est que cette histoire ?

Je suis alors assaillie par des frissons de terreur.

— C'est à propos d'Abe ?

Je comprends soudain pourquoi l'homme qui ne porte pas d'uniforme me semble familier. Il a les mêmes yeux gris ardoise et la mâchoire carrée qu'Abe.

— Est-ce qu'il va bien ?

Le shérif me prend doucement le coude pour m'éloigner du stade.

— Nous l'espérons. Mais nous avons besoin de votre aide.

Je fais signe à Lincoln de partir.

— Ça va. Je reviens.

Il fronce les sourcils mais ne me suit pas.

Le shérif me conduit à une voiture de patrouille, où il m'installe sur le siège arrière. Le père d'Abe, du moins je suppose que c'est lui, s'assoit du côté passager.

— Il est arrivé quelque chose à Abe ? A-t-il eu une autre crise ?

Son père tourne la tête dans ma direction à ma question.

— Que savez-vous de ses crises ?

C'est lui qui a poussé Abe à cacher sa maladie au lieu de l'aider. Il lui a donné honte de lui-même. Il lui a créé un stress immense qui n'a sûrement fait qu'augmenter la fréquence de ses crises.

Je lève le menton et croise son regard.

— Je sais tout.

Je n'aurais pas dû dire ça.

Le père d'Abe et le shérif échangent un regard, et je réalise soudain ce qui est en train de se passer. Un frisson m'envahit. J'attrape la poignée de la portière, même si la voiture roule. Elle est verrouillée.

Oh, non. Ils ont découvert que je suis au courant pour les loups. Abe leur aurait-il dit ?

Il ne me ferait pas ça, si ? Me renvoyer au vampire pour qu'il m'efface la mémoire ?

Cependant, nous avons rompu. Peut-être est-ce sa manière de réparer la pagaille qu'il a causée.

Je tente à nouveau d'ouvrir la portière, frénétiquement cette fois.

— Je veux sortir. Je n'irai nulle part avec vous. Laissez-moi partir !

Les hommes à l'avant s'échangent un autre regard.

— Je peux lui donner un sédatif, murmure le père d'Abe au shérif.

— Ça ira. On est presque arrivés, répond le shérif d'une voix tout aussi basse.

Puis il s'adresse à moi en parlant plus fort.

— Tout va bien, Lauren. Personne ne vous fera de mal. Nous avons simplement besoin de vous poser quelques questions au commissariat.

Je me force à me calmer, feignant de jouer le jeu tout en plongeant lentement ma main dans mon sac à main. Je dois envoyer un message à Lincoln.

La voiture s'arrête. Je ne sais pas si je dois être surprise qu'ils m'aient emmenée au poste ou non. Je sors mon téléphone, les doigts tremblants alors que j'essaie d'envoyer un SMS à mon frère.

La portière arrière s'ouvre et le shérif m'arrache le téléphone des mains.

— Rendez-le-moi !

Je m'élance pour attraper le téléphone, mais le shérif me fait tourner sur moi-même et me pousse contre la voiture, où il me passe une paire de menottes autour des poignets.

— C'est pour votre protection, Lauren. Maintenant, venez avec moi.

J'essaie de m'asseoir par terre. J'ai entendu dire que les manifestants faisaient ça pour alourdir leur corps. Cela n'a aucun effet. Ces hommes sont des métamorphes. Ils soulèvent chacun un de mes bras et me portent entre eux comme une enfant qui se balance entre ses deux parents.

Quelqu'un nous ouvre la porte, un homme en costume. Un humain ?

— Excusez-moi.

Je me retourne pour le regarder, et dès qu'il croise mon regard, mon corps tout entier s'affaisse.

Trop tard.

Le vampire est là.

C'est la dernière fois que je connaîtrai les secrets des loups-garous, des métamorphes ours… ou d'Abe.

Les deux hommes traînent mon corps mou à l'intérieur. J'ai les larmes aux yeux.

Ne pas connaître Abe, ne pas se souvenir de ce que nous avons eu ensemble est un destin pire que l'indifférence qui m'a engloutie quand j'ai déménagé à Wolf Ridge.

Abe m'a ramenée à la vie. C'est grâce à lui que je me sens belle et forte. Il m'a montré un monde dans lequel je veux vivre.

Et maintenant, il est sur le point de m'être enlevé.

* * *

ABE

JE JOUE comme un fou pendant le premier quart du match, malgré un saignement de nez, une migraine insoutenable et un œil qui tremble.

Ce qui me fait tenir, c'est la conviction que Lauren est peut-être là, quelque part. J'ai cru sentir son odeur dans la brise, mais je ne la vois nulle part dans les tribunes. En revanche, j'aperçois Lincoln. Il se lève quand il capte mon regard et descend les escaliers vers la balustrade.

Je suis soulagé. Il a un message pour moi. Des nouvelles de Lauren. Je cours dans la même direction pour le rejoindre.

Il y a chez lui une agressivité que je n'avais jamais ressentie auparavant. Ce gamin est mince, il doit peser la moitié de mon poids, alors je dois lui reconnaître le mérite d'oser me défier.

— Tu peux m'expliquer pourquoi le shérif et ton père viennent d'emmener ma sœur au poste pour l'interroger ?

Je n'en reviens pas. Je sens mon visage se vider de ses couleurs, et je cours avant de me rappeler que je n'ai pas répondu à Lincoln.

J'arrache mon casque et le jette dans l'herbe.

— Oakley !

J'entends l'entraîneur Jamison crier derrière moi alors que je fonce hors du stade.

— Reviens ici tout de suite !

Il utilise son autorité alpha, mais il n'a aucun effet sur moi.

C'est mon loup qui commande, et il est prêt à tuer.

Une fois sur le parking, je me souviens que je n'ai pas de voiture. Mon père m'a déposé. C'était sûrement intentionnel. Je m'élance aussi vite que possible sous ma forme humaine.

La Tesla de Lincoln et Lauren s'arrête à côté de moi.

— Monte, dit Lincoln par la fenêtre ouverte.

J'ouvre la portière après avoir compris comment utiliser la poignée bizarre et me jette à l'intérieur, mes épaulettes me gênant.

Lincoln part aussitôt, et waouh, son bolide est rapide. Nous passons de zéro en cent quarante en environ trois secondes.

— Qu'est-ce qui s'est passé ? exige-t-il de savoir.

Je secoue la tête.

— C'est un malentendu. Je vais aller tout expliquer sur le champ.

— Un malentendu.

La voix de Lincoln est assassine. Je suis de nouveau impressionné qu'il n'ait pas peur de moi.

— Je vais tout arranger. J'ai merdé avec Lauren aujourd'-hui, mais ça aussi, je vais tout arranger.

Je me tourne vers Lincoln, dont le visage habituellement décontracté est aujourd'hui sombre.

— Je tiens sincèrement à ta sœur. Je ne voulais pas tout gâcher avec elle. Ma préoccupation excessive pour ma propre personne me rendait aveugle.

Lincoln acquiesce. Dans un virage serré, il bifurque vers l'allée menant au bureau du shérif.

J'ouvre la portière.

— Attends-moi. N'entre pas. Cela ne ferait qu'empirer les choses. Je te rejoins dehors avec Lauren dans maximum dix minutes.

— Tu veux bien me dire ce qui se passe, putain ? exige Lincoln.

Je suis déjà sorti de la voiture.

— Non.

Je claque la portière et entre en courant.

Le bureau du shérif est petit. J'ignore Betty Branson à la réception et je suis mon ouïe de métamorphe jusqu'à une salle d'interrogatoire à l'arrière.

— Attends ! je l'entends crier en se levant derrière le bureau. Tu ne peux pas aller là-bas, Abe.

Je l'ignore et tente d'ouvrir la porte. Elle est fermée à clé. Je n'attends pas, je ne frappe pas, je tire sur la poignée en m'appuyant d'un pied sur le mur de béton. La porte métallique se tord, puis cède alors que je l'arrache de ses gonds.

Betty hurle.

Je jette la porte derrière moi. À l'intérieur, Lauren est affalée sur une table comme si elle avait été battue, ses mains menottées dans le dos.

— Éloignez-vous d'elle !

Je pousse l'adjoint du shérif contre un mur.

Grosse erreur. La tête de Lauren se relève brusquement au son de ma voix. Le connard de mort-vivant devant elle se penche pour la regarder dans les yeux.

— Non ! crié-je en lui écrasant la tête sur la table, lui cassant le nez.

Les événements qui suivent arrivent tous en même temps.

Mon père et le shérif me tirent brusquement en arrière. Le vampire se déplace à la vitesse de la lumière. En un instant, il passe de la position couchée sur la table à se tenir debout en face de moi, ses crocs allongés et ses yeux assombris par sa soif de sang.

— Du calme, du calme, du calme. Respire, me dit le shérif avec une voix apaisante tandis que mon père et lui me tirent en arrière, loin du vampire.

Ce n'est pas le même que celui à qui j'ai amené Lauren, c'est une sangsue que je n'ai jamais vue auparavant.

Ma vue se trouble, ma tête est sur le point d'exploser sous l'effet de la pression et de la douleur.

— *Relâchez ma compagne, ou je détruirai tous ceux présents dans cette pièce.*

Ma voix n'est pas la mienne. Elle est similaire à un grognement de loup, comme si je m'étais déjà à moitié transformé.

— *Compagne*, répète mon père, surpris.

— Relâchez-la *maintenant*.

Je ne compte plus les prévenir plus longtemps. Je donne un coup de tête à mon père en même temps qu'un coup de pied dans le ventre du shérif, me dégageant de leur emprise.

Lauren est debout, me regardant avec stupeur. Je la plaque contre ma poitrine, puis attrape les menottes en métal derrière elle. Je les brise d'un seul geste.

— Attends, Abe.

Le shérif a toujours ce ton apaisant, comme si j'étais une bête sauvage qu'il tente de contenir.

Ce que je suis sans doute.

— Reprends ton souffle. Nous ne ferons aucun mal à ta compagne. Elle est en sécurité.

Je prends Lauren dans mes bras et embrasse le sommet de son crâne. Son odeur m'apaise. Elle tremble, mais à mon grand soulagement, elle m'étreint à son tour.

— Éloignez cette sangsue d'elle, grogné-je, refusant de regarder en direction du vampire.

Il siffle comme un chat en colère.

— Tout va bien. Nous n'allons pas lui effacer la mémoire. Nous ne savions pas qu'elle était ta compagne, fiston, dit le shérif.

Je peine à avaler, la gorge serrée.

— Elle l'est, je parviens à articuler avant de m'adresser à mon père. Et je me fiche de ce que ça signifie pour ton précieux patrimoine génétique.

— C'est pour ça que tu as des crises.

Toujours un vrai scientifique. Il ne se prononce pas sur

les affaires de cœur. Ni sur le destin. Il se contente à la logique derrière mon état.

— C'est ma compagne, répété-je. Je brûlerai cette ville si quiconque essaie de se mettre entre nous.

Le cœur de Lauren bat contre ma poitrine. Elle se détache lentement de moi pour lever les yeux. Je pose mes deux mains sur son beau visage.

— Je suis désolé de t'avoir fait du mal aujourd'hui, murmuré-je, même si tous ceux présents dans la pièce ont une ouïe surhumaine.

— Clyde, désolé pour l'agression. Je pense que tu peux comprendre qu'un loup est prêt à tout pour défendre sa compagne s'il pense qu'elle est en danger, dit le shérif Gleason au vampire en tentant de l'apaiser pendant qu'il le guide hors de la salle d'interrogatoire. Nous ne savions pas qu'elle était sa compagne, sinon nous n'aurions pas essayé de lui effacer la mémoire. Nous paierons quand même tes honoraires, bien sûr.

Les hommes se retirent, me laissant seul avec Lauren.

— Qu'est-ce qu'ils t'ont fait ? demandé-je, la gorge serrée, en l'examinant à la recherche de bleus.

Un filet de larmes fait briller ses yeux sarcelle, mais elle ne pleure pas.

— Rien. Je ne les ai pas laissé faire.

Sa voix est forte.

— Enfin, il a temporairement immobilisé mes muscles, mais j'ai résisté. J'ai posé ma tête sur la table, pour qu'il ne voïe pas mes yeux, et j'ai refusé de répondre à leurs questions.

Ma poitrine, contractée depuis le moment où Lincoln m'a dit qu'ils avaient enlevé Lauren, laisse enfin passer un peu d'air.

— Ça c'est ma copine. Tu es la plus forte.

Je lui masse la nuque, dissipant la tension.

Elle secoue légèrement mon épaulette.

— Tu as raté ton match pour moi ?

— Je me fiche du match. J'ai essayé de te joindre tout l'après-midi. J'ai eu une autre crise après les cours en allant chez toi, et je me suis réveillé juste avant le match parce que mon père m'a donné un tranquillisant. Lauren, j'ai été un vrai con. Je suis tellement désolé pour mon comportement d'aujourd'hui. Si tu me donnes une autre chance, je dirai à tout ce foutu lycée combien tu comptes pour moi, et je ne te traiterai plus jamais ainsi.

Lauren saisit ma tête tandis qu'elle attire ma bouche vers la sienne. Je l'embrasse d'abord passionnément, mon loup impatient que nos langues se rencontrent, puis je ralentis pour y aller plus langoureusement.

Elle rompt le baiser avant de m'adresser un lent sourire complice.

— Je vais y réfléchir.

CHAPITRE VINGT-ET-UN

Lauren

— Lauren ! crie Lincoln en apparaissant sur le seuil de la porte.

— Vous ne pouvez pas aller là-bas, dit une voix féminine que je présume être l'adjointe au bureau.

Je me retourne dans les bras d'Abe.

— Qu'est-ce qui s'est passé ? demande Lincoln en regardant la porte cassée avec des yeux écarquillés.

— Euh, longue histoire.

— Ouais, cassons-nous, dit Abe en m'attrapant la main avant de me presser vers la sortie.

Pendant que nous passons devant le vampire, le shérif et le père d'Abe et que nous franchissons la porte, Abe explique :

— Lincoln m'a dit qu'ils t'avaient enlevée, et c'est pour ça que j'ai abandonné le match. C'est lui qui m'a conduit ici.

— Sérieusement, qu'est-ce qui s'est passé ? répète Lincoln.

La Tesla garée devant, nous nous dirigeons tous vers elle.

— C'était un malentendu, dit Abe.

Il jette un coup d'œil dans ma direction pour se rassurer.

— En fait... il s'est passé un incident dans notre chalet familial, et mon père pensait que Lauren en savait quelque chose.

C'est la vérité.

— Parce que c'est ce que tu lui as fait croire ? l'accuse Lincoln.

— Non, je réponds. C'était vraiment un malentendu.

Nous montons dans la Tesla, Abe me tirant avec lui sur le siège arrière tandis que Lincoln prend le volant.

— Abe, le match est-il toujours en cours ? On va te ramener là-bas.

— Non, dit-il en m'attirant tout contre lui tandis qu'il enfouit son nez dans mes cheveux pour y prendre une grande inspiration. Là, j'ai besoin d'être avec ma copine.

— Abe, c'est ton avenir. Tu n'as pas dit qu'il y avait des recruteurs qui devaient venir ? Lincoln, conduis-nous au match. *Vite* !

Lincoln appuie sur l'accélérateur, propulsant la Tesla en avant. Il adore la vitesse.

— D'accord, cède Abe en m'attirant sur ses genoux, ses mains glissant le long de mes cuisses. Mais tu seras à moi après le match. Si le coach ne me tue pas quand j'arrive.

Lincoln dévale les routes comme si nous étions dans un James Bond. Je m'accroche à Abe, qui s'accroche à moi, et nous arrivons à destination en moins de six minutes.

— Je te verrai après le match, me dit Abe avec un puissant baiser. Tu restes, n'est-ce pas ?

Je ris.

— Oui, je reste.

— Parce que je n'ai pas fini de m'excuser.

Il s'éloigne déjà en trottinant à reculons.

— Tu es ma petite amie, ajoute-t-il en me pointant du doigt.

— On verra bien, dis-je, même si je suis à cent pour cent d'accord avec Abe Oakley. Allez ! Va botter des culs !

Il sourit en se retournant, puis court comme un dératé en direction des vestiaires et du terrain. Lincoln et moi le suivons par l'entrée des spectateurs. C'est le milieu du dernier quart-temps. C'est difficile à croire, car j'ai l'impression qu'une éternité s'est écoulée depuis qu'ils m'ont emmenée loin d'ici.

Mais Abe est venu me chercher. Il s'est *vraiment* battu pour moi.

Pour nous.

Il a dit à son père que j'étais sa compagne, quoi que cela veuille dire.

Lincoln monte les gradins pour aller prendre place avec Rayne, mais je ne prends pas la peine de m'asseoir. Je descends les escaliers et me tiens près du mur qui surplombe le terrain à l'autre bout de la ligne de touche.

Abe est avec son coach, en train de se faire remonter les bretelles. L'entraîneur lève la tête et tous deux regardent dans notre direction.

Je leur fais signe.

L'entraîneur me fixe du regard pendant de très longues secondes, puis lève la main.

Tout le monde dans le stade, oui, je dis bien tout le monde, se retourne pour me regarder.

Abe court vers le terrain. Ses coéquipiers secouent la tête, les mains sur les hanches, comme s'ils lui en voulaient, mais dès qu'ils commencent à jouer, il devient évident que l'équipe du lycée Wolf Ridge fonctionne comme un seul organisme. Une équipe synchronisée. Une meute. Alors qu'il ne reste que neuf minutes au chrono, ils exécutent une stratégie parfaite au cours de laquelle Abe fait une passe de quarante yards. Asher l'attrape et marque le touchdown.

Abe reprend ensuite le ballon avant de le lancer à J.J., qui marque de nouveau. Wolf Ridge High remporte le point quatre fois de plus, écrasant ses adversaires et ressemblant à des joueurs expérimentés de la NFL plutôt qu'à des adolescents. S'il y a vraiment trois recruteurs dans les tribunes ce soir, ils vont être impressionnés.

Je comprends maintenant que le football exercé à Wolf Ridge n'est qu'un spectacle. Rien de tout cela n'est réel parce que ces joueurs sont surhumains. Ce soir, ils avaient besoin de se mettre en valeur, et ils l'ont fait.

Pour la première fois depuis que nous avons emménagé ici, j'applaudis leur victoire.

Au moment où le chronomètre s'arrête, les joueurs de Wolf Ridge deviennent fous en se lançant les uns les autres en l'air tout en faisant des sauts périlleux. Mais Abe se précipite vers moi. Il me pointe du doigt.

— Tu, crie-t-il, es à moi.

Il pointe son torse du doigt.

La moitié des fans de Wolf Ridge regardent à nouveau dans ma direction.

— Vous entendez ? hurle-t-il en arrachant son casque de sa tête pour le faire tourner entre ses mains. Lauren Sterling est à moi. Inclinez-vous devant votre putain de reine !

— Ça va, les chevilles ? lui lancé-je en retour.

Il s'arrête en dessous de moi, ses yeux tournés vers le haut.

— Saute, ma reine.

Je ris, puis balance une jambe par-dessus la rampe.

— Tu veux que je saute ?

Je m'assois sur la balustrade et regarde en bas. Il n'est pas aussi bas que lorsque j'ai sauté de la falaise, mais il est tout de même à trois bons mètres en dessous de moi.

Je m'en fiche. Je me sens invincible quand je suis avec Abe. Je pousse la balustrade, me jette en avant et chute en hurlant.

Il me rattrape aisément en me portant comme une mariée, puis nous fait tourner sur nous-mêmes.

— J'ai besoin d'enfouir ma queue en toi tout de suite, princesse, murmure-t-il au creux de mon oreille.

— Ça me plairait peut-être davantage si tu avais pris une douche.

Abe me lance à un mètre et demi en l'air avant de me rattraper à nouveau.

— Ça te tente de te doucher avec moi ?

— Pas avec l'équipe.

Abe souffle du nez.

— Je tuerais chacun de ces enfoirés s'ils te voyaient nue.

Je ris.

Abe m'emmène directement sur le parking, sans s'arrêter pour parler à l'équipe, se rhabiller ou se doucher.

— Où est-ce qu'on va ?

Abe s'arrête brièvement, et je remarque alors que son père a garé la Range Rover d'Abe devant le stade et se tient actuellement à côté.

— Tu as joué, dit son père.

— Oui.

Le père d'Abe lève la main vers moi.

— Lauren, je suis désolé pour tout à l'heure. Je ne savais pas que tu étais la compagne d'Abe.

— Elle ne sait pas ce que ça veut dire, papa.

Les muscles sous l'un des yeux d'Abe tressaillent. Je devine, en le voyant cligner frénétiquement des paupières, qu'il a du mal à retrouver la vue.

— Pose-moi. Je peux conduire, dis-je à voix basse.

Pour une fois, Abe n'essaie pas de sauver la face. Il ne fait pas comme si de rien n'était. Il me repose, puis me suit.

— Ça recommence, déduit le père d'Abe.

Il ouvre la portière côté passager.

— Oui, avoue Abe en montant à bord.

Je tends la main pour que le père d'Abe me donne les clés, ce qu'il fait. Son regard est troublé.

— S'il a une autre crise, appelle-moi tout de suite. J'espère que... peu importe. Allez-y. Vous avez besoin d'être ensemble.

J'acquiesce et déglutis. Je perds un peu de mon entrain.

— Ça va ? demandé-je en m'installant au volant.

J'avance le siège.

— Oui.

La voix d'Abe est tendue.

— Est-ce que tu peux conduire jusqu'au chalet ?

— Oui.

Je démarre la voiture. J'enclenche la vitesse et suis la file de voitures qui sortent du parking.

Abe se couvre les yeux même s'il fait nuit.

— Lauren.

Je sors du parking et remonte la route qui serpente vers ma maison.

— Oui ?

Abe s'affaisse sur son siège.

— Ça va ? demandé-je.

Le corps d'Abe se met à convulser. Sa tête tombe contre mon épaule, puis il respire un grand coup avant de se redresser pour reprendre ses esprits.

— Putain.

— Abe, est-ce que tu viens d'avoir une autre crise ?

Ses jambes tressautent tandis qu'il donne un coup de pied dans le véhicule.

— Lauren.

Sa respiration est laborieuse.

— Qu'y a-t-il, Abe ? demandé-je alors que je sens une vague de panique monter en moi. Qu'est-ce que tu essaies de me dire ?

Il convulse de nouveau.

Je tourne brusquement le volant et m'arrête en dérapant sur le bas-côté de la route.

— Abe ! Abe ! Je t'en prie.

Les yeux d'Abe brillent d'un bleu glacé.

— Lauren.

Il tend la main vers moi mais finit par s'affaisser, sa tête tremblante retombant sur mon épaule.

— Tout va bien.

Je me hâte de défaire sa ceinture de sécurité afin de le mettre à l'aise.

— Tu vas bien, Abe.

J'attire sa tête sur mes genoux et lui caresse les cheveux. Mon cœur bat la chamade. Je suis glacée. Des larmes perlent dans mes yeux.

— Je t'en prie, il faut que tu ailles bien.

Son corps est agité de soubresauts. Ses doigts se referment sur ma cuisse. Il tourne la tête tandis que j'aperçois ses canines luisantes. Pas de taille humaine. De la taille d'un loup.

Je hurle. Ses dents s'enfoncent dans ma cuisse, perforant ma chair.

Mon corps tremble en même temps que celui d'Abe dans de violentes convulsions. Ce n'est pas douloureux.

C'est agréable.

Comme un orgasme. Ses dents sont plantées dans ma cuisse, et je jouis sans relâche avec l'orgasme le plus puissant de toute ma vie.

* * *

ABE

. . .

Tout était noir. J'ai dû perdre connaissance, car soudain, je me réveille le visage entre les jambes de Lauren. L'odeur de son excitation m'attire comme des sels odorants. La douleur derrière mes globes oculaires a disparu. Les muscles autour de mes yeux se reposent. En fait, tout mon corps se détend et s'ouvre comme si je venais de faire l'amour.

Mais il y a du sang. Le sang de Lauren est dans ma bouche. Je hoquète et me redresse. Ma vue est parfaitement claire, même dans l'obscurité.

J'ai mordu Lauren.

J'ai *marqué* Lauren.

Sans son consentement.

Je pose ma main sur les marques de morsure sur sa cuisse et exerce une pression pour arrêter le saignement.

— Oh, merde. Tu vas bien, bébé ? Je n'ai pas fait exprès. Oh, par le destin, Lauren. Je suis tellement désolé.

— Qu'est-ce qui s'est passé ?

Elle a l'air hébétée, mais pas effrayée. Elle ne souffre pas. Non, son visage est rouge, ses yeux sont vitreux, aussi beaux que quand je viens de la faire jouir.

— J-Je t'ai marquée, bébé. Les loups métamorphes mâles mordent leur compagne pour ancrer leur odeur dans leur chair. Je crois que j'ai perdu le contrôle pendant que je convulsais.

Ça n'a pas l'air de l'impressionner.

— C'est bizarre.

Elle a l'air en pleine extase. Comme si elle était droguée.

— La morsure m'a fait mal. Enfin, ça aurait dû faire mal. Mais non. Ça fait du bien. Peut-être suis-je vraiment masochiste.

Mon membre se presse contre mon pantalon de football. Je baisse lentement la tête, soutenant son regard pour m'assurer qu'elle est d'accord.

— Je ferais mieux de lécher la plaie.

— Ça oui.

Sa voix est rauque. Elle pousse ma tête vers le bas et écarte les cuisses.

Je caresse son sexe à travers sa culotte tout en léchant sa blessure. Elle remue ses jolies petites hanches contre moi.

Je lève la tête et me lèche les lèvres. Son sang a un goût différent. Son odeur n'est plus tout à fait la même.

— Lauren…

Elle presse ses doigts sur les miens entre ses jambes, me pressant de continuer.

— Tu as le goût de… tu as le goût d'ours.

Elle cesse de remuer et halète.

— L'ours ! s'exclame-t-elle.

— Quoi ?

— Ce vieux métamorphe m'a apporté du thé aux poils d'ours à l'hôpital.

— Hein ?

Je la regarde avec des yeux écarquillés.

— Tu ne m'en as pas parlé.

— Je sais. Pour une raison qui m'échappe, j'ai présumé que je devais garder cette information pour moi.

— Si je ne me trompe pas, le thé aux poils d'ours est un remède populaire pour aider les adolescents métamorphes à trouver leur première transformation. C'est un poison pour les loups, donc nous n'en utilisons pas.

Les yeux sarcelle de Lauren s'écarquillent.

— Mais ce n'est pas toxique pour les ours ?

Je secoue lentement la tête.

— Lauren… y a-t-il une possibilité que tu aies des gênes d'ours ?

— Je me suis sentie bien après avoir bu le thé. Forte et vivante. C'est à ce moment-là que je suis sortie et que je t'ai demandé de me ramener chez moi. Et mon pied a guéri beaucoup plus vite qu'il n'aurait dû.

J'acquiesce.

— Thomas a dû percevoir ton odeur ou ton goût. C'est pour ça qu'il me la mise à l'envers. Ton sang a dû lui plaire. Tu te souviens de ce qu'il a dit au moment où nous sommes partis ?

Lauren secoue la tête.

— Des mots bizarres, genre, *Tu sais ce qui arrive quand on croise un loup et un ours ?*

— C'est peut-être pour ça que ce vieil ours traînait dans le coin. Il savait que tu étais de son espèce.

Lauren est bouche bée.

— Ma grand-mère !

— Tu penses qu'elle était une ourse ?

— Non. Mais elle est venue en Arizona durant un road trip après la fac. Et apparemment, elle adorait les ours.

— Tu crois qu'elle aurait rencontré un métamorphe ours ici ?

— C'est exactement ce que je crois.

— Donc ce vieil ours…

— Pourrait être mon grand-père !

Je baisse les yeux sur la plaie qu'orne sa jambe. Elle s'est déjà refermée. Le saignement s'est arrêté. C'est sûr et certain, elle a les capacités régénératrices d'une métamorphe.

— Je me suis accouplé avec un ours, dis-je en souriant.

— Le vampire n'avait-il pas dit que c'était interdit ?

— Si. Il a dit que c'est parce que la progéniture qui en résulte est dangereuse. Mais nous trouverons une solution. Tu sais ce qui est aussi bizarre ?

— Que ta morsure m'ait excitée ?

Je lui adresse un sourire féroce tandis que je ramène mes doigts entre ses jambes.

— Non, j'adore ça, putain.

Je caresse sa culotte humide.

— Les morsures d'accouplement se produisent généralement pendant l'orgasme. Mais Lauren, ma vue est actuellement parfaitement nette. Aucune migraine, aucune altération visuelle.

— Parce que tu m'as marquée ?

Je hoche la tête.

— Et si tu venais de me guérir, princesse ?

Ses lèvres se retroussent en un sourire séduisant.

— Je pense que nous devrions continuer à nous entraîner pour être sûrs. Peux-tu me marquer plus d'une fois ?

— Je vais marquer chaque centimètre de ton corps, Perle. Attends un peu que je te déshabille.

* * *

LAUREN

— *À MOI.*

Le grondement d'Abe est bestial. La douche du chalet est petite, mais cela ne l'empêche pas de plaquer mon corps nu contre le mur et de lécher chaque centimètre de ma peau sous le jet d'eau.

À mon tour, je le repousse brutalement contre le mur opposé. Je le masturbe avec ma main couverte de savon, savourant la façon dont ses yeux brillent et ses dents s'allongent à mesure que son excitation grandit. Je fais monter et descendre mon poing le long de son membre en accélérant la cadence jusqu'à ce qu'il grogne et reprenne le contrôle.

Il me fait tourner sur moi-même avant de me plaquer le visage contre le carrelage. Il est brutal avec moi maintenant qu'il sait que j'ai du sang d'ours, et me malmène encore plus qu'avant. Il me caresse le postérieur, puis glisse ses doigts savonneux entre mes fesses.

— Je vais bientôt prendre ce joli petit cul, princesse.

La partie de moi qui a l'habitude de se disputer avec Abe aimerait contester cette affirmation, mais son toucher érotique est bien trop agréable. Mes hormones sont actuellement en pleine effervescence. Je ne peux pas me passer d'Abe, de son corps, de ses doigts, de sa voix grave et rauque.

J'écarte les jambes et lui tends mon fessier.

— Putain, marmonne Abe.

Il empoigne mes cheveux mouillés et tire ma tête en arrière. Il est brutal. Bestial. Divin.

J'en veux plus. Je veux tout ce qu'Abe Oakley a à offrir.

Il caresse vivement son gland sur mon sexe avant de l'y enfoncer. Un bras enroulé autour de ma taille pour me maintenir en place, il me pénètre, mes orteils se hissant à chacun de ses puissants coups de reins. Il n'est pas tendre, c'est une bête en rut.

— Tu veux que je te marque à nouveau, princesse ?

Sa voix est gutturale.

J'aime qu'il demande la permission, même quand il est rude.

— Oui.

Je meurs d'envie qu'il me marque à nouveau. J'ai hâte de savoir si cela me fera jouir aussi intensément que la dernière fois.

Il continue à me pénétrer si fort que je suis sûre qu'il pourrait bien me retourner de l'intérieur. Pile au moment où je m'apprête à crier grâce, il s'enfonce au plus profond de mon intimité et me mord l'épaule.

C'est incroyable.

Des feux d'artifice explosent derrière mes yeux. Une fois de plus, mon corps tout entier convulse. Je m'envole comme une fusée vers les étoiles, mon plaisir s'épanouissant de l'intérieur vers l'extérieur.

J'ai vaguement conscience qu'Abe me porte hors de la douche, m'enveloppe dans une serviette et m'emmène dans la chambre. Mais je suis encore dans le pays de l'extase. Je n'ai pas fini de descendre tant je n'ai jamais joui aussi fort de toute ma vie.

Je suis aussi molle qu'une poupée de chiffon lorsqu'il m'installe sur le lit. Mes membres sont lourds et mes muscles détendus. Il tire les couvertures autour de mon corps avant de se blottir derrière moi.

— Les ours marquent-ils leurs compagnons ? marmonné-je.

— Pas les ours femelles, chérie.

— Je pourrais quand même essayer.

Abe se tourne face à moi.

— Vas-y, Perle. Je veux sentir tes dents dans ma chair. Je veux que tes ongles me griffent le dos. Je veux t'entendre crier comme tu viens de le faire jusqu'à la fin de mes jours.

— J'ai crié ? murmuré-je d'une voix endormie.

Abe me caresse la joue avec son pouce imposant.

— Oui. C'était génial.

Il m'offre un sourire doux et viril.

Je tends la main pour toucher son visage à mon tour.

— Explique-moi ce qu'être ta compagne signifie.

Ses yeux brillent un instant, mais il se reprend aussitôt.

— Ça veut dire que tu es à moi.

Je souris.

— C'est une théorie intéressante.

Il prend ma main pour la ramener sur son torse.

— Non, vraiment, Perle. Ça signifie que ce cœur bat pour toi. Il n'y aura personne d'autre que toi de toute ma vie. Ton bonheur, ta satisfaction, tes orgasmes seront tout ce pour quoi je travaillerai.

Je laisse échapper un petit rire.

— Non, pour de vrai.

— C'est pour de vrai. Les loups s'accouplent pour la vie. J'ai incrusté mon odeur dans ta peau de façon permanente.

Il trace les plaies récentes sur mon épaule.

— Deux fois. Tous les autres métamorphes sauront que tu as été revendiquée. Tu es à moi, et je tuerai tout autre mâle qui essaiera de t'éloigner de moi.

Je cligne des yeux.

— D'accord, c'est intense.

— Tu es la compagne que le destin a choisie pour moi. La seule pour qui je ressentirai jamais des sentiments aussi forts. Ce n'est pas étonnant que ton arrivée à Wolf Ridge ait détraqué mon système nerveux. Ce n'est pas surprenant non plus que te marquer l'ait réparé.

Je dessine son sourcil du bout du doigt.

— Tu te sens toujours bien ? Plus de migraines ou de problèmes visuels ?

— Je me sens extrêmement bien. Dis que tu seras mienne, Lauren. Je ne nierai plus jamais ce que tu représentes pour moi.

Ma poitrine est plus chaude qu'un four. Après avoir perdu ma mère, la promesse d'éternité en compagnie d'un autre m'attire profondément. J'ai également le sentiment qu'elle m'a conduite jusqu'à cet endroit précis. Pour ce moment. Elle voulait que nous venions en Arizona.

Je ne sais pas si elle était au courant pour l'ours ou non, je ne le saurai peut-être jamais, mais elle nous a amenés jusqu'ici. À la magie.

À Abe.

— Je serai tienne, murmuré-je.

Abe prend mon visage entre ses deux mains et m'embrasse. C'est un baiser lent mais profond. Un magnifique baiser. Une promesse et une découverte.

CHAPITRE VINGT-DEUX

Abe

— Geronimo ! crié-je en courant avant de sauter du toit du manoir Sterling pour plonger dans la piscine en contrebas.

La piscine profonde, en forme de haricot, a clairement été bâtie pour se fondre dans le paysage, avec une cascade intégrée conçue à partir de blocs rocheux récupérés sur le flanc de la montagne.

L'eau éclabousse la terrasse en galets, faisant crier et gémir nos camarades de classe.

Lauren et Lincoln organisent une fête au bord de la piscine, et tous les gens branchés, et même pas mal d'autres, sont présents. En fait, la fête au manoir Sterling est visiblement l'événement social de la saison. Elle est même plus importante que le bal ou une course sous la pleine lune.

Le manoir de la colline Moongaze attisait la curiosité de tout le monde, et maintenant que j'ai revendiqué Lauren, son frère et elle sont leur nouvelle fascination. Et plus encore depuis que j'ai révélé qu'elle est moitié ours.

C'est aussi pour cette raison que mes parents l'ont acceptée comme ma compagne, même si mon père m'a prévenu qu'une grossesse pourrait lui être difficile. Il pense cependant que le fait qu'elle soit en partie humaine atténuera les risques d'un accouplement entre un ours et un loup. Mais nous n'avons pas l'intention de fonder une famille de sitôt.

Le père de Lauren et Lincoln est debout sur la terrasse au-dessus de nous.

— Ça suffit. On ne saute plus du toit, crie-t-il.

Il n'est pas en peignoir. Il est rasé et habillé de la tête aux pieds tandis qu'il accueille mes parents et quelques autres personnalités de Wolf Ridge. Voir Lauren revenir à la vie lui a redonné vie à lui aussi. Lauren dit qu'il travaille à nouveau et qu'il a commencé à fréquenter les habitants de Wolf Ridge. Lincoln et elle sont ravis du changement qui s'est opéré en lui.

Asher fixe la terrasse avec un regard féroce. Je lève à nouveau les yeux pour voir ce qui a mis son loup en colère. Je ne vois pas l'alpha Green, qu'Asher détestera sans doute à jamais pour avoir banni son père. Qui d'autre, alors ? Mes parents, le père de Wilde et la mère de Rayne, monsieur et madame James et… *oh.*

J'examine à nouveau la mine renfrognée d'Asher.

Oui. Il regarde Carlotta James, notre ancienne baby-sitter, la louve sexy qui a habité tous nos rêves de collégiens. Elle est de retour après avoir été diplômée de la fac, et il paraît qu'elle va remplacer un professeur humain en congé maladie au lycée Wolf Ridge.

Hmm. Intéressant. Je ne sais pas trop ce qu'Asher lui reproche, mais j'ai bien l'intention de le découvrir.

Lincoln est allongé dans une chaise longue, entouré d'une demi-douzaine de louves du lycée Wolf Ridge. Nous ne lui avons rien dit, ni sur son sang d'ours, ni sur ce que je suis, mais nous avons l'intention de le mettre au parfum quand nous aurons décidé qu'il a besoin de savoir.

Nous avons cherché le vieil ours, mais il aurait apparemment quitté Wolf Ridge. Personne n'a détecté son odeur ni ne l'a vu. Lauren m'a raconté leur dernière interaction, et nous avons convenu que cela ressemblait à un adieu. Comme si une fois qu'il a su qu'elle était en sécurité, il est passé à autre chose.

— À mon tour ! crie Lauren depuis le toit juste avant de sauter.

— J'ai dit ça suffit ! lui lance son père au même moment où elle pique une tête.

J'attrape ma ravissante compagne et nous plongeons ensemble vers le fond de la piscine. Je donne un grand coup de pied pour remonter à la surface avec elle dans mes bras, puis nous nous embrassons comme deux compagnons avant de remonter, si bien que nous sortons de l'eau avec nos lèvres l'une sur l'autre.

Nous sommes accueillis par un chœur de *Ooh* de la part des invités.

— C'était magnifique, Perle.

Elle rejette sa tête, ses yeux sarcelle pétillant.

— C'était trop marrant. Dommage que ça fasse flipper mon père.

— Tu es magnifique, lui dis-je.

C'est la vérité. Elle est incroyable. Intelligente, forte, belle. Le destin m'a envoyé la meilleure personne imaginable.

Je ne me lasserai jamais de cette fille. Elle porte un bikini vert citron qui me met au défi de ne pas bander en permanence à cette fête. Mais ça marche toujours comme ça avec elle.

Mes yeux ne me posent plus aucun problème. Mon père pense que le sang d'ours de Lauren aurait contribué à soigner ma maladie, ou peut-être s'agit-il simplement d'une bonne vieille guérison par l'amour. Mon cœur a trouvé la personne qui lui est destinée.

Deux âmes abîmées qui s'unissent pour redevenir entières. Non, pour devenir bien plus que ce que nous étions avant.

Je la porte jusqu'aux escaliers de la piscine avant d'en sortir avec elle toujours dans mes bras, ce qui provoque un nouveau concert de soupirs de la part de nos amis.

— Ta fête est un succès, Perle. Tu es leur reine maintenant.

Elle m'embrasse.

— Tu es ma reine.

— Ne t'attends pas à ce que je t'appelle un jour mon roi, Abe Oakley.

Je lui souris.

— Tout le monde sait déjà que je suis le roi alpha.

Elle m'embrasse à nouveau tandis que son visage s'adoucit.

— Je t'aime, roi alpha, murmure-t-elle.

— C'est grâce à toi que mon cœur bat, Perle. Tu es ma raison de vivre. Je t'aime. Et tu es à moi.

LES LOUPS-GAROUS DE WALL STREET

GRAND MÉCHANT PATRON

Minuit
de Renee Rose et Lee Savino

Bienvenue à Wall Street, où les loups-garous vous dévoreront toute crue.

CHAPITRE Un

Madi

Harvard me court après. Yale m'a acceptée. Même ma fac d'origine, Princeton, dit qu'elle est prête à m'accueillir pour un Master. Mais poursuivre mes études supérieures alors que mon frère envisage d'abandonner les siennes serait déraisonnable, surtout quand les relations que je me suis faites à Princeton me permettent de trouver un boulot avec un salaire à six chiffres à Wall Street et de financer les études de mon frère.

La salle d'attente du bâtiment des ressources humaines de MoonCo est pleine à craquer de jeunes professionnels à l'air compétent qui semblent prêts à me poignarder.

J'ai déjà passé une batterie de tests à l'écrit, y compris les mots croisés du *New York Times* d'aujourd'hui, que j'ai mis moins d'une minute à terminer, vu que je les avais déjà résolus dans le métro qui m'a conduite à Manhattan.

Je porte la tenue idéale pour le poste. J'ai sorti ma robe bleue préférée du fond de mon placard, et je l'ai rendue encore plus chic en l'associant à un blazer, choisi quand j'ai reçu cette proposition d'entretien douze heures après la lettre refusant une bourse d'études à mon frère.

Lorsque mon nom est appelé, je lisse ma veste et me tiens bien droite, prête à assurer. Les escarpins que je porte me font un mal de chien, même si aux yeux des autres prétendants au poste, je suis aussi à l'aise que sur un podium. Une assistante, sans doute éduquée à Harvard, me guide jusqu'à la salle d'entretien de MoonCo.

— Madison Evans, c'est ça ? Je suis Geneviève Small, vice-présidente des ressources humaines.

— Enchantée de vous rencontrer, Mme Small, dis-je en pénétrant dans la salle de réunion.

Je lui donne une poignée de main ni trop ferme, ni trop molle, et je m'assois. Bosser à Wall Street n'a jamais été mon rêve. Plutôt un anti-rêve. Alors je parviens à traverser la pièce avec assurance et professionnalisme, et sans une once du trac que les autres candidats tentent de dissimuler.

— Vous venez d'obtenir un diplôme à Princeton avec les honneurs, dit Geneviève en consultant le dossier que lui a donné son assistante.

— Oui.

Je n'en dis pas plus. Ça fait partie de mon jeu de pouvoir. Je répondrai aux questions, mais je ne chercherai pas à me vendre à tout prix.

— Vous avez fréquenté Landhower.

Elle fait référence à mon lycée privé pour gosses de riches. Celui que j'ai seulement pu me permettre grâce à un *donateur anonyme* - sans doute mon père anonyme.

— Moi aussi, je suis passée par ce lycée.

Je le savais déjà, car j'ai bien fait mes devoirs, mais cela m'aidera sûrement à décrocher le poste. C'est comme ça que les riches fonctionnent. Elle me prend pour l'une des leurs : la fine fleur de Manhattan. Elle ne sait pas que tous les gamins et presque tous les professeurs de Landhower me snobaient parce qu'ils savaient que je n'y étais pas à ma place. J'ai beau avoir l'intelligence qu'il faut, je n'ai jamais eu le bon pedigree. Ou en tout cas, pas un pedigree officiel, grâce à mon bon à rien de père.

Peu importe.

— Allez les Requins ! dis-je, scandant la devise de notre école avec un demi-sourire pour masquer mon ton ironique.

Elle n'est pas stupide. Elle plisse légèrement les yeux en me dévisageant, comme si elle tentait de déterminer si je me foutais d'elle. Je prends une expression un peu plus aimable.

J'ai réellement besoin de ce boulot.

Je suis sûre que cette femme est comme les snobinardes coincées de ma classe, au lycée. Celles qui sortaient avec les joueurs de crosse et qui conduisaient des voitures décapotables rouges offertes par leurs parents. Celles qui après un regard sur mon sac à dos élimé et mes Converses, me faisaient comprendre qu'elles savaient bien que la seule raison de ma présence parmi elles, c'était le job de ma mère dans l'établissement.

— Vous postulez à une place d'assistante pour un membre de la direction. Ce travail est intense et requiert de se forger une cuirasse, d'être vif d'esprit et méticuleux. Chaque instruction ne vous sera donnée qu'une fois ; pour le reste, vous devrez prendre des initiatives.

— D'accord, dis-je d'un air faussement nonchalant.

— Il y aura peut-être des heures supplémentaires et des déplacements à prévoir. En gros, vous devrez être sur le qui-vive en permanence. Ce n'est pas un poste compatible avec des obligations familiales ou une vie sociale très riche. Vous n'aurez pas beaucoup de temps libre.

— Ce n'est pas un problème.

— Dites-moi ce que vous avez fait pour préparer cet entretien.

Je la regarde droit dans les yeux.

— J'ai fait des recherches sur chaque membre de l'équipe de direction, à commencer par le PDG, Brick Blackthroat, et en finissant par vous. J'ai cherché tout ce qui pouvait me renseigner sur l'environnement professionnel auquel je pouvais m'attendre, ainsi que nos points communs éventuels, comme notre ancien lycée.

Elle plisse de nouveau les yeux, comme si elle doutait soudain que je sois passée par Landhower.

— Qui était votre professeur préféré, à Landhower ?

— Le Dr Anderson, le prof d'anglais et de débats, réponds-je sans hésitation. Il m'a appris à réfléchir par moi-même et à défendre mes idées, même lorsque personne ne les partage.

— Et à Princeton ?

— Le Dr Brown, sociologie. Elle m'a appris à aborder un problème sous tous ses angles.

— Ah, oui. J'ai reçu un message vocal du Dr Brown, qui vous recommandait pour ce poste.

Je lui ai demandé de me rendre ce service hier soir. Juste après avoir promis à ma mère de trouver un moyen pour payer les études de Brayden.

Geneviève Small jette un regard à son dossier.

— Votre CV mentionne que vous avez été acceptée par Harvard et Yale pour continuer vos études, mais que vous avez décidé de ne pas donner suite. Pourquoi cela ?

— Honnêtement ? Mon petit frère n'a pas obtenu la bourse d'études que nous espérions, et il faut que je l'aide. En plus, les salles de classe m'ennuyaient. Je suis prête pour quelque chose de plus palpitant et exigeant, comme Wall Street.

Elle hausse un sourcil et me jette un regard scrutateur, comme si elle cherchait à déterminer si je disais la vérité.

La première partie est vraie. La deuxième, seulement ce que j'espère qu'elle veut entendre.

— Comment gérez-vous les personnalités tyranniques, au travail ?

— Je pose des limites claires, et je ne me fâche jamais. Je ne crois pas qu'il faille répliquer, je préfère esquiver, réponds-je avec un sourire mutin.

Elle ne laisse rien transparaître.

— Quel est le résultat de 3 puissance 12 ?

Je fais un rapide calcul de tête.

— Bon, 3 puissance 12 pourrait être réduit à 3 puissance 4 puissance 3. 3 puissance 4 nous donne 81. 81 au carré fait, euh... 80 au carré plus 80, plus 80 plus 1, égalent... 6561. Et ensuite, il faudrait que je multiplie ce nombre par 81. Argh. Vous voulez un nombre exact, ou une estimation ?

— Poursuivez.

— Très bien... Je le découperais en 6560 plus 1 fois 80 plus 1, ce qui donnerait 6560 fois 80 plus 6560 plus 80 plus 1. Donc, 656 fois 8 égal, euh... 5248. On ajoute deux zéros, plus 6560, plus 80, plus 1. Ça fait, euh, 531 441.

Je souffle.

— Mais en temps normal, je me servirais sans doute d'une calculatrice, ajouté-je.

Je serre les genoux, prête à ce qu'elle me demande de compter le nombre de fenêtres de New York ou un autre problème insensé, mais elle semble satisfaite.

— Si vous décrochez ce poste, vous réalisez que vous devrez commencer dès demain matin, n'est-ce pas ?

Je hoche la tête.

— Oui. On me l'a dit lorsqu'on m'a rappelée pour l'entretien. Commencer demain n'est pas un problème.

— Bien.

Elle se lève, marquant la fin de l'entrevue.

— Quand aurai-je la réponse ?

Elle jette un coup d'œil à son téléphone.

— Avant minuit.

— Minuit. D'accord. Disponibilité permanente. Je vois.

— Je vais être honnête avec vous, la description de poste a beau sembler en dessous de vos compétences, c'est la fonction que j'ai le plus de mal à pourvoir de façon durable.

— Le patron est exigeant ? demandé-je calmement.

— Très.

Je vois une lueur d'humanité en elle, comme si nous forgions déjà des liens à cause de son connard de chef. Je me demande s'il s'agit du beau, mais notoirement cruel Brick Blackthroat, le PDG.

Eh bien, j'ai connu un paquet de connards. Pour Brayden, je suis prête à tout subir. Il mérite d'avoir accès à la meilleure des éducations, comme moi.

— Aucun assistant n'a encore tenu plus de trois mois, me confie Geneviève Small.

— Je suis prête à relever le défi, affirmé-je.

Elle se lève et me serre froidement la main.

— Croyez-moi, vous n'êtes pas prête du tout.

CHAPITRE DEUX

Brick

La vue depuis le bureau directorial chez MoonCo donnerait le tournis à un homme moins aguerri, à un humain. Le gratte-ciel est tellement haut qu'il se balance avec le vent. Mais c'est le prix à payer, quand on veut se retrouver au-dessus de tout et avoir Manhattan à ses pieds.

Là-haut, il est aisé d'oublier que l'on est mortel. Il est facile de se prendre pour un dieu.

Une ombre apparaît sur la vitre lorsque Billy, mon bras droit, se place à mes côtés.

— On y est presque, me dit-il à voix basse.

Je sais qu'il fait référence au serment que nous nous sommes fait il y a des années, dans notre dortoir à la fac, le pire jour de ma vie. Le jour où mon père a été assassiné et où nos ennemis ont détruit tout ce qu'il avait construit.

— Presque, grondé-je.

Nous fixons tous les deux du regard l'immeuble en face de nous. L'immeuble que nos ennemis ont bâti pour nous narguer.

— On touche au but, insiste-t-il en me donnant une tape sur l'épaule. Les Aduwulf ne vont rien voir venir.

Je pivote et prends place en tête de table. Billy va ouvrir la porte pour annoncer le début de la réunion. Les autres membres de l'équipe de direction commencent à entrer.

C'est là que je la remarque. Une douce odeur, fraîche et citronnée, mais aussi complexe que la noix de muscade. À s'en lécher les babines.

J'ai bien envie d'exploser. Le parfum et l'eau de Cologne sont interdits sur notre lieu de travail. C'est stipulé noir sur blanc sur le manuel de bienvenue, pratiquement dès la première page. Billy prend un malin plaisir à renvoyer les nouveaux venus qui l'oublient.

Mais il ne s'agit pas de parfum. C'est l'odeur naturelle de quelqu'un. Mais qui ?

Là, près de l'ascenseur.

La Nouvelle.

J'ai renvoyé ma secrétaire vendredi, ce qui signifie que son assistante, Indira, a grimpé un échelon, et qu'une jeune diplômée avec des étoiles plein les yeux vient de remplacer cette dernière.

Une jeune femme observe froidement la pièce. Elle ressemble à n'importe quelle assistante. Jeune, professionnelle. Elle a un carré court et brun ainsi que des lèvres rouge vif.

Mais son odeur... je la hume et savoure ses notes olfactives.

Noix de muscade et agrumes. Une pointe de quelque chose d'exotique, peut-être, comme de l'encens.

— Qui c'est ? demande Billy.

Il se laisse tomber dans sa chaise et se penche en arrière pour la faire tenir en équilibre sur deux pieds, un exploit dont aucun humain ne serait capable. Face à mon regard meurtrier, il laisse retomber sa chaise dans un bruit sourd.

— La nouvelle secrétaire de ta secrétaire ?

Il était là quand j'ai viré l'ancienne. J'enchaîne les assistantes comme Billy enchaîne les plans cul.

— Sans doute, réponds-je.

— Tu veux que je la fasse venir ? me demande-t-il.

— Oui.

En temps normal, je dirais non. En temps normal, je ne lui adresserais pas la parole avant d'avoir besoin de quelque chose. Mais je veux étudier cette odeur de plus près.

Billy jette un regard à Indira et montre La Nouvelle du doigt. Il agite l'index, comme s'il était agacé qu'Indira ne soit pas déjà venue la présenter. Il est presque aussi doué que moi pour faire trembler les employés.

La Nouvelle ne semble pas effrayée, cependant. Je la regarde suivre Indira à travers la pièce. Dès que son odeur me frappe de plein fouet, j'ai envie de la lécher de la tête au clitoris.

Drôle de réaction, face à une humaine.

Elle n'est même pas agréable à regarder. Enfin, elle est jolie, mais elle n'a aucune douceur ou souplesse. Quelque chose dans son port de tête, dans son menton haut, dans son assurance quand je lui jette un retard noir, me donne l'impression qu'elle en veut au monde entier. Dans dix ans, elle ressemblera à l'une de ces femmes d'affaires implacables. Un bourreau de travail capable de régner sur n'importe quel bureau. J'emploie plusieurs femmes comme elle. Il faut être forte, pour réussir dans ce milieu.

Elle me dévisage en retour, tout en parvenant à sembler respectueuse et attentive, mais dénuée de peur, bien qu'il s'agisse de son premier jour.

Une part de moi a envie de lui passer un savon immédiatement. Surtout que je l'ai entendue murmurer à Indira « Alors c'est lui le Grand Méchant Patron ? » avant d'entrer.

Bien sûr, elle ne pouvait pas deviner qu'aucune conversation tenue à cet étage n'échappe à mon ouïe.

Plus elle approche, plus son odeur m'enivre. Elle est trop agréable pour que j'aie envie d'attaquer. Par le Destin, pourquoi est-ce que j'ai une érection ?

Je me lève.

— Vous êtes ?

— M. Blackthroat, je vous présente... commence Indira.

— Madison Evans, complète La Nouvelle.

Elle me tend la main et affronte mon regard sans broncher. Je n'y lis pas de lueur de défi, seulement de l'attention. Elle me décrypte. J'aimerais avoir quelque chose à critiquer, mais je ne trouve rien. La Nouvelle est un parfait mélange d'assurance et d'humilité. Ni effrontée, ni intimidée. C'est agaçant, mais son attitude a quelque chose de terriblement séduisant.

Je la déteste déjà. J'accepte sa poignée de main. Elle a la peau douce. Sans savoir pourquoi, je me mets à penser que désormais, j'aurai son odeur sur ma paume. Non que je compte la renifler plus tard.

— Les gens m'appellent Madi, ajoute-t-elle.

— Je vous appellerai Madison, *si* je me souviens de votre nom. Je m'attends à ce que vous répondiez à Assistante, Secrétaire, La Nouvelle ou n'importe quelle épithète qui me viendra sur le moment.

Je lui lâche la main. Loin d'être choquée, je vois une note d'amusement dans son expression.

— Je répondrai à tous ces noms, m'assure-t-elle en inclinant la tête.

— Bien. Maintenant, prenez nos commandes de café.

Je hausse un sourcil, comme si je lui reprochais de ne pas avoir anticipé ma demande, bien qu'il s'agisse de son premier jour. Je me tourne vers Indira et demande :

— Où sont les rapports financiers ?

***

Je hais mon patron.

Le magnat de Wall Street est un con. Un véritable alpha-bruti.

Beau à se damner, mais bourré de défauts.

Le genre d'homme jamais content, aimable comme une porte de prison et riche comme Crésus.

J'en ai connu, des brutes dans son genre, à la fac, alors il ne me fait pas peur.

Ce qui m'inquiète, c'est mon attirance pour lui. Le fait que j'aime argumenter avec lui.

Nos luttes verbales. Son expression insondable ensuite.

Cet homme est le danger incarné, sous une grosse dose de pouvoir,

et j'ai de plus en plus de mal à lui résister.

Je hais ma nouvelle assistante.

Je les déteste toujours, mais avec elle, ma haine est différente. Tortueuse.

Elle est brillante, ultra-compétente et insolente.

Et cette petite humaine a l'odeur de la tentation. La pire qui soit.

Elle a un style redoutable, et je risque d'être sa première victime.

Un de ces jours, elle me poussera à bout.

Et elle ne réalise pas ce qui arrive

quand on jette un loup alpha sur sa proie.

Minuit est le premier tome de la trilogie *Grand Méchant Patron*. Ce roman met en vedette un loup-garou milliardaire et hargneux et son assistante incroyablement intelligente.

. . .

Lisez maintenant!

281

Abonnez-vous à la newsletter de Renee

Abonnez-vous à la newsletter de Renee pour recevoir livre gratuit, des scènes bonus gratuites et pour être averti·e de ses nouvelles parutions !

OUVRAGES DE RENEE ROSE
PARUS EN FRANÇAIS

www.reneeroseromance.com/francaise/

Lycée Wolf Ridge
> *Brute Alpha*
> *Chevalier Alpha*
> *Alpha par Alliance*
> Le Roi Alpha

Alpha Bad Boys
> *La Tentation de l'Alpha*
> *Le Danger de l'Alpha*
> *Le Trophée de l'Alpha*
> *Le Défi de l'Alpha*
> L'Obsession de l'Alpha
> *L'Amour dans l'ascenseur (Histoire bonus de La Tentation de l'Alpha)*
> *Le Désir de l'Alpha*
> *La Guerre de l'Alpha*
> *La Mission de l'Alpha*
> *Le Fleau de l'Alpha*

Le Secret de l'Alpha
La Proie de l'Alpha
Le Sang de l'Alpha
Le Soleil de l'Alpha
La Lune de l'Alpha

Le Ranch des Loups

Brut
Fauve
Féral
Sauvage
Féroce
Impitoyable

Deux Marques

Indomptée (libre)
Tentée
Désirée
Séduite

La Bratva de Chicago

Prélude
Le Directeur
Le Stratège
Possédée
L'Homme de Main
Le Soldat
Le Hacker
Le Bookmaker
Le Nettoyeur
Le Coureur
Le Gardien

Les Nuits de Vegas

Roi de carreau
Atout cœur
Valet de pique
As de cœur
Joker Mortel
Dame de trèfle
Cartes sur Table
Bonne pioche

Série Made Men
Ne m'Aguiche Pas
Ne me Tente Pas
Ne m'Oblige Pas

Série Chicago Sin
Nid de Péché
Ancré dans le Péché

Dompte-Moi
Son Maître Royal
Oui, Docteur
Son Maître Russe
Son Maître Marine
Soumise à leur Punition
Son Maître Pompier

Alpha des montagnes
Le héros: L'homme des montagnes
Rebel
Le guerrier

Maîtres Zandiens
Son Esclave Humaine
Sa Prisonnière Humaine

Le Dressage de Son Humaine
Sa Rebelle Humaine
Sa Vassale Humaine
Son Compagnon et Maître
Animal de Compagnie Zandien
Sa Possession Humaine

Les Épouses Zandiennes

La Nuit des Zandiens
Achetée par les Zandiens
Dominée par les Zandiens
Les Lumières de Zandia
Détenue par le Zandian
Revendiquée par le Zandian
Enlevée par le Zandian
Sauvée par le Zandian

À PROPOS DE RENEE ROSE

RENEE ROSE, AUTEURE DE BEST-SELLERS D'APRÈS USA TODAY, adore les héros alpha dominants qui ne mâchent pas leurs mots ! Elle a vendu plus d'un million d'exemplaires de romans d'amour torrides, plus ou moins coquins (surtout plus). Ses livres ont figuré dans les catégories « Happily Ever After » et « Popsugar » de USA Today. Nommée *Meilleur nouvel auteur érotique* par Eroticon USA en 2013, elle a aussi remporté le prix d'*Auteur favori de science-fiction et d'anthologie* de Spunky and Sassy, et celui de *Meilleur roman historique* de The Romance Reviews. Elle a fait partie de la liste des meilleures ventes de USA Today sept fois avec plusieurs anthologies.

Abonnez-vous à la newsletter de Renee pour recevoir des scènes bonus gratuites et pour être averti·e de ses nouvelles parutions!

https://www.subscribepage.com/reneerosefr